DAGMAR PETRICK

EIN PROFESSOR FÜR DIE ERDNUSS

DAGMAR PETRICK

EIN PROFESSOR FÜR DIE ERDNUSS

Das ungewöhnliche Leben des
George Washington Carver

neukirchener

camino.

MIX
Papier aus verantwortungsvollen Quellen
FSC® C014138
www.fsc.org

Bibliografische Information der Deutschen Nationalbibliothek:
Die Deutsche Nationalbibliothek verzeichnet diese Publikation in der Deutschen Nationalbibliografie; detaillierte bibliografische Daten sind im Internet über http://dnb.d-nb.de abrufbar.

2. Auflage 2021

Umschlaggestaltung: Grafikbüro Sonnhüter, www.sonnhueter.com, unter Verwendung von Bildern © Bernd Lehmann, www.berndfuerdiewelt.de und Evgeny Karandev, Olha Kostiuk, AnyaCher, mentalmind, oxygen_8 (shutterstock.com)
Lektorat: Christina Herr, Lich
DTP: Magdalene Krumbeck, Wuppertal
Verwendete Schrift: Adobe Garamond Pro, Pinto No_01
Gesamtherstellung: Finidr, s.r.o.
Printed in Czech Republic
ISBN 978-3-7615-6815-6 (neukirchener verlag)
ISBN 978-3-96157-174-1 (camino)

www.neukirchener-verlage.de
www.bibelwerkverlag.de

Für Benjamin, der sich über so vieles so viele Gedanken macht und alles wissen will. Mit den Fragen fängt es an. Und mit dem Staunen.

Ein Kind sagte: Was ist das Gras? und hält es mir mit vollen Händen hin. Wie könnte ich dem Kind antworten? … Weiß ich es doch auch nicht länger (…)
Und es bedeutet: Sprießen in weiten wie in beengten Gebieten,
Wachsen unter schwarzen Menschen wie unter weißen.
Walt Whitman, Grashalme

Alles beginnt klein.
Cicero

INHALT

DER GEHEIME GARTEN

»George!«

Laut ruft eine Frau durch die schon dunkelblaue Abendluft, die über den Ozarkbergen hängt. Es ist ein Tag im Herbst 1870, ein paar Jahre nach dem schlimmen Bürgerkrieg. Bald kommt der Winter. Da dämmert es zeitig tief im Süden Missouris in Amerika.

Die Walnussbäume neben dem Holzschuppen, wo auch die Bienen in den Körben summen, tragen bunt getupfte Blätter. Viele sind es freilich nicht mehr. Prompt löst sich auch jetzt ein Blatt vom Ast und segelt sacht hinab auf jenen Flecken Erde, der fern der breiten Landstraßen liegt. Ein Pferd müsstest du satteln, wolltest du hierher reisen. Oder die Postkutsche nehmen – falls sie überhaupt nahe der kleinen Siedlung Diamond Grove hält. Flugzeuge und Autos sind noch nicht erfunden. Auch ein Telefon läutet nirgends, obwohl droben an der Ostküste in Boston ein Mann schon emsig daran herumbastelt. Graham Bell heißt er und einmal wird er deswegen sehr berühmt werden. Doch das ist eine andere Geschichte.

»George?« Und wieder ruft die Frau. Aber nun klingt es wie eine Frage. In der Tür des kleinen honiggelben Blockhauses, das Onkel Moses eigenhändig aus schlanken Kiefernstämmen aufgerichtet hat, lehnt Tante Susan und blickt sich nach allen Seiten um. »Wo steckt der Junge bloß?«, murmelt sie und stellt sich sogar auf die Zehenspitzen, damit sie besser sehen kann. Aber sie sieht nichts. Kein schmaler Junge, der durchs Laub raschelt. Nur der Wind fegt ihr durchs Haar und rüttelt an der Tür.

Tante Susan seufzt und wischt sich die Hände an der Schürze ab. Eben brät sie ihre leckeren Maisküchlein, und George, der so geschickt mit seinen Händen wirbelt, könnte den Teig für sie kneten. Da würde es viel schneller gehen mit dem Abendessen, was hilfreich wäre, weil sicherlich bald alle wiederkommen werden, ihre *Männer*, wie sie George, seinen großen Bruder Jim und Onkel Moses, ihren Mann, mitunter nennt. Weil auch der Hunger verlässlich wiederkommt und einen jeden zurücktreibt in das honiggelbe Blockhaus von den Feldern, den Ställen oder wo auch immer sie gerade stecken mögen, um all das zu erledigen, was auf einer Farm nun mal erledigt werden muss. Und zählt sie auch nicht zu den größten in Newton County, dehnt sie sich doch weit. Hundert Morgen immerhin. Da kann sie nicht einfach losziehen und George suchen gehen.

Tante Susan denkt ein bisschen nach. Wäre doch gelacht, wenn ihr nicht einfallen würde, wo sich der Bursche herumtreibt. Schließlich kennt sie ihn seit er ein hilfloser hustender Säugling war.

Bestimmt hockt er unten am Bach im Wald?

Dort aber gurgelt das Wasser derart laut über die Steine, dass es alles andere übertönt, mag sie sich auch heiser schreien. Ohnehin ist George viel zu beschäftigt. Er tunkt die Hände in das kalte Wasser und merkt nicht, wie sie sich in Eiszapfen verwandeln. Unermüdlich dreht er die Steine um und staunt, was er darunter aufstöbert: Winzige Schnecken klammern sich an die glatten Flächen, als hätte jemand sie dort festgeklebt. Schillernd grüne Pflanzen treiben in der Strömung wie wendige Tänzer. Kleine Krebse und daumennagelgroße Fische schnellen aus dem Schatten hervor, als hätte George sie erschreckt.

Oder er strolcht durch die Prärie, die gleich hinter dem Holzschuppen beginnt. Da könnte Tante Susan ihn erst recht nicht aufstöbern, würde sie den Hals auch noch so recken. Denn George ist schmal und dünn, so schmal und dünn wie das hüfthohe Präriegras, das sich unablässig im Wind wiegt und den Buben ganz und gar verschluckt von den Zehenspitzen bis zum Scheitel.

Tante Susan seufzt. Noch einmal wischt sie die Hände an der Schürze ab. Dann dreht sie sich um und geht zurück ins Haus. Im Grunde ist es einerlei: Es zaubert die Maisküchlein auch nicht flotter in die Pfanne, in der das Schweineschmalz bereits verlockend blubbert, ob George nun am Bach spielt oder durchs Präriegras schlendert. Sie bräuchte ihn jetzt hier. Und hier ist er eindeutig nicht.

Das geht auch nicht, weil George ganz woanders steckt. Nicht am Wasser. Nicht im Gras. Nur weiß das Tante Susan nicht. Das kann sie gar nicht wissen. Denn es gibt Dinge, die sind nun mal geheim.

Mitten im Wald, wo die schlanken Kiefern unvermutet einen Schritt zurücktreten, als würden sie vor etwas Erhabenerem Platz machen, kniet George auf einem Polster aus weichem Moos. In den Händen, die jetzt Tante Susans

Maisküchleinteig kneten sollten, hält er eine kleine rote Blume. Zart sieht die Blume aus. Wie aus Spinnweben gewoben. Aber ihr zierlicher Kopf baumelt schlaff herunter. Die Blätter sehen wie zerknittert aus. Selbst die Wurzeln wirken schlapp und traurig. Als würde die Blume weinen.

George hat die Blume eben erst entdeckt, als er am Holzschuppen vorbeigelaufen ist. Im Holzschuppen lagert Onkel Moses das Holz, das sie zum Kochen und zum Heizen benötigen. Im Winter benötigen sie besonders viel davon, denn der Winter ist ein unruhiger Geselle. Rastlos durchstreift er die Prärie; erreicht er aber die Ozarkberge, will er sich ausruhen. Dann nistet er sich ein und bleibt lange, bis George darüber fast den Frühling vergisst, während der Wind einen Schneehügel nach dem anderen um das honiggelbe Blockhaus häuft, sodass sie schließlich darin festsitzen. Da tut es gut, wenn stets ein wärmendes Feuer im Kamin prasselt und dazu braucht es eine Menge Holz. Deswegen schlägt Onkel Moses die großen Baumstämme in handliche Scheite, wann immer er Zeit dazu findet, und jedes Mal, wenn er dabei um den Holzklotz stapft, trägt er seine schweren Stiefel, ohne jemals auf den Boden zu blicken. Das macht den Platz vor dem Holzschuppen zu einem überaus gefährlichen Ort für eine zarte rote Blume. Die großen Leute geben leider viel zu selten acht auf alles, was klein ist.

George aber hat die Blume gleich entdeckt. Wie einer der Abertausend Sterne, die nachts über dem Blockhaus funkeln, hat sie ihm entgegengeleuchtet. Nur funkelt sie nicht oben am Himmel, sondern unten auf der Erde, bedrohlich nah an Onkel Moses' Stiefeln, die sie jederzeit zertreten könnten. Deshalb ist sie ein Bodenstern, der unbedingt gerettet werden muss. Darum hat er sie gleich ausgegraben.

Einfach war das nicht. Unter Onkel Moses' schweren Stiefeltritten ist der Boden neben dem Holzschuppen hart geworden wie ein Menschenherz hart wird, wenn man allzu oft darüber trampelt, und obwohl die Blume zart ist, hat sie doch Wurzeln, die sie kräftig in die Erde schiebt. Sie sind alle wichtig. Das weiß George und will keine einzige davon verletzen.

Nun aber hat er es geschafft. Sacht bettet er die Blume neben sich aufs Moos und schaufelt rasch ein Loch in den Waldboden. Das geht viel leichter als zuvor, denn unter einer Schicht abgefallener Kiefernnadeln ist die Erde krümelig und weich. »Herzlich willkommen!«, flüstert er und senkt die kleine rote Blume in ihr neues Zuhause. Hier wird sie es gut haben. Die Sonne schimmert sanft durch das Geäst der Bäume, strahlt aber am Mittag, wenn sie am höchsten steht, nicht allzu heiß.

Sonne hat die Blume jetzt.

Nicht zu viel.

Nicht zu wenig.

Erde hat sie auch. Dunkle lockere Walderde, in der sie bestimmt gut wachsen kann.

Trotzdem sieht die Blume nicht fröhlicher aus.

George betrachtet sie nachdenklich. »Was fehlt dir, damit du dich wohlfühlst?«, fragt er und die Worte sprudeln über seine Lippen, als könnte es nie anders sein. Dabei ist das doch sehr sonderbar: Wenn George mit den Blumen spricht, fällt ihm das Sprechen leicht, als gäbe es kein Zögern und kein Überlegen. Redet er aber zu den Menschen, verknotet sich prompt seine Zunge. Dann klammern sich die Wörter an seinen Gaumen, als hätte jemand sie dort festgeklebt. Wie die Schnecken an den Steinen unten im Bach.

Da erinnert er sich. Natürlich! Wie hat er bloß vergessen können, dass jedes Lebewesen Wasser braucht?

»Warte! Ich bin gleich zurück.«

George rennt zu dem Bach im Wald. Mit den Händen schöpft er ein wenig Wasser und träufelt es behutsam über die kleine rote Blume, für die er sich fortan verantwortlich fühlt, weil sie nun in seinem geheimen Garten blüht. Niemand kennt diesen Ort, außer George, die Bäume und Vögel ringsum und die Blumen, die er hierher bringt. Wann immer George eine Pflanze sieht und sie kommt ihm krank oder erschöpft vor, gräbt er sie aus und in seinem geheimen Garten auf der Lichtung im Wald wieder ein. George sorgt für seine Blumen. Er spricht sogar mit ihnen, so wie er jetzt mit der kleinen roten Blume spricht, auch wenn er nicht weiß, wie die kleine rote Blume heißt.

»Ich wüsste gerne, wie du heißt«, sagt George. Aber die Blume verrät es ihm nicht und er kennt auch niemanden, den er danach fragen könnte. Obwohl er gerne so jemanden kennen würde. Aber wer sollte das sein?

Tante Susan wird es nicht wissen. Obwohl sie durchaus vieles weiß und George eine Menge von ihr lernt. Wie man Maisküchlein bäckt zum Beispiel, dass man am liebsten alle wegnaschen möchte, obwohl man längst satt ist. Wie man die Stube fegt, dass sie glänzt wie ein zugefrorener See. Butter zu kirnen. Strümpfe zu stricken. Kerzen aus dem Wachs der Bienen zu ziehen. All das zeigt sie ihm. Tante Susan kennt auch die Namen der Kräuter, die im Garten hinter dem Blockhaus wachsen. Sie weiß, welche es braucht, um die Suppe zu würzen oder eine Schnupfennase zu vertreiben. Doch den Namen der kleinen roten Blume weiß sie nicht. Das sei unnützes Wissen, sagt sie.

Onkel Moses wird es ebenfalls nicht wissen. Obwohl George auch von ihm eine Menge lernt. Dass man nichts verschwendet, weil sich alles noch ein zweites, ein drittes oder gar ein viertes Mal verwenden lässt. Onkel Moses bringt es ihnen nicht nur bei, er lebt es vor. Darum stopfen sie selbst noch die Blätter der Maiskolben in die Bettkissen, und aus Asche, Laub, Regenwasser und Rindertalg stellen sie Seife her. Onkel Moses zeigt George auch, wie er das Akkordeon aufziehen soll, damit Töne daraus hervorquellen, und wie er die Schweine füttert, dass sie ihn nicht in den Trog schubsen – sie sind ja immerzu so gierig –, zeigt er ihm auch. Onkel Moses weiß alles über das Getreide, das er anpflanzt, den Hafer, den Weizen, den Mais. Er weiß, wann er die Rübensamen in die Erde stecken und die Gerste sicheln muss. Aber den Namen der kleinen roten Blume kennt er nicht. Da ist sich George sicher. Solches Wissen, *Blumenwissen*, wie es Onkel Moses nennt, braucht es nicht auf einer Farm.

Und Jim, der große Bruder? Der wird lachen, dass die weißen Zähne in dem dunklen Gesicht funkeln und dabei wirft er die Hände über den Kopf, dass er noch größer und kräftiger aussieht, als er es ohnehin schon ist. Um ganze drei Kopflängen überragt er seinen kleinen Bruder. Schließlich ist er auch fast doppelt so alt. »Genügt es dir nicht, wenn du weißt, ob du eine Pflanze essen kannst oder es lieber bleiben lässt?«, wird er fragen.

Nein, das genügt George nicht. Namen bedeuten doch so viel. Warum verstehen das die anderen nicht? Er jedenfalls will wissen, wie die kleine rote Blume heißt und außerdem noch so vieles, vieles andere auch. Fängt George erst mit den Fragen an, kann er sie nicht anhalten. Und es werden immer mehr. Wie wenn er die Steine hinter dem Blockhaus den Hang hinunterkullern lässt und sie reißen andere, kleinere Steine mit sich. Wieso verfärben sich die Blätter im Herbst? Wer sagt ihnen, dass sie von den Bäumen fallen sollen? Wie leben die Schnecken unter den Steinen am Fluss? Brauchen sie denn keine Luft zum Atmen wie ihre Schwestern an Land, die mit ihren hübschen Häusern auf den Rücken durchs Gras kriechen?

All diese Fragen drängeln sich in Georges Kopf. Was sind sie ungeduldig! Sie schubsen einander, knuffen sich in die Rippen, drängeln sich beiseite, ob sie wohl endlich, endlich an die Reihe kommen und einer eine Antwort auf sie weiß. Sie sind wie Onkel Moses' Pferde, wenn George ihnen einen Apfel hinhält. Manchmal befürchtet George, von all den Fragen würde ihm der Kopf gleich platzen.

Oder er verhungert, weil er, der eh schon dünn und schmal ist wie das hüfthohe Präriegras, ohne Antworten noch dünner wird. Bis er sich in Luft auflöst.

Da, plötzlich, hört George etwas knurren. Laut, tief und bedrohlich nah klingt es, als wäre es ein Bär. Bären gibt es hier im Wald durchaus und wehe dann ihm! Denn wenn er auch knochig und dünn ist, ein feines Nachtmahl für einen hungrigen Meister Petz ergäbe er allemal.

Es ist aber vollkommen harmlos, wie George sogleich erleichtert feststellt. Das tiefe Knurren kommt aus seinem eigenen Bauch! George kichert. Er selbst hat Hunger. Bestimmt wird es längst Zeit fürs Abendessen. Und dunkel ist es obendrein geworden.

»Ich besuche dich wieder!«, verspricht er der kleinen roten Blume. Dann springt er auf und läuft zu dem honiggelben Blockhaus, das sich unter die Walnussbäume duckt und in dem sicherlich schon Tante Susan auf ihn wartet. Sie freut sich, wenn er ihr hilft. Ihr *zur Hand geht*, nennt sie das. George gefällt, wie sie das sagt: Als würden aus zwei Händen vier Hände werden, weil sie nunmehr miteinander wirbeln.

George hilft Tante Susan gerne.

Wozu sonst hat er zwei solch wunderbare Hände, mit denen sich so viele erstaunliche Dinge anstellen lassen wie Blumen ausgraben und sie wieder eingraben, sie gießen, behüten und pflegen? Und Tante Susan helfen. Den Maisküchleinteig kneten für sie. Und davon naschen. Das natürlich auch.

EINE HANDVOLL STEINE

»Halt, junger Mann!«, sagt Tante Susan, »zeig her!«

Wie immer, wenn George zum Blockhaus zurückkommt, will Tante Susan als Erstes, dass er seine Hosentaschen leert. Denn wieder lehnt sie in der Tür und stemmt die Hände in die Hüften, dass sich George nicht an ihr vorbeischlängeln kann, wäre er auch noch so schmal.

Jedes Mal läuft es auf dieselbe Weise ab, seit George einmal Frösche mit ins Haus brachte. Überall sind sie herumgehopst. Unter die Stühle, hinter Tante Susans Truhe, neben ihr Spinnrad und ab in die Betten. Schlimmer noch waren die Wolfsmilchstängel! Ihre Kapseln sprangen alle gleichzeitig auf, und dabei hatte George lediglich sehen wollen, was geschieht, wenn sie reifen. Die weißen Samen schwebten durch die Luft, als schneite es in der Stube. War das ein Spaß! Aber als sich die Fäden ins Butterfass und in den

Eimer mit dem frischen Wasser senkten, hörte der Spaß auf, zumindest bei Tante Susan.

»Was bringst du heute mit?«, will sie wissen, und es führt kein Weg an ihr vorbei. Er muss es ihr zeigen.

Streng kann Tante Susan sein, oh ja, unnachgiebig wie ein alter Südstaatengeneral. Deshalb stülpt George jetzt artig seine Hosentaschen um, und, *schwupps*, purzeln die Schätze seines Tages heraus. Übermäßig viele sind es nicht, wie er findet. Dafür hat er zu viel Zeit in seinem geheimen Garten zugebracht. Nur vier Kiefernzapfen, ein grün bemooster Birkenast, zwei Pilze, fünf Bucheckern, ein unbewohntes Schneckenhaus mit einem Loch an der Seite und zwei Steine. Auf die beiden Steine ist George besonders stolz. An ihrer Größe liegt das nicht. Wenn er die Finger darum schließt, verschwinden sie in seiner Hand wie Perlen in einer Muschel. Schwer sind sie auch nicht, aber sie durchzieht ein Muster, das George bislang nirgendwo gesehen hat: Wie die Linien einer Hand laufen dünne, fast silbrige Fäden durch die rabenschwarzen Flächen. Und sie glitzern, wenn ein Lichtstrahl darauf fällt!

»S-s-sind sie nicht w-w-wunderschön, Tante Susan?«, stottert George.

Tante Susan seufzt. Das ist schon das dritte Mal an diesem Tag!

»Nur d-d-diese beiden Steine! Bitte!« George weiß, dass Tante Susan das Haus gerne ordentlich hält und sicher tut sie recht daran. Schließlich muss neben den vier Menschen, die dort hausen, auch alles andere noch darin unterkommen: Onkel Moses' Werkzeug. Tante Susans Kochgeschirr. Ihr Spinnrad. Kleidung. Nahrung. Viel Platz gibt es wirklich nicht.

Aber die beiden Steine möchte George durchaus behalten und auch er kann zäh sein, genau wie sie. »B-b-bitte!«, sagt er noch einmal und dabei weiten sich die Augen in seinem schmalen Gesicht, dass er Tante Susan sogleich an ein aus dem Nest gefallenes Vögelchen erinnert und sie augenblicklich wieder daran denken muss, wie alles seinen Anfang nahm. Wie George geboren wurde. Damals, als es ein ähnlich kalter Tag gewesen ist wie dieser hier.

Eisig fegte der Wind über die Ozarkberge, in den Wolken sammelte sich der erste Schnee, während in der kleinen Hütte nebenan Mary ihren Buben zur Welt brachte. Als Tante Susan hinübereilte, hatte die junge Mutter ihr Kind schon in ein Tuch gewickelt. George war der winzigste Säugling, den Tante Susan je gesehen hatte, und dabei hatte sie schon einige Babys gesehen, und er hustete erbärmlich.

Seitdem hat sie jeden Tag gebangt, der dürre Bursche, an dem man jeden Knochen einzeln zählen kann, würde sich unversehens wieder davonstehlen in jene andere geheimnisvolle Welt, aus der er einst gekommen ist. Darum muss man besonders auf ihn achtgeben, vor allem sobald ihn dieser fiese Husten packt, dass es ihn hin und her schüttelt, als zerrte ihn ein wütender Jagdhund am Nacken. Warum soll sie es leugnen? Auch wenn seit jenem frostigen Tag fünf oder sechs oder vielleicht auch sieben Jahre vergangen sind – denn sie schreibt es nicht auf und sie zählt nicht nach –, sorgt sie sich nach wie vor unvermindert um den kleinen Jungen mit den großen Augen.

Darum ist sie froh, dass die Farm recht abgelegen liegt von den anderen Bauernhöfen, etwas abseits der Straße, die nach Diamond Grove führt, verborgen hinter einer Bergkuppe, sodass sie das Geschwätz der Nachbarn selten mitbekommt. Sie weiß natürlich trotzdem, was die Leute hinter vorgehaltenen Händen tuscheln. »Carvers George macht es nicht lange!«, raunen sie. »Keine zehn Jahre gebe ich dem und wenn's hochkommt, werden es zwölf!«

Sie sagen es nicht laut. Aber etwas in ihren Stimmen lässt Tante Susan jedes Mal zusammenzucken, sooft sie es trotzdem einmal vernimmt. Denn es ist so: Zwar behauptet die amerikanische Verfassung, alle Menschen seien gleich. Und doch sind sie es nicht. Oder haben jene klugen Männer, als sie vor etwa hundert Jahren ihre Zeilen aufs Papier tuschten, an manche Menschen gar nicht erst gedacht, weil sie diese nicht für Menschen hielten?

Frauen zum Beispiel sind nicht gleich. Sie dürfen nicht wählen.

Oder Schwarze.

Und George ist schwarz.

»Früher ging es uns besser«, wispern manche Nachbarn, und mit *früher* meinen sie die Jahre vor dem Bürgerkrieg. »Da waren die Schwarzen noch Sklaven und alles hatte seinen Sinn, weil es seine Ordnung hatte.«

Das ist heute anders.

Was einst als Recht galt, gilt als Unrecht, seit Abe Lincoln die Sklaverei abgeschafft hat. Wer anderen die Freiheit verweigert, verdient sie nicht für sich selbst!, hat er gesagt. Das war mitten im Bürgerkrieg, als Nordstaatler gegen Südstaatler kämpften, Väter gegen Söhne und Brüder gegen Brüder. Nun ist Abraham Lincoln tot, erschossen von einem, dem das mit der Freiheit aller Menschen nicht gefiel. Trotzdem hat der sechzehnte Präsident der Vereinigten Staaten von Amerika sein Gesetz noch durchgesetzt: Die Sklaven sind jetzt frei. Da können sich die Bauern, die weiterhin Schwarze halten wollen, wie sie sonst ihr Vieh halten, damit sie ihnen die Felder bestellen, noch so lange auf die Köpfe stellen und mit den Füßen wackeln, bis ihnen die Füße abfaulen.

An all das denkt Tante Susan jetzt, obwohl sie an all das nicht mehr denken will, weil die Erinnerung an all das schmerzt. Aber da jetzt außerdem der Wind noch kräftiger an der Tür rüttelt und mit ihm ein Hauch von Winter in die Stube fegt, fast wie damals, als George geboren wurde, schafft sie es nicht, weiterhin nein zu sagen zu Georges Schätzen. Obwohl sie das vermutlich sagen müsste, weil man Kinder doch erziehen soll. Allerdings wird es nun auch wirklich höchste Zeit für ihre Maisküchlein.

Trotzdem erklärt sie noch und sie bemüht sich, streng zu klingen: »Du weißt aber schon, dass dein Steinhaufen neben dem Kamin längst wieder zu hoch ist, George. Wenn ich koche, stolpere ich darüber. Fege ich die Stube aus, sehe ich nichts als Steine. Du wirst ihn bald ausmisten müssen!«

Ausmisten – wie sich das anhört!

Als würde George die schweren Steine mit der Mistgabel aus der Ecke schaufeln, so mühelos und leicht, wie Jim das immer mit den Pferdeäpfeln macht.

»N-n-natürlich, Tante Susan«, verspricht George, »ich w-w-werde ihn auf-aufräumen.«

»Aber nicht jetzt«, lenkt Tante Susan ein. »Jetzt brauche ich deine Hilfe. Sonst wird das Abendessen nie fertig. Also lauf und wasch dir die Hände! Ganz schmutzig siehst du wieder aus.«

»G-g-gewiss, Tante Susan, s-s-sicher, Tante Susan.«

Das ist noch einmal gut gegangen. George atmet erleichtert auf, und während er zusieht, wie das kühle Brunnenwasser den Dreck von seinen Handflächen spült, hofft er, dass Tante Susan später, sobald sie gegessen haben und ihre Bäuche rund und schwer sind, nicht mehr ans Aufräumen denken wird. Und morgen auch nicht. Und vielleicht vergisst sie es auf diese Weise sogar ganz.

Denn die Steine zählen zu Georges liebsten Schätzen. Mal abgesehen von den Blumen im Allgemeinen und der kleinen roten Blume, die nun in seinem geheimen Garten blüht, im Besonderen. Die Blumen aber kann George nicht einfach aufheben, in die Hosentasche stopfen und damit herumwandern, wie es ihm passt, um sie abends neben dem Kamin zu stapeln, als würde es ihnen nichts ausmachen, wo sie sind.

Die Blumen haben Wurzeln. Sie brauchen die Erde.

Die Steine nicht.

Wann immer George über einen Stein stolpert, hebt er ihn auf. Er wiegt ihn prüfend in der Hand, wischt über seine Kanten und Flächen und sieht nach, wie er beschaffen ist. Alle Steine sehen anders aus. Mal sind sie gepunktet, als trügen sie Sommersprossen. Andere tragen Streifen wie die Adern, die über Tante Susans Handrücken laufen. Oder tiefe Furchen wie die Falten in Onkel Moses' Gesicht. Und manchmal glitzern die Steine sogar. Wie die beiden, die er heute gefunden hat.

Ich wüsste gerne, wie die vielen Steine heißen, denkt George, besonders meine beiden Glitzersteine.

Aber wieder gibt es niemanden, den er danach fragen könnte.

Schade. Es wäre doch mal schön gewesen.

DER TAG, AN DEM DIE RÄUBER KAMEN

Tatsächlich hat Tante Susan nach dem Abendessen Georges Steinstapel neben dem Kamin vergessen. Jedenfalls spricht sie nicht mehr davon. Zudem ziehen schwere Wolken über den Himmel und pinseln ihn grau. Aber auch ohne Wolken ist es längst zu dunkel. Da würde George nur stolpern, wenn er die Steine hinter das Blockhaus trägt, um sie dort, jeden einzelnen, den kleinen Hang hinunterkullern zu lassen. In der Senke unten türmt sich schon ein ansehnlicher Haufen, ein richtiger Berg. Aber dort stört er wenigstens niemanden.

Nein, vom Aufräumen spricht Tante Susan zum Glück nicht mehr. Stattdessen klemmt sie sich, kaum hat sie das Geschirr gespült und beiseitegeräumt, hinter ihr Spinnrad. Am Spinnrad spinnt sie aus der Wolle der Schafe ein festes Garn, aus dem sie später warme Mützen stricken wird. Da friert niemand, auch wenn es noch so eisig werden sollte.

Onkel Moses und Jim holen ihre Messer und schnitzen. George aber nimmt sich ein feines, flauschiges Tuch. Das soll einmal ein Schnupftuch werden, und weil er dabei an die kleine rote Blume denkt, wie sie in seinem geheimen Garten blüht, stickt er eine zierliche Blume mit einem roten Blütenkopf in den dünnen Stoff. Auf und ab läuft die Nadel mit dem roten Faden, als wüsste sie von selbst den Weg. Nur manchmal sieht George hoch und schielt hinüber zum Steinstapel neben dem Kamin. Obenauf liegen seine beiden Steine. Manchmal flackert das Feuer und tuscht einen hellen Schein darüber. Dann glitzern sie wie Edelsteine.

Eine Weile sitzen sie schweigend beieinander, ein jeder versunken in das, was er tut. Bis Jim plötzlich sein Schnitzmesser sinken lässt. »Ach, bitte, Onkel Moses«, bettelt er, »erzähl von damals!«

Jim ist groß und stark. Wenn Onkel Moses seine Schafe schert, damit Tante Susan genug Wolle zum Stricken hat, packt er die blökenden Tiere und wirft sie so lässig zu Boden, als wären es die Blechbüchsen, die er sonst mit seiner Steinschleuder umschießt. Dann hält er sie fest, bis Onkel Moses auch die letzten Zottel abgeschnitten hat. Das bringt ihn nicht einmal ins Schwitzen und den aufregenden Geschichten, die Onkel Moses erzählt, lauscht er, ohne mit der Wimper zu zucken. George dagegen ist dünn und leicht, dass man befürchten muss, der nächste starke Wind, der über die Ozarkberge fegt, trägt ihn mit sich fort. Trotzdem bettelt auch er: »Oh ja, b-b-bitte, Onkel Moses, e-e-erzähl!«

»Nun ja, nun gut!«, brummt Onkel Moses und fängt trotzdem nicht gleich an. Stattdessen zwirbelt er den langen Bart, wie Tante Susan ihre Wolle zwirbelt. Mag sein, dass der lange Bart einmal tiefbraun glänzte. Jetzt glänzt er weiß, als bestünde er aus Schnee. Noch ziert Onkel Moses sich. Er ist keiner, der gerne Reden schwingt. Wenn es geht, schweigt er lieber. Oder liegt es bloß an dem, was er erzählen soll? Denn nicht irgendetwas von damals wollen die beiden Burschen hören, das weiß er genau, sondern von dem Tag, an dem die Räuber kamen.

Aber Onkel Moses ist auch gutmütig. Das wissen selbst die wilden Tiere. Die scheuen Eichhörnchen huschen von den Ästen und naschen ihm aus der Hand, in der er ihnen Nüsse hinhält. Der stolze Hahn, der doch auf seine Hennen achten sollte, flattert auf Onkel Moses' Schulter und lässt sich von ihm über den Hof tragen, als wäre er sein Gutsverwalter. »Nun ja, nun gut«, brummt er wieder. »Aber wo fange ich an?«

Das wissen sie längst.

»Beim Walnussbaum!«, rufen Jim und George gleichzeitig.

»Ach so, ach ja, beim Walnussbaum!«

Der Walnussbaum steht neben Dutzend anderen Bäumen vor dem honiggelben Blockhaus. Walnüsse, Hickorynüsse, Pekannüsse wachsen auf der Farm. Alles andere auch, sodass die vier Menschen in dem honiggelben Blockhaus gut davon leben können. Flachs und Hanf haben sie für ihre Kleider. Obst und Gemüse gibt es für den Bauch. Wird jemand krank, zupft Tante Susan Kräuter aus dem Garten oder sie rupft Wurzeln aus und kocht einen dunklen Sud, der so bitter schmeckt, dass sie lieber gar nicht erst krank werden.

Nur Zucker und Kaffee kaufen sie in Neosho, der nächstgelegenen Stadt. Aber der Honig, den die Bienen in den Waben sammeln, tut es auch. Das findet jedenfalls Onkel Moses, der ewig Sparsame.

Der Wind pfeift um das Blockhaus. Er rüttelt an den Läden, als wollte er ebenfalls zuhören. George schaut zum Fenster. In dem dunklen Viereck sieht er etwas hell Getupftes zur Erde wirbeln. Watteflöckchen tanzen durch die Luft. Es schneit!

Onkel Moses hat den Schnee ebenfalls bemerkt. »Sie kamen an einem Tag wie diesem«, fängt er an. Seine Stimme knarrt, als wäre ein Reibeisen darübergefahren. Und er spricht sehr leise. Sie müssen die Ohren spitzen, damit sie ihn verstehen. »Sie ahnten wohl, dass ich Geld versteckt hatte. Sie wussten nur nicht, wo.«

»Sie wollten, dass du's ihnen verrätst!«, ruft Jim. Seine

Augen funkeln. Auch wenn er es nicht zugibt: Aufregend findet er es allemal, was Onkel Moses erzählt.

»Schon möglich, dass sie das wollten«, brummt Onkel Moses und zwirbelt den langen, einstmals braunen, jetzt schneeweißen Bart. »Aber ich hab's gut versteckt. Jawohl. Das habe ich!«

Dann macht er eine Pause. Aber nur drei Atemzüge lang. Denn gleich wird es ernst. »Da hängten sie mich in den Walnussbaum. Und mit glühenden Kohlen aus dem Kamin haben sie mir die Fußsohlen verbrannt. Damit ich's ihnen erzähle ...«

»Deshalb tun dir auch manchmal die Füße weh, stimmt's, Onkel Moses?«

Onkel Moses nickt. Aber er sagt nichts, als hätte ihm der Gedanke an das, was unter dem Walnussbaum geschehen ist, die Worte fortgepustet.

»Und ich habe ihn abgeschnitten, kaum sind die Männer fortgeritten«, eilt Tante Susan ihrem Mann zu Hilfe. »Mit Spitzwegerich habe ich dir die Sohlen gekühlt.«

»Aber sie sind mit leeren Händen abgezogen«, ruft Jim, »denn du hast nichts verraten!«

»Kein Laut kam über seine Lippen.« Es klingt fast feierlich, wie Tante Susan das verkündet. Als wäre sie stolz auf Onkel Moses, ihren Mann, und das ist sie wohl auch.

Aber da hebt Onkel Moses eine schmale faltige Hand und wedelt durch die Luft, als wollte er das Gesagte fortwischen wie er eine Fliege fortwischt, weil sie auf seiner Nase herumkrabbelt. Es stört ihn, dass sie derart von ihm reden. Als wäre er ein Held! Und das ist er doch nicht. Das steht so unverrückbar fest wie die uralten Ozarkberge. Er ist nichts weiter als ein einfacher Farmer, der niemals hergeben wird, was er sich in vielen Jahren mühselig erarbeitet hat, seit er von Ohio über Illinois viele Hundert Meilen westwärts nach Missouri gezogen kam. Jeden Stein auf dem Acker hat er seitdem mit seinen eigenen Händen weggewälzt und den Boden umgegraben. Er hat Büsche gerupft und Bäume gefällt, damit Hafer und Mais wachsen und seine Pferde und Ochsen grasen konnten. Niemand wird ihm das Land wieder wegnehmen. Und schon gar nicht dieses Lumpenpack, das sich mit roher Gewalt nimmt, was ihm nicht zusteht!

Darum ist er kein Held. Weil er lediglich tut, was jeder andere auch tun würde, sofern er ein Bauer ist. Obwohl viele Bauern weggezogen sind in jenen schlimmen Jahren während des Bürgerkriegs, als Tag für Tag und Nacht um Nacht plündernde Truppen in die Gegend einfielen. Die Felder haben sie verwüstet, die Scheunen niedergebrannt, die Ernte zertrampelt.

Besonders Missouri hat es schwer gehabt in jener Zeit, denn das Land war zweigeteilt. Die einen befürworteten die Sklaverei. Die anderen verabscheuten sie. Manche Bauern besaßen Sklaven. Andere nicht. Und die Bauern, die nicht davonlaufen konnten mit ihren Ländereien, wurden zwischen den Kämpfenden zerrieben wie Getreide in einer Mühle. Oder zerstampft wie Rahm in einem Butterfass.

Es gibt aber noch einen anderen Grund, weshalb er kein Held ist. Der wiegt noch schwerer und schmerzt ihn mehr als alles andere. Denn die Geschichte endet nicht beim Walnussbaum. Sie fängt zudem viel früher an. Darum spricht Onkel Moses jetzt auch weiter, als trüge er eine uralte Schuld, die er nicht eher loswird, es sei denn, er bekennt. Weil nicht allein die Pflanzen Wurzeln brauchen, wenn sie wachsen wollen, sondern auch ein jeglicher Mensch wissen sollte, woher er kommt, damit er sich entfalten kann. Das gilt auch für die beiden Burschen, die ihm gegenübersitzen und ihn erwartungsvoll ansehen, ob er wohl weiterspricht, der eine klein und federleicht, der andere kräftig und stark. Schwarz sind sie beide.

EINE SKLAVIN FÜR DIE CARVERS

Mary war erst dreizehn, als sie zu den Carvers kam.

Denn auch wenn sich Onkel Moses dafür schämt, lässt es sich nicht leugnen und er erzählt ihnen jetzt davon: Einmal ist er zu seinem Nachbarn geritten und hat die Mutter von Jim und George gekauft, wie er sonst nur Tabak oder Kaffee kauft, wenn er gelegentlich nach Neosho fährt, denn alles andere wächst auf seiner Farm oder sie stellen es selbst her, sogar den Honig, sogar die Seife, selbst die Kleider, die sie tragen. So ist es gewesen, auch wenn es etliche Jahre zurückliegt, zwanzig vielleicht, und die beiden Burschen zu der Zeit noch nicht einmal geboren waren. Trotzdem plagt Onkel Moses das schlechte Gewissen unvermindert wie an jenem Nachmittag im Oktober, als er sein Pferd sattelte und zu Colonel Grant, dem Nachbarn ritt.

Denn Colonel Grant hatte eine Sklavin übrig und Onkel Moses kaufte sie. Das war nicht recht. Helden jedenfalls machen so etwas nicht. Sie kaufen keinen anderen Menschen, auch wenn das damals rechtens war und Onkel Moses das Geld dazu besaß.

Siebenhundert Dollar blätterte er auf den Tisch und er

erhielt auch einen Beleg dafür. Die Dinge sollten schließlich ihre Ordnung haben, auch wenn sie dadurch trotzdem nicht in Ordnung kamen.

Siebenhundert Dollar entsprachen genau der Summe, die Onkel Moses einmal für sein Land bezahlt hatte. Viel war das nicht. Die Regierung hatte ihm lediglich großzügig verkauft, was sie zuvor den Ureinwohnern, die sie schlicht als *Indianer* bezeichnete (obwohl sie aus über fünfhundert verschiedenen Stämmen bestanden und sich selbst nicht Indianer nannten), bedenkenlos weggenommen hatte. Das einzige, das neben dem Kaufpreis von ihm verlangt wurde, war, dass er auf dem Land auch siedeln sollte. Aber das wollte er ohnehin. Aus keinem anderen Grund hatte er schließlich die beschwerliche Reise von Ohio nach Missouri angetreten.

Anfangs ging ihm die Arbeit leicht von der Hand. Er brauchte sich bloß zu bücken, schon sprossen Mais und Hafer, Weizen und Flachs aus den Schollen, und auch die Pferde, die er züchtete, gute, schnelle Pferde, warfen prächtige Fohlen. Doch mit jedem Jahr, mit dem er selbst älter wurde, fiel es ihm schwerer, die vielen Morgen Ackerboden alleine umzupflügen. Aber Land, das nicht bestellt wird, weil nicht genügend tatkräftige Hände mitanpacken, sodass nichts darauf wächst, das zum Leben taugt, Getreide zum Brotbacken oder Hafer für die Pferde, bleibt wertlos. Einerlei wie viel oder wie wenig man auch dafür bezahlt haben mochte.

Darum also sattelte Onkel Moses an jenem Tag im Oktober das Pferd. Weil Onkel Moses Hilfe brauchte auf seiner Farm und weil auch Tante Susan zunehmend über die Einsamkeit in den Ozarkbergen klagte.

Zunächst saßen sie schweigend auf der Veranda. Sie

wippten in den Schaukelstühlen und sogen an ihren Pfeifen.

»Nimm Mary!«, brummte der Colonel schließlich und blies den Rauch in den frostigklaren Missourinachmittagshimmel. Er paffte in Ringen und die Ringe zerstoben in der Luft, als wären sie Wölkchen. »Mary ist gesund. Ein kräftiges, fleißiges Mädchen, und sie lacht viel.«

Onkel Mose sog ebenfalls an seiner Pfeife. Und dann noch einmal. Er dachte nach. Er musste sich eingestehen, dass es ihm unangenehm war, hier zu sitzen und in aller Gemütlichkeit, als wäre nichts dabei, über einen Menschen zu verhandeln, als wäre der ein Sack Kartoffeln, und zugleich war er froh, dass er hier saß. Denn immerhin musste er für diesen Handel nicht nach Saint Louis auf die großen Sklavenmärkte reisen. Das wäre sicherlich bei Weitem unerfreulicher gewesen.

Dort nämlich wurden die Schwarzen auf kniehohen wackeligen Brettergerüsten feilgeboten, wie man sonst nur Vieh feilbietet, während struppbärtige Männer mit breitkrempigen Hüten um die verängstigten Frauen, Männer und Kinder herumstiefelten. Sie kniffen ihnen in die Arme, zwickten in Beine, beklopften die Waden, betasteten Schenkel und rissen immer wieder Münder auf, um nach den Zähnen zu sehen. Nach den Zähnen zu sehen, galt als wichtig, denn nur wenn die Zähne an Ort und Stelle saßen, keine schwarzen Löcher darin klafften und es nicht faulig roch, betrachteten sie den Menschen, den sie so ausführlich beklopft und betastet hatten, für gesund und zäh und darum tauglich für die viele Arbeit, für die sie ihn oder sie kauften.

»Mary ist jung, höchstens dreizehn Jahre alt, ganz genau weiß ich das auch nicht«, unterbrach Colonel Grant Onkel

Moses' düstere Gedanken. »Was soll es ihr in solch einem zarten Alter schon ausmachen, ob sie nun bei mir oder bei dir lebt? Außerdem hat sie ein sonniges Gemüt. Ob du es glaubst oder nicht: Sie singt bei der Arbeit!«

Da schlug Moses Carver zu und er kaufte Mary, wie er sonst nur Tabak oder Zucker kaufte. Danach setzte er sie auf sein Pferd und brachte sie auf seine Farm. Zum Wohnen gaben sie ihr die winzige Hütte, die Onkel Moses einst für sich und Tante Susan gebaut hatte, ehe sie nach nebenan in das größere honiggelbe Blockhaus gezogen waren. Vier Schritte konnte man darin in die eine Richtung gehen und vier in die andere. Dort wohnte Mary jetzt und dort bekam sie ihre Kinder, drei Mädchen, von denen zwei früh starben. Und Jim und George.

Mary half den Carvers sehr. Besonders Tante Susan wurde nicht müde, es immer wieder zu beteuern. Trotzdem vergaß es Onkel Moses nicht: Dass er einen anderen Menschen gekauft hatte, um ihn fortan zu besitzen, wie er sonst nur seinen Hut besaß, blieb falsch. Obwohl Mary wirklich bei der Arbeit sang. Wenn sie die Wäsche in den großen Bottichen schrubbte, sang sie eine wehmütig leise Melodie, und wenn sie neben Tante Susan an dem etwas kleineren Spinnrad Wolle oder Flachs spann, sang sie auch.

Aber was besagt das schon? Menschen singen, selbst wenn sie traurig sind. Vielleicht singen sie manchmal gerade dann.

George sieht zum Kamin. Im Kamin prasselt das Feuer, weil Onkel Moses stets fleißig ist und immerzu Holz hackt, wenn er Zeit dazu findet.

»Darum habe ich eure Mutter gekauft, wie ich sonst nur Tabak oder Zucker kaufe, denn alles andere wächst auf unserer Farm«, sagt Onkel Moses und jetzt packt er wieder sein Schnitzmesser und zerschneidet die Luft in einer geraden klaren Linie, als wollte er einen Schlussstrich unter das Ganze ziehen.

Doch ganz so einfach ist es nicht. Denn die Geschichte endet weder hier noch Jahre später unter dem Walnussbaum. »Obwohl ich mir wahrlich wünschte, dass sie das täte!«, fährt Onkel Moses fort. »Aber die Männer, die mich daran aufhängten, kamen wieder. Und diesmal nahmen sie eure Mutter mit. Und eure kleine Schwester. Und dich, George. Sie haben euch geraubt.«

Sie haben es schon manches Mal gehört, in immer neuen, wenn auch wortkargen Ausführungen. Trotzdem schweigen sie jetzt beklommen. Nur das Feuer im Kamin knackst. Und draußen fällt der erste Schnee. Das macht er aber vollkommen lautlos.

»Und wir sahen sie nie wieder«, murmelt Jim mitten hinein in die Stille.

»Nein, nie wieder«, brummt Onkel Moses.

Die Männer kamen in der Woche vor dem Weihnachtsfest. Alles ging rasend schnell. Hufe klapperten über den Hof. Schreie drangen aus der kleinen Hütte nebenan. Dann hörte man das Pferdegetrampel in der Ferne verschwinden. Danach herrschte eine fürchterliche Stille, die überlaut davon erzählte, dass jemand fehlte.

Die Männer hatten kein Geld gefunden, als sie das erste Mal gekommen waren. Nun suchten sie etwas anderes. *Jemand* anderes. Sie glaubten nicht mehr, dass Onkel Moses sein Versteck je preisgeben würde, selbst wenn sie ihn noch so oft in den Walnussbaum hängten. Der Bauer war stur, härter als seine ungezählten Nüsse, die ringsum von den

Bäumen prasselten. Ihn konnten sie nicht ändern. Aber sie wussten, dass er eine Sklavin besaß.

Nun ist ein Sklave zwar kein Geld, aber einen Menschen – gegebenenfalls auch drei – konnte man doch mühelos verkaufen in jenen Tagen ohne Ordnung und Gesetz. Es genügte, dass seine Haut dunkel war. Mary und ihre Kinder würden den Räubern weiter unten im Süden, in Arkansas oder auch Georgia, wo die Plantagenbesitzer immerzu neue Arbeiter für ihre Felder benötigten, eine hübsche Summe einbringen, vermutlich sogar etliche Dollarnoten mehr, als je aus Onkel Moses' Sparstrumpf herausgepurzelt wären.

Die Männer stürmten in die Hütte. Sie packten Mary und ihre kleine Tochter, und weil Mary das Baby, das sie erst vor wenigen Tagen geboren hatte, fest umklammert hielt, packten sie auch das Baby. Der winzige, hustende Säugling, der George war. Dann schwangen sie sich auf ihre Pferde und stürmten davon.

In jener Nacht blieb die kleine Hütte neben dem honiggelben Blockhaus leer.

Nur Jim hatten die Räuber nicht gefunden. Niemand wusste, wie es ihm gelungen war, sich zu Onkel Moses und Tante Susan zu retten. Nun blickte er die beiden mit großen Augen an. Jim brauchte nichts zu sagen, Onkel Moses wusste auch so, worum er ihn bat. »Ich sorge dafür, dass deine Mutter zurückkommt!«, versprach er. »Und George und deine Schwester auch!«

Noch in derselben Nacht sattelte Onkel Moses sein schnellstes Pferd und hetzte die acht Meilen nach Neosho. Er wollte Bentley sprechen, weil es außer ihm keinen gab, der ihm jetzt helfen konnte.

Früher war John Bentley selbst mit den Räubern geritten.

Er hatte Sklaven geraubt und sie für weit mehr Geld weiterverkauft. Das machte er, bis sich ein Ende des Bürgerkriegs abzeichnete und es von Tag zu Tag unwahrscheinlicher erschien, dass die Truppen der Südstaatler den Krieg gewinnen würden. Da nannte er sich flugs einen Unionisten, der für die Freiheit aller Menschen kämpfte und nichts, das betonte er seitdem, verabscheue er mehr als die Sklaverei. Von seinem einstigen Tun wollte Bentley jedenfalls nichts mehr hören und sprach man ihn darauf an, zuckte er bloß mit den Schultern, als hätte er keine Ahnung.

Trotzdem hoffte Moses Carver in jener Nacht, dass sich Bentley noch erinnern würde an manches, das ein Mensch ohne seine Vergangenheit nicht wissen konnte. Geschäfte mit Sklavenhändlern zählten dazu. Und die Fähigkeit, Spuren zu lesen.

»Bring sie mir wieder, alle drei«, bat Onkel Moses, »doch du musst dich beeilen!«

Bentley blickte auf seine Stiefelspitzen und sagte nichts. Beinahe unterwürfig sah er aus, als würde ihn die Geschichte, die ihm Onkel Moses erzählte, berühren, und dabei blieb er doch ganz der gewiefte Geschäftsmann, der er nun mal war, mochte er auch etwas anderes beteuern. Denn bei all seiner Wankelmütigkeit, in die ihn das Durcheinander der vergangenen Jahre geworfen hatte, nahm das Geldverdienen ungetrübt den höchsten Stellenwert in seinem Leben ein. John Bentley, der Mann mit der hohen, fliehenden Stirn, den kinnlangen, mit reichlich Pomade beschmierten Haaren und dem schmalen Oberlippenbart. Wenn er bloß nicht immerzu die Nase schnäuzen und in den Staub vor seine Stiefel spucken würde!

»Gut, ich mache es«, sagte Bentley, »doch wieviel zahlst

du mir dafür? Es ist immerhin ein weiter Weg. Und denk nur an die vielerlei Gefahren, die unterwegs auf mich lauern …«

Moses Carver zögerte nicht. Er wusste, wie sehr es eilte, wenn er Mary und die Kinder lebend wiederfinden wollte. Und der kleine George hatte schon in den Armen seiner Mutter erbärmlich gehustet. Wenn er überhaupt noch lebte!

»Ich bezahle dich gut, Bentley. Vierzig Morgen feinstes Waldland gebe ich dir. Und Pacer. Das ist mein bestes Pferd. Aber nun spute dich. Sonst kommst du zu spät!«

Doch als Bentley nach ein paar Tagen auf den Hof der Carvers trabte, hielt er nur den Jungen in seinem Arm in einem vom Regen durchgeweichten Bündel aus dreckverschmierten Lumpen, das sich noch leichter anfühlte als zuvor.

»Ich bin ihnen bis weit nach Arkansas gefolgt«, berichtete Bentley. »Dann verlor sich ihre Spur. Und alles, was ich fand, war das.«

Er drückte Tante Susan das Bündel in die Arme. Das Baby hustete beunruhigend, aber es lebte. George lebte!

»Und da hat Tante Susan dich aufgepäppelt, wie man ein aus dem Nest gefallenes Vögelchen aufpäppelt!«, sagt Jim und knufft den kleinen Bruder in die Seite, aber nur sanft, man muss ja nach wie vor sehr achtgeben auf ihn.

»Jawohl, das hat sie!«, bestätigt Onkel Moses. »Rainfarn und Honig hat sie in dich hineingeträufelt, bis du auf deinen eigenen Beinen durch die Stube stolpern konntest!« Und er lächelt seine Frau an und sieht mit einem Mal recht zufrieden aus, als würde er bei all dem Elend, das sie einst befallen hat, auch ein großes Glück empfinden.

Dann macht Onkel Moses etwas, das er manchmal macht, wenn die Abende länger werden, weil der Winter kommt und es schon dunkel wird, obwohl sie noch nicht müde sind. Er hangelt die Geige vom Haken an der Wand und spielt eine fröhliche Melodie, als wollte er damit auch den letzten Fetzen Traurigkeit vertreiben, sollte er irgendwo noch vorhanden sein. Die anderen beiden singen dazu: Tante Susan mit ihrem hellen Sopran und Jim mit seiner Stimme, die allmählich kippt, weil er mit seinen zwölf Jahren beinahe schon erwachsen ist. *Ich sing ein kleines Liedchen, es dauert auch nicht lang …*

George aber schaut zum Fenster, wo der Schnee wirbelt, und hört ihnen zu. Die Töne hüpfen auf und ab. In weiten Bögen legen sie sich umeinander wie der Faden, den er durch sein Schnupftüchlein zieht. Dazu rüttelt der Wind an den Fensterläden, als wollte er mitspielen. Sein Gerüttel erinnert George auch an das Glucksen des Wassers im Bach, wenn es über die Steine springt. Bald friert der Bach an seinen Rändern zu und das Glucksen wird verstummen. Aber im Frühling taut das Eis wieder auf.

Da fängt es wieder an, das viele Fragen und das Überlegen: Wie geht es nur, dass das Wasser sich so wandelt? Dass es mal fest ist und dann wieder flüssig wird?

Es gibt so viele Fragen und viel zu wenige Antworten darauf.

George seufzt. Der Seufzer schwappt aus ihm heraus, als hätte jemand eine Schleuse aufgedreht. Verwundert schaut Tante Susan auf und sieht ihn an und dann schenkt sie ihm ein breites Lächeln. Das breite Lächeln sagt: »Es ist gut, dass es dich gibt, George!«

Da singt auch er mit, und seine hohe Stimme, die immerzu wackelt und bricht und stockt, wenn er mit den Menschen spricht, legt sich hell und klar über die anderen

Stimmen wie ein zartes rosa Wölkchen an einem frühen Morgen. Auch das ist sonderbar und ein Rätsel, auf das ihm niemand eine Antwort geben kann. Er wird es wohl alleine herausfinden müssen, denkt George da. Aber nur woanders. Nicht hier.

Das ist ein neuer Gedanke und er überrascht George sehr. Denn wie könnte es je einen anderen Ort geben auf der Welt als das honiggelbe Blockhaus, das sich unter die Walnussbäume duckt?

DER TRAUM AUF DER LICHTUNG

George liegt neben seinem großen Bruder auf dem mit Maishülsen gestopften Bett. Jim schläft längst tief und fest. Sein Tag war mit ungezählten Handgriffen angefüllt und er hat geschuftet, als wäre er einer von Onkel Moses' Ochsen. Da schläft er sofort ein, kaum hat seine Wange das Kissen berührt, zumal ihn keinerlei Grübeleien wachhalten.

Das sieht bei George anders aus.

Er hat nicht schuften müssen, nur Maisküchleinteig geknetet und eine zarte rote Blume eingegraben in seinem geheimen Garten, von dem niemand etwas ahnt. Zur Feldarbeit taugt George nicht. Dazu braucht es starke Kerle mit Muskeln in den Armen, solche wie Jim.

Trotzdem hat auch George allerhand erlebt und noch weit mehr entdeckt. Über all das kann er nun, da sich die Stille über das honiggelbe Blockhaus unter den Walnussbäumen senkt, in aller Ruhe nachdenken. Denn die Muskeln im Kopf, die es dazu braucht, hat er schon.

George liegt auf dem Rücken und starrt an die Decke, von der er annimmt, dass sie sich über ihm wölbt, denn es ist dunkel im Blockhaus und er sieht die Decke nicht. Nur im Kamin glimmt noch ein wenig Kohle. Und daneben schimmern silbrig Georges Glitzersteine. Schön schauen sie aus. Immer noch.

George lauscht, wie sich Jims Atem hebt und senkt. Auf und ab geht das, immerzu, und wieder ab und auf. Da stehlen sich seine Gedanken fort. Leise öffnen sie die Tür und huschen hinaus in den Wald zu der Lichtung, wo neben hohen schlanken Kiefern eine zarte rote Blume blüht. Der Wind fährt durch die Äste, dass die Äste stöhnen wie müde alte Männer, die einander ihre Sorgen klagen. Und wie nun die Wolken beiseitefliegen, als wären sie ein Vorhang, der rasch aufgezogen wird, wirft der Mond einen hellen Lichtstrahl auf die Blume, als wäre er ein Scheinwerfer und sie wäre ein Stern in seiner Manege. Da kommt es George vor, als hätte die kleine Blume mit einem Mal ein Gesicht wie ein Mensch mit zwei Augen, einer Nase und einem Mund, mit dem sie ihn anlächelt und mit dem sie zu ihm spricht:

»Hallo, George!«, sagt die kleine rote Blume. »Danke, dass du mich gerettet hast!«

»Aber das war doch selbstverständlich«, murmelt George.

Die Blume wiegt ihr Köpfchen hin und her. »Trotzdem«, sagt sie. »Du kamst gerade rechtzeitig. Wer weiß, was sonst geschehen wäre! Jeden Tag habe ich befürchtet, ein Stiefel würde mich zertreten!«

»Onkel Moses trägt wirklich schwere Stiefel«, gibt George zu und er kichert ein wenig.

»Sehr schwere sogar«, sagt die Blume und sie gluckst ebenfalls.

»Die braucht er allerdings auch«, gibt George zu bedenken, »weil er doch immerzu Brennholz hackt für uns alle. Sonst würden wir jetzt frieren. Und stell dir nur vor, ein Scheit plumpste daneben und fiele ihm auf die Zehen!«

»Das täte sicherlich sehr weh«, sagt die Blume, »vor allem, wenn er barfuß ginge!«

Jetzt lachen beide.

Aber schon wird die Blume wieder ernst. »Selbst wenn dein Onkel Moses seine schweren Stiefel zu Recht trägt, ist doch der weiche Boden im Wald viel angenehmer für mich.«

Da fasst sich George ein Herz. »Ich würde dich gerne etwas fragen.«

Die Blume nickt. Aber was ist das? Sie gähnt!

»Bitte verrate mir, wie du heißt!«

Plötzlich schieben sich graue Wolken vor den Mond. Es wird finster zwischen den Bäumen, düster gar, und aus dem Schatten kommt keine Antwort mehr: Die Blume ist eingeschlafen!

Und George? Der schläft jetzt auch. Tief und fest wie sein großer Bruder, während der Schnee in immer dickeren Flocken um das Blockhaus wirbelt. Manchmal aber zuckt es um seine Lippen. Dann sieht es aus, als lächelte er. Bestimmt träumt er etwas Schönes.

ZWEI BRÜDER

»Steh auf, George! Schau!« Jim hüpft aufgeregt von einem Bein aufs andere. Er ist eben aufgewacht und sieht aus dem Fenster. Ringsum das Blockhaus liegt ein weicher Teppich aus Schnee. Und noch immer wirbelt es vom Himmel. In dicken weißen Flocken schneit es ohne Unterlass. Trotzdem ist Onkel Moses schon lange munter und hat die Tiere versorgt. »Puh, was ist es kalt geworden!«, sagt er und klopft sich die Stiefel sauber. Die Pferde sind gefüttert, die Kühe gemolken. Die Milch im Krug auf dem Tisch dampft noch warm.

Aber George hat jetzt keine Zeit zum Frühstücken. Er will in den Wald, nachsehen, wie es seiner kleinen roten Blume geht. Doch wieder stellt sich ihm Tante Susan in den Weg.

»Halt, hiergeblieben!«, verlangt sie. Plötzlich fällt ihr eine Menge ein, wozu sie unbedingt Georges Hilfe braucht. Die Stube gehört gefegt, der Rahm gestampft, die Wäsche geschrubbt. Zudem hat sie etliche Socken entdeckt mit hässlichen Löchern an den Fersen. Die kann George doch sicher stopfen? Und ohnehin wird es bald wieder Zeit, das Mittagessen zu richten.

So geschieht es, dass George an diesem Tag nicht in seinen geheimen Garten kommt. Heute nicht und morgen nicht und nicht am Tag danach, und weil es immerzu weiterschneit, bis sich der Schnee um das Blockhaus stapelt, sitzen die vier Menschen unversehens darin fest.

Jetzt gehen sie nur noch hinaus, um nach den Tieren zu sehen oder Trinkwasser und Brennholz zu holen, und dabei müssen sie sich die Wege von Schuppen zu Schuppen und wieder zurück mit dem Spaten schaufeln. Trotzdem sorgt sich George nicht ernstlich um seine kleine Freundin. Er weiß, dass es ihr gut geht, weil sie in warmer Erde wächst und tiefe Wurzeln hat. Und wer fest verankert ist, den wirft so leicht nichts um.

Obendrein wird es nicht langweilig in dem honiggelben

Blockhaus, das sich unter die Walnussbäume duckt. Denn nun finden sie Zeit für all die vielen Dinge, die sonst eher liegenbleiben: zum Flicken, Spinnen, Nähen, Schnitzen. Und zum Erzählen.

Aber diesmal ist es George, der bettelt: »B-b-bitte, Tante Susan. E-e-erzähl von Mama!« Denn die Geschichten, die Tante Susan von der Mutter weiß, hört er immer noch am liebsten.

Tante Susan sitzt am Spinnrad. Jetzt lässt sie den Faden fallen und faltet die Hände in den Schoß. »Ach, Mary!«, seufzt sie. »Was soll ich erzählen? Fleißig war sie. Und geschickt mit den Händen. Genau wie du, George.«

Das weiß George schon. Er will anderes wissen. Mehr. Am besten alles. »W-w-wie war sie d-d-denn noch?«, hakt er nach.

»Klug war sie. Immerzu wollte sie lernen. Und alles verstehen. Genau wie du.« Aber schon wackelt Tante Susans Stimme und sie schluckt, als wäre ihr ein dreistes Maisküchlein in den Hals gerutscht und darin steckengeblieben. »Sie sang wunderschön. Genau wie du!« Weiter kommt Tante Susan nicht. Denn jetzt fängt sie zu weinen an, weil sie immer zu weinen anfängt, wenn sie von Georges Mutter erzählen soll. Da reicht ihr George rasch sein Schnupftuch. Es ist fast fertig und eignet sich wunderbar für alle Tränen. »Bitte nicht w-w-weinen, Tante Susan«, tröstet er, als wäre er schon groß und sie noch klein. »D-d-du hast ja nun Jim und mich!«

Das ist natürlich wahr und Tante Susan freut sich in der Tat, dass die beiden Burschen das Blockhaus auch in den langen Wintermonaten mit ihrem Getuschel und Lachen füllen bis unters Dach. Es bringt sie auf andere, heiterere

Gedanken, und dabei könnten die zwei kaum unterschiedlicher sein, der eine groß, der andere klein, obwohl sie Brüder sind. Allerdings haben sie auch jeweils einen anderen Vater. Doch von den Vätern kann Tante Susan noch weit weniger berichten als von ihrer Mutter Mary, und alles, was sie weiß, erschöpft sich in ein paar Einzelheiten, die sie in knappen Sätzen wiedergibt: Georges Vater arbeitete als Sklave auf eben jener Farm, von der auch Mary kam. Noch ehe George geboren wurde, stürzte er jedoch vom Ochsenkarren und der Wagen mit der schweren Fuhre Holz rollte über ihn. Da war er tot. Von Jims Vater erzählt sie noch viel weniger. Das wird wohl jener Leiharbeiter gewesen sein. Der kam und half ein bisschen, den Mais zu ernten und blieb nicht lange und war vermutlich weiß. Jedenfalls sieht Jims Haut viel heller aus als die von George, die dunkel glänzt wie die Holzkohle, die im Kamin glimmt. Eine Mutter. Zwei Väter. Zwei Brüder. Der eine groß und stark wie ein Bär. Der andere zart und zerbrechlich wie … Nun, wie was? »Manchmal erinnerst du mich an eine Mohnblume, George«, lacht Tante Susan und streicht ihm zärtlich über die Wange. »Ihre hauchdünnen Blütenblätter segeln auch sofort davon, sobald man sie berührt.«

Ohnehin versteht sie nicht, wie dieser klapprige, immerzu kränkelnde Junge, von dem sie nicht dachte, dass er auch nur einen einzigen dieser eisigkalten Winter überleben würde, nach wie vor hier in der Stube sitzt und außerdem etwas derart Schönes sticken kann mit seinen kleinen, feinen Händen! Das hält sie für ein Wunder, das sie nicht glauben kann, obwohl sie es jeden neuen Tag erneut bestaunt. Dabei bräuchte sie ihn bloß zu fragen. George würde es ihr erklären: Selbst die zartesten Blumen besitzen eine ungeheure

Kraft, die sie blühen und wachsen und die langen Winter überstehen lässt, und käme Tante Susan einmal mit in Georges geheimen Garten, verstünde sie es sicher auch. Dort schläft, tief eingehüllt in eine Decke aus Schnee, eine kleine rote Blume, und weder der Wind noch die Kälte können ihr etwas anhaben, weil sie ihre Wurzeln tief in die Erde gräbt.

Davon weiß Tante Susan nichts. Sie ahnt es allenfalls.

Manches weiß sie aber doch und zwar so unumstößlich, wie sie auch weiß, dass die Sonne morgens wiederkommt. Dass George sich mit den Pflanzen auskennt wie kein anderer, das weiß sie. Schließlich sieht sie mit ihren eigenen Augen, wie alles keimt und blüht in ihrem Garten, kaum kehrt der Frühling zurück, einzig weil George darin herumwandert.

Obendrein sind Tante Susans Geranien die ersten in ganz Diamond Grove, die weithin vor den Fenstern des honiggelben Blockhauses leuchten.

Das sehen auch die Nachbarinnen.

Neugierig stecken sie ihre Nasen in Tante Susans Beete, in denen bald auch die Radieschen, die Möhren und Erbsen sprießen, als gäbe es kein Anhalten. »Wie machst du das nur?«, fragen sie verwundert. »Bei uns wächst der Mangold nie so saftiggrün und hoch!«

Aber da lacht Tante Susan. »Das mache nicht ich«, winkt sie ab, »das liegt an George! Er weiß, was jede Pflanze braucht, damit es ihr gut geht. Ihr müsst ihn nur fragen.«

BLUMEN AN DEN WÄNDEN

Es bleibt nicht lange geheim, dass sich ein kleiner Junge mit den Blumen auskennt. So etwas spricht sich herum. Zumal die Menschen in den Ozarkbergen derart abgeschieden leben, dass sie gerne miteinander plaudern, laufen sie sich einmal über den Weg. »Wenn du Hilfe brauchst im Garten, hol dir Carvers George!«, raten sie einander. »Der Bursche versteht sich auf alles, was grünt und blüht.«

So kommt es, dass eines Tages auch Mrs. Baynham nach George schickt. Mrs. Baynham ist das, was man gemeinhin eine feine Dame nennt. Sie kleidet sich nicht nur weit vornehmer als Tante Susan, die wenig Wert legt auf Schleifen und Brokat. Sie wohnt obendrein in einem richtigen Haus aus echten Ziegelsteinen. Alles auf Mrs. Baynhams Anwesen strahlt prunkvoll und schön. Nur der Garten nicht. Der Garten ist kein Augenschmaus. Denn Mrs. Baynhams Rosen blühen nicht. Sie welken vielmehr! Das darf nicht sein, weil es einen schlechten Eindruck macht, wenn die Gäste mit den Kutschen vorfahren. Niemand hat Mrs. Baynham bislang helfen können. George, denkt sie, ist ihre letzte Rettung.

George erspäht die Rosen schon von Weitem. Traurig lassen sie die Köpfe baumeln, als fehlte ihnen alle Kraft zum Fröhlichsein. Viele sind es auch nicht. George begreift aber sofort, woran das liegt: Die Rosen wachsen an der Nordseite des Hauses, wo sich kaum ein Sonnenstrahl hin verirrt. Obendrein werfen die Bäume auf dem Rasen lange Schatten darüber. Kein anderer Ort könnte weniger geeignet sein für eine empfindsame Blume, die nichts mehr liebt als den hellen Sonnenschein.

Im Schuppen findet George einen Spaten. Flugs gräbt er die Rosen aus und neben der prächtigen Holztreppe, die zur Haustür führt, wieder ein. Hier stehen die Rosen den ganzen Tag im hellen Licht, während die Sonne im weiten Bogen ums Haus zieht, ehe sie am Abend hinter den Büschen schlafen geht. Jetzt werden sie blühen und für jeden, der vorbeigeht, duften. Da ist sich George sicher. Vor allem Mrs. Baynham wird es freuen, wenn ihre Freundinnen auf einen Plausch vorbeischauen.

George hat seine Arbeit jetzt beendet. Aber noch immer sieht er niemanden, dem er davon berichten könnte.

Vielleicht steckt Mrs. Baynham im Haus?

In Mrs. Baynhams prachtvollem Haus ist George noch nie gewesen. Wie sollte er auch? Er ist nur ein kleiner Junge, der die Rosen für sie umgräbt. Zudem geht es hier ganz anders zu, als er es von daheim gewöhnt ist, wo man in die Stube platzt, sobald die Tür aufgeht, während noch aller Staub und Dreck unter den Schuhsohlen klebt. Will er zu Mrs. Baynham, muss er erst die lange Treppe hochsteigen, Stufe um Stufe, bis unter die mächtige Eingangstür, die eher einem Tor gleicht. Da steht George nun und sein Herz klopft laut, als wäre er soeben dabei, etwas sehr Verbotenes zu tun und dabei will er doch nur nachsehen, ob sie zu Hause ist.

Doch als er sich auf die Zehenspitzen stellt, um zaghaft durchs Schlüsselloch zu blinzeln, knicken seine Füße um, und wie George sich gegen die Tür stemmt, um nicht umzufallen, springt sie auf und er plumpst nun doch hinein in Mrs. Baynhams Haus – in einen Raum, der ihm so gewaltig vorkommt, dass jedes Wort zu klein dafür erscheint: Ein Saal ist das, ein regelrechtes Schloss!

Das Wunderlichste aber besteht nicht in der unbeschreiblich großen Größe. Das Wunderlichste leuchtet George von den Wänden entgegen. An den Wänden hängt alles, was George so sehr liebt, dass er sich nie satt sehen kann daran. An den Wänden hängen Blumen!

Blumen in allen Farben. Rote Blumen. Blaue Blumen. Gelbe Blumen. Dazwischen sieht er Bäume, Gräser, Steine, einen Bach. Und um alles – Blumen wie Bäume, Gräser wie Steine – spannt sich jeweils ein Rahmen aus Holz. Als passte er auf, dass die Dinge nicht hinauspurzeln.

George sieht und staunt und staunt und sieht, und wenn er sich umdreht, entdeckt er nochmals Neues. So schön erscheint es ihm, dass er es für einen Traum halten könnte, wenn nicht …

»George, was machst du hier?«

Mrs. Baynham ist unbemerkt in ihren Salon getreten. Nun steht sie hinter ihm. Erschrocken fährt George herum.

»Ich …«, stammelt er. »E-E-Entschuldigung!« Mehr fällt ihm nicht ein und schon gar nichts, womit er Mrs. Baynham erklären könnte, warum er mitten in ihrem Haus steht. Aber seine Augen leuchten noch von dem, was er soeben entdeckt hat. Wie ist es möglich, dass alles, was er so sehr liebt, bei Mrs. Baynham an den Wänden hängt?

Dann aber erinnert er sich doch. Weshalb er hier ist. Eigentlich. »Ihre Rosen, Madam, ich h-h-habe sie umgepflanzt!«, stottert er. »In d-d-die Sonne! R-R-Rosen brauchen S-S-Sonne!«

»Danke, George«, sagt Mrs. Baynham, »das hast du gut gemacht.« Sie sagt es mit einer weichen Stimme, die klingt wie Tautropfen früh am Morgen auf dem Klee. »Gefallen sie dir?«

George versteht die Frage nicht. Aber Mrs. Baynham lächelt unbeirrt. »Ich hab doch gesehen, wie du meine Gemälde angestarrt hast! Magst du sie?«

Gemälde sind das also! »Bedeutet das denn, die Dinge an den Wänden sind gemalt?«, wundert sich George.

»Natürlich sind sie das!«, sagt Mrs. Baynham und sie lächelt weiterhin ihr mildes Damenlächeln. »Mit Pinsel und Tusche, wenn ich mich nicht irre. Von einem Maler.« Dann redet sie noch dies und das. Von Ölfarben, Kreiden und Leinwänden spricht sie, Vordergründen, Hintergründen, Stillleben, Paletten und Porträts. Aber George hört nicht länger zu. Selbst wenn er es wollte: Er ist viel zu beeindruckt von dem, was gerade mit ihm geschieht.

Denn es ist einer jener seltenen Augenblicke – es gibt sie nicht oft im Leben –, in denen ein Mensch plötzlich versteht, wozu er auf der Welt sein könnte. Plötzlich weiß George mit einer Klarheit, die keinen Widerspruch erlaubt, dass er selbst ein Maler werden will. Denn wenn einer die Blumen, die George über alle Maßen liebt, malen konnte, sodass sie nun bei Mrs. Baynham an den Wänden hängen, kann George das vielleicht auch.

Er wird es jedenfalls versuchen.

Dann könnte George nämlich auch die zarten Blumen, die doch, weil sie Wurzeln haben, die Erde brauchen, trotzdem jederzeit mit sich herumtragen.

Kaum ist George auf die Farm zwischen den Walnussbäumen zurückgekehrt, fängt er mit dem Malen an. Das ist gar nicht mal so schwer. Er hat es schließlich schon oft bemerkt: Wenn er die Brombeeren von den Sträuchern zupft und er drückt sie zu fest, färben sich seine Handflächen violett. Ähnlich geht es mit den Blaubeeren. Nur färben sie die Finger blau. Auch die Schalen der Walnüsse hinterlassen eine Spur aus einem schwammigen Braun mit Schlieren von Gelb, das ins Orange kippt. Manche Steine im Bach schimmern rötlich. Reibt George sie gegeneinander, entsteht ein hübsches Kupfer. Zermahlt er die Blätter der Mohnblumen, leuchtet es blassrosa. Weit kräftiger strahlt das Rot, wenn er die Zehnmännige Kermesbeere zermatscht: Ihr Saft ist giftig, er darf sie nicht essen, aber aus den Früchten gewinnt er ein beinahe schwarz glänzendes Purpur. Sogar die Läuse auf den Kakteen hinterlassen einen roten Klecks, wenn er sie zerdrückt, schöner fast als all die anderen Farben. Das ist doch sehr verwunderlich: dass alles einen Nutzen hat. Und einen Sinn. Obwohl George die Läuse nicht sehr gerne zerstampft. Wenn er den Lehmboden mit ein wenig Wasser verrührt, genügt es auch. Dann entsteht ein warmes Ocker, das wie die Abendsonne schimmert, ehe sie hinter den Walnussbäumen untergeht.

Pinsel hat George auch.

Zweige eignen sich dazu. Manche Blüten sehen aus wie Borsten. Flechten und Moose ergeben vorzügliche Stempel. Und natürlich kann er jederzeit auch mit den Fingern malen.

Oder mit der ganzen Hand.

George malt und tupft und druckt seine Bilder überall hin. Auf die Steine, die in der Sonne dampfen. Auf die Rinde der Birken. Und auf Onkel Moses' Lattenzaun.

»He, was machst du da?« Jim kommt eben vom Acker. Dort hat er Rote Bete gehackt. In der Abendsonne glänzen seine Muskeln unter der Haut wie Mäuschen, die spazieren gehen.

»Ich … ich m-m-male«, erklärt George.

»Aha, verstehe«, sagt Jim. Aber er versteht nichts.

»G-g-genau!«, sagt George. Er freut sich, dass er seinem Bruder etwas zeigen kann. »Sch-schau her!«

Stolz zeigt er Jim alles, das er heute schon gepinselt hat: Das Blockhaus besteht aus einer Reihe feiner Pinselstriche im Lehmboden beim Schweinetrog. Tante Susans Geranien blühen jetzt auf den Steinen, die in der Sonne dampfen. Sogar eine Schwarzäugige Susanne ist darunter. Für ihre dunklen Augen hat George die Asche aus dem Kamin benutzt. Und über Onkel Moses' Lattenzaun krabbeln Schnecken, Spinnen, Raupen, allesamt in Rot, weil er für sie den Kermesbeerensaft benutzt hat.

»Mmh«, macht Jim und kratzt sich am Kinn. Mag sein, dass es Kunst ist, was der kleine Bruder da treibt. Aber mit Kunst kennt er sich nicht aus. »Das ist recht putzig, aber lass es bloß nicht Onkel Moses sehen! Ich weiß nicht, was er dazu sagt, wenn Insekten über seinen Zaun krabbeln!«

Aber Onkel Moses sagt nichts dazu. Keine einzige Silbe. Weil er für solche Dinge, die nichts bringen, wie er meint, keine Zeit und darum auch kein Auge übrighat. Jedenfalls nicht jetzt, da die Feldarbeit ruft von morgens bis abends den lieben langen Tag. Das Gras muss geschnitten werden. Sonst haben die Kühe und Pferde im Winter kein Heu. Die Waben triefen mit Honig und gehören geschleudert. Die Äpfel sind reif. Die Walnüsse prasseln ihnen auf die Köpfe. Jemand muss sie einsammeln und trocknen. Ohne Jim ginge das alles nicht.

Jim streicht dem kleinen Bruder über den Kopf. »Manchmal verstehe ich dich nicht, George«, sagt er. »Aber es ist schön, dass du beschäftigt bist! Und jetzt muss ich weiter.« Die Sau hat geworfen. Er will nach den Ferkeln sehen. Jim dreht sich um und geht.

Und George malt weiter.

Jeden Tag.

Von früh bis spät.

Während die Gerste gesichelt wird, die Rüben aus dem Acker gezogen werden, das Heu in die Scheune kommt.

Immer gekonnter werden seine Pinselstriche. Immer mehr ähnelt das, was er malt, dem, was er sieht. Dabei achtet er genau auf die Dinge, und er betrachtet sie, als hätte er sie nie zuvor gesehen. Das ist wichtig. Malen lernen heißt auch Sehen lernen. Als sähe man alles ein erstes Mal.

BEINE, DIE ZU FLÜGELN WERDEN

»George, Mrs. Baynham ist von dir begeistert!« Tante Susan strahlt und wischt sich die Hände an der Schürze ab, denn sie brät mal wieder etwas Leckeres. »Sie sagt, ihre Rosen blühen geradezu verschwenderisch und alle, die sie besuchen, reiben sich vor Neid die Augen. Wie hast du das angestellt, George? Kannst du etwa zaubern?«

»A-a-aber nein, Tante Susan!«, ruft George erschrocken. Mit Zauberei hat es nichts zu tun, nicht das Geringste. Mrs. Baynhams Rosen brauchten dringend Sonne. Das ist alles. Und Sonne haben sie jetzt reichlich. »D-d-die Blumen e-e-erzählen selbst, w-w-was sie brauchen. M-m-man muss ihnen bloß z-z-zuhören.«

Er versucht, es ihr zu erklären, aber Tante Susan hört ihm gar nicht richtig zu. Immer noch kreisen ihre Gedanken um das Gespräch mit Mrs. Baynham; es beschäftigt sie sehr. »Aber hör nur, was sie außerdem gesagt hat! Sie nennt dich einen *Blumendoktor* und erzählt es überall herum. Hat man so etwas schon gehört? Tzzz. Als ob es einen Arzt für Blumen geben könnte!« Sie schüttelt den Kopf, wiegt ihn hin und her. Allerdings nicht lange. »Andererseits hat sie natürlich recht. Denn es ist doch wirklich so, als gingen die Blumen zu dir in die Sprechstunde. Du hörst ihnen zu und sie verraten dir, was ihnen fehlt. Dann machst du sie gesund. Herzlichen Glückwunsch, Herr Doktor!«

Wieder verbreitet es sich wie ein Lauffeuer. Bald weiß jeder in ganz Diamond Grove bis hinüber nach Locust Grove, was Mrs. Baynham über Carvers schmächtigen Buben gesagt hat: Der Junge ist ein Blumendoktor!

Es ist eine gewichtige Auszeichnung für ein Kind; sie könnte auch zur Last werden. Aber George kümmert es wenig. Er versteht vielmehr nicht, warum sie nicht von selbst drauf kommen. Die Leute haben Augen. Aber sie sehen nicht hin. Sie haben einen Mund, mit dem sie fragen könnten. Aber sie fragen nicht. Manche Fragen, man glaubt es kaum, haben sie sich noch nie gestellt, nicht einmal leise in ihren Köpfen, wo es niemand hört.

Und dabei gibt es doch so viel zu entdecken, und mit jedem Tag, den George zwischen Blumen und Steinen verbringt, entdeckt er mehr, das er befragen will. Das freut ihn. Und es bekümmert ihn zugleich. Denn für alles – sei es ein Blatt, ein Pilz, ein Käfer – muss es einen Namen geben. Und er weiß die Namen nicht.

Heute erst hat er zwei Schneckenhäuser gefunden. Er trägt sie zu Tante Susan. Sie soll ihm verraten, wie die Schnecken heißen. Sie weiß es aber nicht.

»Du liebe Güte!«, ruft sie. »Schnecken sind das. Nichts weiter!«

»A-a-aber, T-T-Tante Susan!«, empört sich George. Prompt verhaspelt sich seine Stimme und schraubt sich höher und höher, bis sie dünn klingt wie ein Faden, der bald reißen wird. »S-s-sie sind doch ganz ver-verschieden. S-s-siehst d-d-du das denn nicht? W-w-wie k-k-kannst d-d-du behaupten, sie seien g-g-gleich???«

Und er hält sie ihr mit ausgestreckten Armen hin, die zwei Schnecken, die sie alle beide *Schnecke* genannt hat, als wären sie ein und dasselbe Tier. Aber das sind sie nicht. Wie könnten sie das je sein, wo sie so offenkundig anders sind?

Die eine trägt ein erbsenkleines Haus mit schwarzen Ringen. Das andere Haus ist groß wie ein Kiesel und grau. Das eine Haus windet sich spiralförmig. Seine Linien liegen eng an eng wie bei einem Labyrinth. Das andere zwirbelt sich in weit geschwungenen Kreisen.

»Stimmt, George«, gibt Tante Susan zu. »Sie sind in der Tat verschieden. Trotzdem weiß ich nur, dass es Schnecken sind. Warum gehst du nicht und fragst Onkel Moses? Vielleicht weiß er es.«

Onkel Moses steht bei den Pferden. Eben streicht er dem Rappen über die Flanken und kratzt die Hufe aus. Weil Onkel Moses die Nase tief über den Pferdefuß beugt, sieht er George nicht an, während er mit ihm spricht.

»Was stellst du bloß für Fragen, George?«, brummt es unter dem Pferdebauch. »Und warum glaubst du, dass ausgerechnet ich eine Antwort darauf weiß? So etwas Merkwürdiges steht höchstens in den Büchern.«

»I-i-in den B-B-Büchern?«

»Ja, in den Büchern. Dazu musst du aber lesen können!«

»L-l-lesen?«

»Jawohl, lesen«, brummt es wieder unter dem Pferdebauch. »Lesen lernt man in der Schule.«

»I-i-in der Schule!« George haucht es, tonlos.

In Locust Grove, nicht weit entfernt von Onkel Moses' Farm, gibt es eine kleine Hütte. In ihr feiern die Nachbarn sonntags ihren Gottesdienst, vorausgesetzt ein Wanderprediger kommt über die Berge geritten, denn einen eigenen Pfarrer hat die kleine überschaubare Gemeinde von Locust Grove nicht. Unter der Woche aber gehen die Nachbarskinder ohne ihre Eltern dorthin, und wenn sich die Tür hinter dem Letzten geschlossen hat, beginnt es, durch die dünnen Holzwände zu wispern, zu tuscheln und zu flüstern, als säße ein Haufen eifriger Termiten darin. Wie oft hat George dann davor gesessen, das Ohr eng an die Wand gepresst, ob er wohl hören möchte, was sie murmeln. Aber nie hat es gereicht, alles zu verstehen und nie hat er begriffen, worum es dabei ging. Aber jetzt wird ihm schlagartig klar: Die Kinder gehen in die kleine Hütte, weil sie dort lesen lernen! Die kleine Hütte ist eine Schule. Wieso ist er nicht längst darauf gekommen?, beschimpft er sich selbst. Denn wieder geht es ihm wie neulich, als er in Mrs. Baynhams Salon stand und mit einem Mal begriff, dass er ein Maler werden will: Auch er wird in diese Schule gehen! Und wenn er erst lesen kann, wird er sie alle lesen, sämtliche Bücher, die seine kleine Jungenhand halten kann. Dann wird er auch Antworten finden auf seine vielen Fragen. Weil die Antworten in den Büchern stehen. Das hat Onkel Moses gesagt. Und weil George bereits viel zu lange mit dem Lesenlernen gewartet hat, nimmt er sich vor, gleich morgen damit anzufangen. Schließlich ist er jetzt sechs oder sieben oder vielleicht auch schon acht Jahre alt (niemand weiß das genau, denn niemand schreibt es auf), und es wird höchste Zeit zu tun, was andere Kinder in solch einem Alter nun mal tun: Sie gehen in die Schule.

Doch als George beim Abendessen seinen wunderbaren Ich-gehe-jetzt-zur-Schule-Plan verkündet und dabei vor Freude und Aufregung fast platzt, während sie um den Tisch sitzen und Tante Susans leckere Maisküchlein verspeisen und ein Hähnchen und Bohnen noch dazu, denn es ist Sonntag, begreift Onkel Moses, was er angerichtet hat. Er hat Träume geweckt, die er nicht hätte wecken dürfen, weil sich diese Träume nicht erfüllen lassen. Immer sollte man erst nachdenken, ehe man den Mund aufmacht. Das wusste er doch, und dass ausgerechnet ihm, der sonst eher schweigsam und besonnen ist, solch ein Unsinn über die Lippen schwappte, erbost ihn sehr.

Onkel Moses lässt die Gabel sinken und diesmal sieht er George an. Mitten hinein schaut er in die Augen, in denen schon das Glück glüht, als säße George längst in der Schule neben den anderen Kindern und lernt und lernt und lernt. »George«, sagt er und dann muss er sich erst einmal räuspern, »es tut mir leid, aber es geht nicht.«

»W-w-was geht nicht?«, stottert George und das Glück in seinen Augen verwandelt sich in eine einzige Frage.

»Das mit der Schule. Es geht nicht, dass du sie besuchst!« Wieder räuspert sich Onkel Moses. »Es geht nicht, weil die Schule nur für weiße Kinder ist.«

»N-n-nur f-f-für w-w-weiße Kinder …«, stammelt George und er begreift – nichts. Er weiß schließlich selbst, dass seine Haut dunkler ist als die von Onkel Moses und Tante Susan und die der meisten anderen Kinder, mit denen er manchmal spielt. Aber sie ist auch dunkler als Jims, und ohnehin lässt sich schwer sagen, welche Farbe eine Haut hat.

Auch die Haut der weißen Kinder verwandelt sich gelegentlich. Oft färbt sie sich braun, bisweilen sogar rot, wenn sie beim Fangenspielen im Freien ihren Sonnenhut vergessen haben. Und hier in der Stube, durch die allezeit Asche und Ruß aus dem Kamin wirbeln, sehen die Gesichter sowieso immer alle etwas eingetrübt aus. Wieso sollte da ausgerechnet so etwas Wankelmütiges wie die Farbe einer Haut darüber entscheiden, ob der eine lesen lernen darf, die andere aber nicht? Das kann eigentlich nur ein Scherz sein, wenn auch ein ziemlich übler.

Aber Onkel Moses erklärt nicht, dass er Spaß gemacht hat. Er sagt gar nichts mehr. Er schweigt. Denn obwohl er, weil er inzwischen alt geworden ist, schon eine Menge gesehen hat und darum eine Menge weiß, fällt ihm nichts ein, wie er George, der mit einem Mal tieftraurig ausschaut, erklären könnte, warum er nicht zur Schule gehen darf. Das war eben schon immer so. Daran kann auch er nichts ändern. Selbst wenn er es gerne möchte.

Auch die anderen sagen nichts. Sie starren auf ihre Teller, auf denen die Bohnen kalt und immer kälter werden.

Da springt George auf und läuft hinaus. Jetzt gibt es nur einen Ort, an dem er sein möchte. Wo er sich verstanden fühlt. Auch ohne Worte und Erklärungen.

In seinem geheimen Garten auf der Lichtung leuchtet ihm die kleine rote Blume schon entgegen. Ein warmes Licht im grünen Moos.

»Ach, liebe Blume«, murmelt George. »Wenn du wüsstest!«

Die Blume sagt nichts. Aber sie sieht aus, als wüsste sie durchaus eine Menge zu erzählen. Darum hört er ihr zu. Im Grunde weiß er selbst, was sie zu sagen sagt, denn er hat es oft genug beobachtet, wenn er die Dinge in die Hände nahm: Jedes Ding unter der Sonne hat seine Beschaffenheit. Die Steine im Bach sind glatt. Andere, die das Wasser nicht geschliffen hat, sind rau.

Der Sand ist warm, wenn die Sonne ihn bescheint.

Liegt er im Schatten, bleibt er kühl.

Manche Blumen blühen blau. Andere gelb. Darum ist die eine nicht schöner als die andere. Auch ein grüner Apfel schmeckt nicht köstlicher als ein roter Apfel. Sie schmecken allenfalls anders.

Es gibt Menschen mit heller Haut.

Es gibt Menschen mit dunkler Haut.

Darum ist der eine nicht wertvoller als der andere.

Alles auf dieser Welt ist nützlich und gut.

Womöglich liegt es nur an demjenigen, der die Dinge anschaut, wenn er das nicht erkennt, und nicht an dem, was er betrachtet?

Doch mit der Hautfarbe verhält es sich wohl anders. Sie ist wie ein Schlüssel, der die Tür zum Lernen aufschließt.

Oder eben nicht.

Denn Georges dunkle Haut öffnet die Tür zur kleinen Schule von Locust Grove offenbar nicht, mag er seine Einwände noch so klug vortragen und noch so viele Blumen für die weißen Nachbarn heilen, wenn ihre Blumen nicht blühen wollen, und kletterte er auch noch so oft in ihre Apfelbäume, wenn ihre Apfelbäume keine Äpfel tragen, weil die Motten an den Zweigen knabbern und niemand es bemerkt, außer George. Am Ende muss er es einsehen. Sie lassen ihn nicht in ihre Schule, weil sie es so festgelegt haben. Die weißen Leute machen die Regeln und sie machen die Regeln schon sehr lange und weil sie lesen und schreiben können, schreiben sie die Regeln auf und drucken sie obendrein dick und fett in ihre Gesetzbücher. Dann behaupten sie, es hätte immer schon dort gestanden und gelte seit Anbeginn der Erde. Als wären ihre Regeln ein Naturgesetz, etwa wie der Umstand, dass Wasser immer abwärts fließt.

Trotzdem muss das, was die Weißen sagen, nicht stimmen, denkt George. Zumindest muss es nicht die ganze Wahrheit sein.

Denn selbst Wasser fließt mitunter aufwärts. Jedenfalls wenn man es pumpt.

Es gibt Regeln.

Doch die Regeln sind nicht starr.

Es gibt Ordnungen.

Aber auch die Ordnungen verändern sich.

All das versteht George, weil er genau hinsieht.

Tante Susans Bohnen zum Beispiel keimen erst verborgen unter der Erde, und niemand glaubt, dort könnte etwas sein. Bis unversehens ein zarter Keimling aus dem Boden sprosst. Er wächst, wird größer, reckt sich, streckt sich. Bald rankt er sich um die Stangen im Gemüsebeet und blüht. Aus der Blüte wachsen lauter neue Bohnen. Später welkt die Pflanze. Sie schrumpft, zerfällt, sinkt zurück in die Erde, aus der sie gekommen ist.

Auch mit den Tieren verhält es sich ähnlich.

Eine Raupe kriecht auf Stummelfüßchen langsam durchs Gras oder hangelt sich kauend von Blatt zu Blatt. Hat sie sich satt gefressen, spinnt sie sich ein, baumelt tage-, manchmal wochenlang reglos kopfüber von einem Ast, ehe sich eines Tages hastdunichtgesehen ein hauchzartes Wesen aus dem engen Kokon zwängt und davonfliegt – ein wunderschöner Schmetterling.

Wo am Anfang Stummelfüße waren, können am Ende sogar Flügel sein.

Das ist ein neuer Gedanke, eigenartig und fremd, als käme er von einem anderen. Obendrein ist es ein Gedanke, der voller Kraft steckt, einer, der George Mut macht. Denn er besagt, dass etwas durchaus anders werden kann, selbst wenn es gegenwärtig aussichtslos erscheint. So kraftvoll ist der Gedanke, dass er George jetzt sogar Beine macht, und er aufspringt und zurückläuft zu dem kleinen honiggelben Blockhaus, das sich unter die Walnussbäume duckt und in dem sicherlich schon die anderen auf ihn warten.

Tatsächlich lehnt Tante Susan in der Tür, als George atemlos dort ankommt, und es sieht ganz danach aus, als hätte sie etwas für ihn.

HOCH HINAUS

»Hallo, George! Sieh mal, was ich hier habe! Für dich.« Tante Susan lehnt in der Tür und hält George etwas Großes, Kantiges entgegen. »Das habe ich in meiner Truhe gefunden.«

George nimmt das viereckige Etwas in die Hand. Es wiegt schwer. Zwischen einem Einband aus blauem Leinen steckt ein Haufen dünner Blätter, und es ist, obwohl George nie zuvor etwas Derartiges gesehen hat in dem honiggelben Blockhaus, ein echtes, richtiges Buch mit vielen, vielen Seiten. Die er jetzt lesen könnte, wenn er wüsste, wie das geht.

»Das ist eine Fibel«, erklärt Tante Susan. »Damit lernen Kinder lesen. Wenn du möchtest, bringe ich es dir bei.«

Was für eine Frage! Natürlich möchte George Lesen

lernen. Er hat gar nicht gewusst, dass Tante Susan lesen kann, weil er sie nie lesen sieht.

»Gut«, sagt Tante Susan, »fangen wir an!«

Noch am selben Abend setzen sie sich im Schein der Talglampe an den breiten Holztisch. Darauf legen sie das blaue Buch. Das Spinnrad steht heute still. Trotzdem schnurrt bald etwas anderes in der Stube: Tante Susan erklärt George, wie die Buchstaben heißen. Jeder Buchstabe hat seinen eigenen Namen (so wie auch jedes Ding seinen eigenen Namen haben muss) und George spricht die Namen mit seiner hohen wackeligen Stimme nach, bis er sie auswendig kann. Danach fügt er die Buchstaben zusammen, wie er sonst Pilze auf einer Schnur auffädelt, wenn er sie trocknen will.

Aus den Buchstaben werden Wörter.

Aus den Wörtern werden Sätze.

Lange Sätze.

Kurze Sätze.

Bald kann George das Buch mit dem blauen Einband vom Anfang bis zum Ende ohne Tante Susans Hilfe lesen. Und wenn er auf der letzten Seite angekommen ist, beginnt er von vorn, immer wieder, bis das kleine blaue Buch ganz und gar zerfleddert ist. Aber mittendrin zwischen den vielen Seiten mit den vielen Sätzen gibt es ein Bild. Das liebt George besonders und er sieht es sich oft an: Ein Mann klettert eine steile Klippe hinauf. Der Weg ist beschwerlich. Der Mann muss sich anstrengen, doch er gibt nicht auf, er will unbedingt nach oben. Denn über ihm, knapp am Abgrund, thront ein Gebäude mit Säulen aus weißem Marmor. *Tempel des Lernens* steht in geschwungenen Buchstaben unter dem Bild. Das Bild scheint etwas zu sagen. Das Lernen gleicht einer Bergwanderung. Mitunter bringt es uns ins Schwitzen, trotzdem lohnt es sich, denn das Ziel ist wunderbar.

George weiß, er schaut das Bild so gerne an, weil es ihn an sein eigenes Verlangen erinnert. Wie dieser Mann möchte er höher und höher steigen, bis er alles versteht und alles begreift. Und alles meint: erkennen, wie die Frösche den Winter unter dem Eis überstehen, und warum ein Schmetterling sein Leben auf Stummelfüßen beginnt, ehe er fliegt. Und natürlich auch und nicht zuletzt will George wissen, wie die kleine rote Blume in seinem geheimen Garten heißt.

Doch so oft George auch durch die Seiten blättert und die Sätze liest, die Antworten auf seine Fragen findet er nicht. Dort stehen lauter Dinge, die er längst weiß. Dass die Katze Mäuse fängt und Hühner Eier legen, sieht er selbst jeden Tag auf der Farm mit den Walnussbäumen. Aber warum die Katze Mäuse frisst (oder sie Tante Susan wie ein Weihnachtsgeschenk vor die Türschwelle legt) und die Hühnereier manchmal braun, manchmal weiß sind, verrät die blaue Fibel nicht. Dazu schweigt sie beharrlich, als wäre es eine Selbstverständlichkeit und nicht der Rede wert. Nur ist es das doch nicht. Aber wieder scheint George der einzige weit und breit zu sein, der das so sieht.

GESPRÄCH MIT EINEM GROSSEN KÜNSTLER

George ist jetzt acht Jahre alt. Vielleicht ist er auch neun. Oder schon zehn. Niemand weiß das genau. Denn niemand schreibt es auf. In die Schule lassen sie ihn nicht hinein, aber im Wald, unter den Kiefern und im Präriegras, durch das er täglich streift, klatscht ihm niemand die Tür vor der Nase zu, bloß weil die Nase schwarz ist. Im Gegenteil. Hier begrüßt ihn alles freudig, als warteten sie schon auf ihn. Die Steine im Fluss murmeln ein herzliches Willkommen. Die Walnussbäume rascheln mit den Blättern. Die Frösche am Teich quaken. Und die Blumen in Georges geheimem Garten strecken sich ihm entgegen und strahlen ihn an, und die kleine rote Blume strahlt besonders hell. All das ist auch wie in einer Schule. Nur ist die Natur ein Buch, das seine Geschichten ohne Buchstaben schreibt in einer anderen, wortlosen Sprache: Die Zapfen der Kiefern schieben sich nahtlos ineinander und ihre Samen ruhen sicher darin wie kleine Kinder in den Armen ihrer Mütter. Die Rinde der Bäume umgibt den Stamm wie eine schützende Haut. Jeder Tautropfen bricht das Sonnenlicht und spiegelt es in bunten Farben wider. Der Regen sammelt sich in den Wolken, und der Wind schiebt sie über den Himmel in ständig wechselnden Formen. Alles wirkt kunstvoll und klug, wie von langer Hand geplant und bereitet, als hätte es sich ein großer Künstler ausgedacht. Darum verwundert es George wenig, als ihm eines Tages Samuel Hatchfield, ein Nachbarjunge, mit dem er manchmal spielt, von diesem großen Künstler erzählt. Samuel nennt den großen Künstler Gott.

Samuel Hatchfield gehört zu den Kindern, die nicht nur am Sonntag zum Gottesdienst in die Hütte von Locust Grove gehen dürfen, sondern auch, wenn sie sich wochentags in eine Schule verwandelt. Gott war schon immer da, erzählt er George jetzt, und er wird auch dann noch da sein, wenn alles andere aufhört. Falls alles andere aufhört, denn es erscheint George vollkommen undenkbar, dass etwas ganz und gar verschwinden soll. Schließlich kehren auch die

Blumen nach jedem Winter wieder und es keimt unverdrossen unter der Schneedecke hervor.

»Du kannst mit Gott reden!«, erklärt Samuel stolz. Er freut sich, dass er George einmal etwas erklären kann; normalerweise geht das eher umgekehrt. »Der Pfarrer nennt es Beten.«

Wie das Beten geht, weiß Samuel Hatchfield freilich selbst nicht genau. In der Sonntagsschule falten sie dazu die Hände, sagt er. Dann sind die Hände still und der Mensch kann leichter auf Gott hören. Weil Gott nämlich ebenfalls spricht. Das sagt Samuel auch. Man muss ihm aber zuhören. Sonst klappt es nicht.

Mit dem Zuhören kennt sich George aus. Schließlich lauscht er den Blumen jeden Tag. Darum will er es gleich selbst versuchen. Schon am nächsten Nachmittag, als er auf dem Scheunenboden die Schalen vom Mais pflückt, kniet er sich zwischen die grünen Blätter, die er von den Kolben geschält hat, und den Mais, der golden dazwischen funkelt. Beten sei mit Gott reden, hat Samuel gesagt, und dabei gehe es nicht darum, Gott mit großen Worten zu beeindrucken. Das passt gut, findet George, denn noch immer krallen sich die Wörter an seinem Gaumen fest, sobald er mit jemandem spricht. Darum sagt er auch nicht viel. Er lauscht. Auch Gott scheint zu lauschen, während George kniet und schweigt und lauscht. So schweigen sie im Grunde beide, aber doch so, als erzählten sie einander viel.

George denkt über Gott nach.

Dieser Gott, der offenbar sehr gerne zuhört und gelegentlich auch etwas sagt, zumindest wenn man selbst seine Ohren für ihn öffnet, lässt sich eigentlich nur als ein Gegenüber begreifen, wie auch die Blumen, die Raupen und die

Steine ein Gegenüber sind und es ist sicherlich nicht nötig, ihre Namen zu kennen, um sie liebzuhaben, auch wenn George ihre Namen gerne alle wissen möchte, als verstünde er sie erst dann. Bestimmt reicht auch ein schlichtes Du, wenn man mit ihnen spricht, und mit Gott wird es auch nicht anders sein. Trotzdem fällt George jetzt ein, wie er diesen großen Künstler nennen könnte, und obgleich damit nicht gesagt sein soll, Gott sei ein Mann, denn das ist er sicher nicht, wo Gott doch auch kein Mensch ist, sagt George jetzt trotzdem etwas zu ihm. Es ist ein Gebet und er spricht es, ohne zu stottern, als spräche er zu den Blumen: »Hallo, lieber Mister Creator, lieber Herr Schöpfer. Darf ich dich so nennen? Ich heiße George.«

RUNDUM VERSORGT

»Stellt euch vor, was ich gesehen habe! Das glaubt ihr mir nie.« Onkel Moses, der sonst so Schweigsame, kann es kaum abwarten, alles zu erzählen. Eben ist er aus Neosho zurückgekehrt. In Neosho hat er Tabak und Kaffee gekauft, wie er es jedes Mal macht, und alles war wie immer, nur war es heute doch ganz anders. Denn heute ist etwas Unvorstellbares geschehen. Etwas Denkwürdiges, weil es das Denken umkrempelt, als hätte jemand mitten in der Nacht die Sonne angeknipst: »Ich hatte den Wagen eben gewendet und wollte zurückfahren, da sah ich sie.« Onkel Moses wischt sich den Schweiß von der Stirn, so sehr hat er sich beeilt. »In Neosho gibt es eine neue Schule! Gleich wenn man in die Stadt kommt, links um die Ecke hinter einem niedrigen

Gartenzaun. Und das Verrückte daran ist: Sie ist nur für Schwarze!«

»N-n-nur für Schwarze?«, wiederholt George, ungläubig.

»Ja, nur für Schwarze«, bestätigt Onkel Moses, und dann erklärt er es ihnen: Überall im Land werden jetzt solche Schulen eingerichtet, als wollten die Politiker das Unrecht, das den Schwarzen angetan wurde, als sie nicht lesen lernen durften, wiedergutmachen. Darum sind die Schulen nur für Schwarze. Natürlich sind sie das. Denn dass die weißen Kinder nun gemeinsam mit den schwarzen Kindern lernen, können sich die meisten Weißen selbst Jahre nach dem Bürgerkrieg nicht einmal annähernd vorstellen. Als befürchteten sie, ihre Kinder könnten sich an den schwarzen Kindern schmutzig machen oder sich bei ihnen anstecken, als wären die schwarzen Kinder dreckig oder krank. Die Schwarzen dürfen lesen lernen, aber nur, wenn sie getrennt von den weißen Kindern in ihren eigenen Schulen in ihren eigenen Schulbänken sitzen. Anders geht es nicht.

»Viele solcher Schulen gibt es freilich nicht«, gibt Onkel Moses zu und er gesteht außerdem, dass ihre Lehrer nicht besonders gut und wenig ausgebildet sind. Wie sollte das auch anders sein, wo sie doch selbst kaum je haben lesen und schreiben lernen dürfen?

Aber all das stört George wenig.

Es ist eine umwerfende, atemberaubende Neuigkeit, die ihn augenblicklich von Kopf bis Fuß durchpulst, als hätte er zu viel von Tante Susans starkem Kaffee getrunken.

Eine Tür geht zu.

Eine andere geht auf.

Und alles, was ihm nun zu tun übrigbleibt, ist loszuziehen, damit er auch ankommt.

Nur liegt die Tür, die sich soeben einen Spalt geöffnet hat, acht Meilen entfernt von Onkel Moses' Farm. Das sind selbst für einen entschlossenen Jungen, der inzwischen neun oder zehn oder vielleicht auch schon elf Jahre alt ist, aber immer noch wie ein Sechsjähriger aussieht und nicht mit den Krähen über die Täler und Hügel fliegen kann, sondern auf staubigen Pfaden rauf und runter gehen muss, ein weiter Weg. An einem einzigen Tag hin und zurück schafft er das nicht. George wird in Neosho übernachten müssen, wenn er in Neosho lernen will. Doch wo soll er schlafen? Und wie soll er sich ernähren?

Ginge ich nicht allein, wäre es einfacher, denkt George. Doch Jim schüttelt entschieden den Kopf. »Tut mir leid, Brüderchen! Was soll ich denn in einer Schule? Bringt sie mir etwa bei, wie ich die Weizenkörner in die Erde legen muss, damit Brot daraus wächst?«

»Das w-w-wohl eher nicht«, gibt George zu, »a-a-aber wie aus einem Weizenkorn n-n-neuer Weizen wächst, d-d-das vielleicht schon.«

Er hofft es jedenfalls.

George will lernen. In Neosho steht die Schule, in der er das könnte. Aber wenn er sich auch nach dem Lernen sehnt wie Mrs. Baynhams Rosen nach dem Licht, schwankt er. Denn George liebt auch seinen großen Bruder und Tante Susan und Onkel Moses. Das macht die Sache nicht leichter. Wenn Tante Susan abends das Garn aus der Wolle zwirbelt und das Spinnrad surrt, denkt er: Ich würde es vermissen! Schnitzt Onkel Moses mit seinem Taschenmesser, dass die Späne fliegen und es überall nach Holz duftet, hält George das honiggelbe Blockhaus, das sich unter die Walnussbäume duckt, für den schönsten Ort auf dieser Welt.

Aber auch mit Grübeln und Zögern vergeht die Zeit. Wieder verstreichen ein paar Monate, in denen George zwar älter wird, aber nach wie vor kaum wächst. Vielleicht ist er jetzt zehn. Vielleicht ist er auch elf. Oder schon zwölf. Nichts hat sich geändert. Er fegt die Stube, kirnt Butter, flickt Socken, knetet Maisküchleinteig für Tante Susan und wenn all das getan ist, schaut er nach den Blumen in seinem geheimen Garten und unterhält er sich mit seiner kleinen roten Blume. Aber jedes Mal, wenn er sie jetzt sieht, denkt er daran, wie sie beinahe verkümmert wäre vor dem Holzschuppen, hätte er sie nicht ausgegraben, und wie schön sie nun blüht, da sie in einer anderen, weicheren, krümeligeren Erde wächst.

Das gibt ihm zu denken: Nichts an den Blumen ist verkehrt, wenn sie nicht blühen. Sie wachsen allenfalls am falschen Ort. Und vielleicht ist es bei ihm ähnlich: Nichts an ihm ist verkehrt, bloß weil er schwarz ist und nicht wächst. Nur ist der Ort, an dem er lebt, der falsche Ort und er wird weggehen müssen, wenn er nicht ganz und gar verkümmern will.

Trotzdem entscheidet er sich nicht.

Bis er wieder träumt.

George rennt durch Onkel Moses' Maisfeld.

Es ist Sommer, der Mais steht hoch. George sieht nur den Himmel über sich und die Kolben, die sich gelb zur Sonne strecken.

Und dann, auf einmal, stolpert er. Genau vor ihm auf dem Boden liegt eine Wassermelone, groß und saftig und rund, und mittendrin steckt ein Taschenmesser mit Schaft und Klinge und allem Drum und Dran, so eins, wie es auch Onkel Moses zum Schnitzen benutzt. Schön und griffig und scharf, denn die Spitze ist in die Frucht gefahren, als bestünde die Melone aus Butter.

Als George aufwacht, läuft er sofort los. Er rennt aus dem Blockhaus mitten hinein in Onkel Moses' Maisfeld. Hoch wogen die grünen Halme um ihn her, dass er über sich nur den blauen Himmel sieht und die gelben Kolben, die sich zur Sonne strecken. Und dann, auf einmal, stolpert er beinahe, denn vor seinen Füßen liegt, groß und saftig und rund, eine Wassermelone, und mittendrin steckt – es ist kaum zu glauben – ein Taschenmesser! Schön und griffig und scharf, dass die Spitze in die Frucht gefahren ist, als bestünde die Melone aus Butter.

George zieht das Taschenmesser heraus und hebt es prüfend in die Sonne. Es ist ein richtiges Taschenmesser, so eins, wie es Onkel Moses zum Schnitzen benutzt, mit Schaft und Klinge und allem Drum und Dran. Jetzt gehört es George.

Hat er bislang noch gezweifelt, ob er alleine losziehen könnte, ohne dabei zu verhungern oder zu verdursten, zweifelt er jetzt nicht länger: Wie ein wärmender Mantel legt sich die Gewissheit um ihn, dass er versorgt sein wird, wenn er sich aufmacht. Gleich morgen früh wird er es wagen. Er wird Diamond Grove verlassen. Das honiggelbe Blockhaus, das sich unter die Walnussbäume duckt. Tante Susan. Onkel Moses. Jim. Und auch die kleine Blume. Denn er kann sie nicht forttragen, so gerne er das auch möchte, weil sie Wurzeln hat und die Erde braucht. Aber das Taschenmesser und seine beiden Glitzersteine nimmt er mit.

Aufbrüche sind schwierig. Für denjenigen, der geht, genauso wie für die, die bleiben. Jim lehnt in der Tür des honiggelben Blockhauses und kratzt sich am Hals, als wollte er ihn sauber schrubben. Onkel Moses knetet seinen Hut und stampft mit seinen schweren Stiefeln auf der Stelle. Manchmal räuspert er sich, als wollte er zu einer Rede ansetzen. Doch dann klappt er den Mund wieder zu. Dafür jammert Tante Susan umso mehr: Wie sehr sie George vermissen werden und dass er ja achtgeben soll, nicht unter die Räuber zu fallen, und dabei tupft sie ihre Tränen in das Schnupftuch mit der kleinen roten Blume, das ihr George geschenkt hat. »Und hier«, sagt sie, »ich hab etwas für dich.« Es ist die blaue Fibel, die sie ihm in die Hand drückt. »Nimm sie mit!«, sagt sie. »Vielleicht erinnert sie dich ein bisschen an uns, wenn du darin liest?«

»D-d-danke, Tante Susan, bestimmt d-d-denke ich an euch«, stottert George und er schiebt die Fibel in den Beutel, in dem neben dem Taschenmesser und den beiden Glitzersteinen auch ein paar von Tante Susans leckeren Maisküchlein liegen als Trost für unterwegs. Dann aber schiebt sie ihn entschieden fort. »Nun musst du dich aber beeilen!«, sagt sie. »Sonst wird es noch dunkel, ehe du in Neosho ankommst.«

Das stimmt. Der Weg nach Neosho zieht sich. Er ist überdies ein staubiges Pflaster, auf dem man schnell müde werden kann. Wobei nichts weniger zutrifft als das Wort Pflaster, denn hier gibt es rein gar nichts, das gepflastert ist, nur Staub und Dreck, der zwischen die Zehen kriecht. Es begegnet George auch niemand, nur Staub und Dreck und die Bäume, die links und rechts am Weg wachsen, und die Vögel, die durch die Luft schwirren. Schön könnte es sein, beinahe beschaulich. Doch da springt George mit einem Mal der Hunger an wie ein kleines ausgemergeltes Tier.

George setzt sich auf einen Stein. Er schiebt die nackten Zehen in den staubigen Boden und packt Tante Susans Maisküchlein aus.

Wie gut, dass Tante Susan so wunderbare Maisküchlein backen kann und wie gut, dass er sie mitgenommen hat.

Bald sind die Maisküchlein ratzfatz weggeputzt.

Nicht der kleinste Krümel ist übrig geblieben.

Und George denkt, dass er jetzt keine Maisküchlein mehr hat und er obendrein auch niemanden kennt, der sie künftig für ihn backen wird. Und dass es immer noch sehr weit ist bis nach Neosho und er so ganz allein auf weiter Flur … Mulmig könnte einem werden bei solch düsteren Gedanken. Aber dann fällt ihm ein, dass er nicht verlassen ist. Mister Creator begleitet ihn. Außerdem habe ich ein Ziel, sagt er sich. Und wer ein Ziel hat, weiß, wohin er geht. Ich jedenfalls gehe nach Neosho, weil ich dort lernen will. Und wenn ich erst einmal dort bin, lerne ich alles, was ein Mensch nur lernen kann.

Weil es aber manchmal hilfreich ist, sich an etwas festzuhalten, wenn man unschlüssig wird, kramt George das Taschenmesser aus dem Beutel und trägt es in der Hand, während er unermüdlich weiterstapft, immer stur einen Schritt vor den anderen setzt ohne nachzudenken, auch wenn es nur kleine Schritte sind, denn George ist ja nicht besonders groß. Aber auch kleine Schritte führen letztlich an ein Ziel, zumindest wenn man nicht aufhört damit, es dauert allenfalls ein wenig länger. Und bei jedem Tritt klackern die beiden Glitzersteine hinten im Beutel auf seinem Rücken, als klopften sie den Takt. Wie eine fröhliche Marschmusik.

Als George in Neosho ankommt, wird es tatsächlich bereits dunkel. Die Leute haben sich in ihre Häuser verzogen und die Türen verriegelt. Die Straßen liegen verlassen. Aus den Schornsteinen schlängelt sich silbrig der Abendrauch; vermutlich brutzeln sie gerade über ihre Herde gebeugt leckere Maisküchlein.

Der einzige Ort, den George in Neosho kennt, obwohl er noch nie dort war, ist die Schule, von der Onkel Moses ihm erzählt hat. Links um die Ecke, hat er gesagt. Und wirklich trifft George alles genau so an: Neben einem Zaun aus ausgebleichten Kiefernlatten steht eine Hütte, und über der Tür baumelt, windschief, ein Schild, das George im letzten Dämmerlicht eben noch entziffern kann: *Lincoln School* liest er, und wie er endlich auch begreift, dass dieses Gebäude tatsächlich eine Schule ist, *seine* Schule, durchströmt ihn ein wildes heißes Glücksgefühl. Wie ein erfrischender Regenguss an einem ausgedörrten Sommertag. Doch als George die Klinke hinunterdrückt, ist die Tür verschlossen wie all die anderen Türen ringsum auch. Und da mit einem Mal, allein im Dunkeln, merkt er, dass ihn seine beiden Beine nicht länger weitertragen können, selbst wenn sie es noch so gerne für ihn täten. Er wird sich hinlegen müssen, jetzt sofort, wenn er nicht umfallen will.

George schaut sich um. Mit zusammengekniffenen Augen späht er wie ein Puma in die Dunkelheit, und – Wunder über Wunder – gleich auf der anderen Seite des niedrigen Gartenzauns entdeckt er einen Schuppen, als wäre er wie aus dem Nichts einfach für ihn aufgetaucht. Ein wunderbar verlockender Schuppen mit wunderbar verlockendem

Heu, in das sich George ohne weiter nachzudenken hineinkuschelt oder vielmehr: in das er sich bettet, denn das Heu kommt ihm vor wie das behaglichste Bett der Welt. Und ehe er sich versieht, ist er eingeschlafen. Ohne jede Grübelei ruckzuck einfach weggedöst, wie das bislang einzig immer nur Jim glückte.

DIE FRAU IM GEGENLICHT

Da. Im Licht, das durch die Ritzen in den Schuppen fällt und flackert wie ein Netz aus Spinnweben, steht jemand.

Es ist eine Frau.

Die Frau stemmt die Hände in die Hüften, wie das auch Tante Susan zu tun pflegte. Die Frau ist groß und schlank und: Sie ist schwarz. Einen anderen schwarzen Menschen außer Jim hat George bislang kaum gesehen »He! Was machst du da in meinem Schuppen?«

Wie an jedem anderen Morgen auch holt Mariah Watkins Holz für das Frühstück. Anders wird der Herd nicht warm. Nebenbei sieht sie nach ihren drei Hühnern und streut ihnen ein paar Körner hin. Es sei denn, eine der Frauen in Neosho bekommt ein Kind. Dann lässt sie alles liegen und stehen und eilt herbei, denn Mariah Watkins ist eine Hebamme und Hebammen helfen den Frauen, wenn sie ihre Kinder bekommen. Außerdem wäscht Mariah Watkins für andere Leute Kleider, solche Leute, die genug Geld haben, dass sie ihre Wäsche einer wie Mariah Watkins geben können. Darum versteht sie es auch, tüchtig zuzupacken, einerlei ob es sich um widerspenstige Rüschen an schicken

Kleidern handelt oder um Babys, die nicht aus den Bäuchen ihrer Mütter wollen und nichts bringt sie so leicht aus der Fassung. Aber dass dieser Junge plötzlich in ihrem Heu liegt, als wäre er ein aus dem Nest gefallenes Vögelchen, rührt sie schon. Ängstlich schaut der Bursche aus. Und hungrig. Das erweicht ihr Herz im Nu. Denn wenn sie auf einen ersten Blick hin auch stachelig erscheinen mag, als wäre sie ein Igel, ist Mariah Watkins doch ein Igel, der seine Stacheln umgehend einrollt, sobald er die Not eines anderen bemerkt.

George rappelt sich hastig auf. Verlegen zupft er sich einen Halm aus dem Haar. Er weiß, dass er ihr eine Erklärung schuldet. Wie damals bei Mrs. Baynham, als er in ihrem Salon stand. »I-i-ich … Madam … V-V-Verzeihung!« Ach, dass er immer noch mehr stottern muss, wenn er aufgeregt ist! »I-i-ich w-w-will in die Schule gehen. Gleich n-n-nebenan!«

Endlich ist der Satz raus. Der schwere Satz, der alles besagt und alles erklärt. Zumindest für George erklärt er alles. Warum er hier in ihrem Heu liegt. Und wo er hin will. Aber womöglich bedeutet er nichts für diese Frau?

In der Tat sieht es nicht danach aus, als ob sie ihn verstanden hätte. Trotzdem sagt die fremde Frau jetzt: »Ich glaube, du könntest etwas zu essen vertragen. Hast du Hunger?«

George nickt. Oh ja, sein Bauch knurrt wieder wie ein Bär!

»Dann komm in unsere Hütte. Aber vorher wasch dich. Der Brunnen steht gleich hinter dem Schuppen.«

WIE DER REGEN

Nachdem sich George die Hände gründlich geschrubbt hat und das Gesicht obendrein, damit auch nicht die kleinste Spur vom Straßenstaub noch zwischen seinen Wimpern klebt, denn wie sähe das wohl aus, wenn er jetzt bei unbekannten Leuten einkehrt, läuft er zu der kleinen Hütte, die der Schule gegenüberliegt, als wäre es so verabredet gewesen. Die Tür steht offen wie eine Einladung und von drinnen duftet es verheißungsvoll.

Die fremde Frau steht jetzt am Herd. Sie trägt ein schwarzes Kleid, das ihr vom Hals bis zu den Knöcheln reicht, mit einer langen Reihe funkelnder Knöpfe daran. Vornehm sieht sie aus. Beinahe wie Mrs. Baynham! Eingeschüchtert bleibt George im Türrahmen stehen, aber die Frau winkt ihn entschlossen herein. »Komm nur!«, ruft sie, »setz dich zu Andy an den Tisch. Dein Frühstück ist gleich fertig.«

Am groben Holztisch sitzt schon ein großer hagerer Mann. Er blinzelt George freundlich zu und weist auf einen Stuhl. George setzt sich. Vor seiner Nase landet ein Teller mit Maisküchlein, Bohnen und Ei. »Lass es dir schmecken!«

Das braucht sie ihm nicht zweimal zu sagen!

Mariah Watkins setzt sich auch. Sie stützt das Kinn in ihre Hände und sieht zu, wie George alles verputzt, das Ei, die Bohnen, die Maisküchlein, bis zum letzten Krümel, worüber sie sich wundern könnte, weil der Junge doch so schmal ist. Dann aber, nachdem sich George artig für das feine Essen bedankt hat, will sie es wissen: »Du möchtest also zur Schule gehen? Aber weshalb? Und warum so allein?«

Da schluckt George noch einmal, obwohl sein Mund inzwischen leer ist. Denn das Reden fällt ihm nach wie vor sehr schwer und er weiß nicht, wie er es erklären soll. Aber die Frau sieht nicht danach aus, als wollte sie ihn gleich zur Nachspeise vertilgen. Und auch der Mann lächelt George aufmunternd zu.

»I-i-ich will wissen, w-w-woher der Schnee k-k-kommt, Madam«, stottert George, »und ob s-s-sich die Farbe einer Blüte ändert, wenn i-i-ich ihren Samen verändere.«

»Aha«, sagt Mariah Watkins, »so ist das!« Aber sie denkt, dass sie solche Fragen nie zuvor gehört und sich auch niemals selbst gestellt hat. Am allerwenigsten aber erwartet sie derart tiefgründige Gedanken aus dem Mund eines kleinen Jungen, den sie auf acht oder neun, höchstens aber zehn Jahre schätzt. (Und dabei ist George schon elf. Vielleicht ist er auch zwölf. Niemand weiß das ganz genau, denn niemand schreibt es auf.) Doch wie George ihr antwortet, stotternd zwar, aber mit einer Entschlossenheit in der hohen fipsigen Stimme, die sie an einen jungen aufgeregten Hund erinnert, bezweifelt sie weder, dass er ernst meint, was er sagt, noch dass es ihm gelingen wird, Antworten auf seine vielen Fragen zu finden, so ungewöhnlich sie ihr auch erscheinen mögen. Dazu wirkt er viel zu unerschrocken. Und außerdem wäre er andernfalls kaum hier.

Eine Weile sagt niemand etwas.

Bis Mariah Watkins tief Luft holt und dabei schaut sie George fest in die Augen, die genauso braun und warm leuchten wie die ihren. »Ich weiß nicht, ob du die Antworten auf deine Fragen in Neosho finden wirst«, sagt sie. »Vielleicht erfährst du sie nicht einmal in Joplin oder Kansas City, obwohl das noch größere Städte sind. Aber wenn einer wie du sich aufmacht und ganz alleine nach Neosho wandert, ohne zu wissen, was ihn dort erwartet und wo er schlafen soll, wenn er nachts ankommt, bin ich überzeugt davon, dass er das, wozu er ausgezogen ist, erreichen wird. Vorausgesetzt, du gibst nicht auf. Wenn du magst, kannst du bei uns wohnen. Andy und ich haben nicht viel, vor allem haben wir keine Kinder. Aber Platz für einen schmalen Burschen wie dich gibt es selbst in der engsten Hütte und wenn du bereit bist, mir mit der Wäsche zu helfen, wollen wir dafür sorgen, dass du so viel lernst, wie du nur lernen kannst, und nicht verhungerst nebenbei. Nicht wahr, Andy, das wollen wir doch?«

Der hagere Mann mit den freundlichen Augen nickt und das Schmunzeln in seinem Gesicht verwandelt sich in ein breites Grinsen. »Gewiss wollen wir das, Mariah, so Gott will und wir leben: Alles, was der Junge braucht, soll er von uns bekommen!«

George weiß nicht, wie ihm geschieht.

»D-d-danke!«, stottert er. »I-i-ich will gerne h-h-helfen, s-s-so gut es geht. Ich k-k-kann sticken. Und nähen!«

»Das passt ausgezeichnet«, ruft die Frau. »Feine Hände hast du ja. Das sehe ich sofort. Ich heiße übrigens Mariah Watkins. Aber nenn mich Tante Mariah, wie es alle hier tun, jedenfalls all die fünfhundert Babys, denen ich schon auf die Welt geholfen habe und die inzwischen auf ihren eigenen Beinchen über die Straßen von Neosho stolpern.« Dann zeigt sie auf den Mann. »Das ist Andrew. Ihn nennst du Onkel Andy! Und wer bist du?«

Aber es gefällt ihr ganz und gar nicht, dass George jetzt stammelt: »I-i-ich, Madam, äh, Tante Mariah, ich bin C-C-Carvers George!«

Es ist allerdings nicht der Name, der ihr missfällt (den findet sie hübsch) oder gar Georges Stottern, sondern dass es klingt, als gehörte er einem anderen, nämlich diesem seltsamen Mister Carver, der den schmalen, schmächtigen Jungen einfach losgeschickt hat, ohne dafür zu sorgen, dass er auch ans Ziel gelangt.

Wieder ist es eine Weile still in der Hütte. Die Frau, zu der George jetzt Tante Mariah sagen darf, betrachtet ihre Hände. Die Hände hat sie vor sich auf den Tisch gelegt. Groß und schwer sind sie und die Schwielen nicht zu übersehen. Zahlreichen Kindern hat sie mit diesen Händen auf die Welt geholfen, sie herausgezogen aus den Bäuchen ihrer Mütter, wenn sie sich sträubten, als wäre es ihnen draußen in der Welt zu kalt. Aber der Mensch muss nun mal hinaus, sonst wächst er nicht weiter. Und sie wird auch diesem Burschen helfen, dass er weiterwachsen kann. Bis er flügge geworden ist.

»George ist ein schöner Name«, murmelt sie. »Er bedeutet *der Landarbeiter*, hast du das gewusst?« Sie sagt es recht leise, als spräche sie eher mit sich selbst. Doch dann schaut sie George an und sagt, lauter: »Nun musst du aber los! Sonst kommst du noch zu spät zur Schule und verpasst deine erste Schulstunde, und wäre das nicht ein Jammer, wo du doch eigens dafür so weit gelaufen bist? Also husch, fort mit dir! Zum Mittagessen erwarten wir dich wieder.«

George ist schon fast über den niedrigen Gartenzaun geklettert, als Tante Mariah nach ihm ruft. Sie steht vor der Hütte, die Hände hat sie in die Hüften gestemmt und die Knöpfe auf ihrem langen schwarzen Kleid funkeln in der hellen Morgensonne. »Du kannst jetzt aber nicht mehr Carvers George heißen, hörst du? Kein Mensch gehört einem anderen. Du nicht und niemand sonst. Von nun an heißt du George Carver!«

George hört, was Tante Mariah sagt. Aber er versteht es nicht. »George Carver!«, murmelt er vor sich hin und dann noch einmal: »George Carver.« Wie ungewohnt das klingt. Als wäre er eben erst eine eigene Person geworden. Und dabei gab es ihn doch immer schon. Aber dann fällt ihm auf, dass er in der Tat nie einen eigenen Namen besessen hat wie die anderen Kinder in der Nachbarschaft mit ihren Vornamen (manchmal waren es auch mehrere) und ihren Nachnamen – solche wie Samuel Hatchfield, der ihm von Mister Creator erzählt hat. Er hat es nicht gemerkt, weil es immer schon so war. Seit er denken kann, nannten ihn die Leute Carvers George, als gehörte er seinem Ziehvater, und dabei ist es George doch nur ergangen wie den meisten anderen Schwarzen in Amerika. Denn die meisten Schwarzen in Amerika sind einmal Sklaven gewesen und gehörten einem anderen und wissen deshalb häufig wenig und bisweilen nichts von ihren Vorfahren, die ihnen einen Namen hätten weiterreichen können wie ein Erbe. Stattdessen heißen sie zumeist nach ihren Besitzern. Als wären die Schwarzen wie der Regen geradewegs aus dem Himmel in dieses weite Land getropft. Darum passt es auch so gut, dass George mit seinen spitzen Wangenknochen und den braunen Augen, die münzgroß aus dem schmalen Gesicht hervorleuchten, eher einem aus dem Nest gefallenen Piepmatz ähnelt als einem Kind. Er ist alleine unterwegs, fern von dem, was andere ein Zuhause nennen. Fliegen kann er auch noch nicht. Doch das ändert sich soeben. Denn nun geht der schmächtige schmale Bursche, der ins große Unbekannte ausgezogen ist, in eine Schule, in der er schreiben und lesen und auch vieles andere mehr lernen wird. Hoffentlich. Und als der Lehrer an diesem Morgen seinen neuen ungewöhnlich kleinen Schüler nach dessen Namen fragt, steht George auf. Laut und deutlich, dass es jeder hören kann, sagt er: »Ich heiße George, Sir. George Carver!« Und er stottert nicht einmal dabei.

DER ALLERGRÖSSTE WEBMEISTER

Die Schule, die nach dem Präsidenten, der einst die Sklaverei abschaffte, *Lincoln School* heißt, besteht aus nur einem einzigen Raum. Im Winter pfeift der Wind durch die Ritzen in den Wänden. Dann ist es drinnen lausig kalt. Im Sommer, wenn die Sonne heiß vom Himmel brennt, dampft es erstickend warm. Die Kinder sitzen dicht an dicht und stoßen mit den Ellenbogen aneinander. Ihr Lehrer, der sich alleine um die fünfundsiebzig Mädchen und Burschen jedes Alters kümmert, ist ein hagerer, zappeliger Kerl und selbst noch reichlich jung. Er heißt Stephen Frost.

Morgens lehnt er in der Tür und zählt die Kinderschar, als wäre er der Hirte einer Schafherde. »Hier kannst du sitzen!«, sagt er zu George und zeigt ihm einen Platz in der Bank neben all den anderen. George bekommt eine Fibel und eine Schiefertafel. Auf der Tafel lernt er schreiben, alle sechsundzwanzig Buchstaben, die er schon lesen kann, weil Tante Susan es ihm einmal zeigte. Wenn sein neuer Lehrer etwas erklärt, hört George genau zu. Kein einziges Wort soll ihm entgehen. Er hat schließlich lange genug nicht in einer Schule gesessen.

Mittags aber, wenn die anderen ihre von zu Hause mitgebrachten Maisküchlein verspeisen, Himmel und Erde spielen oder Murmeln durch den Staub flippern, springt George über den niedrigen Zaun zu Tante Mariah. Dann hilft er ihr. Er faltet die Wäsche, die sie schon gebügelt hat. Er füttert ihre drei Hühner oder fegt die Stube, die ohnehin schon blitzblank blinkt. Denn gäbe es statt der zehn Gebote lediglich drei, würden sie bei Mariah Watkins Sauberkeit, Arbeit und Gottesfurcht lauten.

Tante Mariah freut sich über den emsigen Jungen, den sie so unverhofft in ihrem Heu gefunden hat.

»Das hat Gott, der Gütige und Allmächtige, sein Name sei gelobt, höchst weise eingefädelt, findest du nicht auch?«, fragt sie, wenn sie am Abend beieinander sitzen und sie Stoffflicken zu einer Decke zusammensteppt. »Gott ist nämlich der allergrößte Webmeister, musst du wissen. Denn war es nicht schlau von ihm, dass du ausgerechnet in meinem Schuppen geschlafen hast, damit ich dich finden konnte?«

Das hat George bislang nicht so gesehen; er hat allerdings auch nie darüber nachgedacht. Aber er merkt bald, dass Tante Mariah es keineswegs als Scherz versteht, wenn sie von Gottes Fügung spricht, weil sie annimmt, dass Mister Creator alle Dinge fügt. Sonntags gehen sie jetzt nämlich in die Kirche und George geht mit, obwohl er bei Tante Susan und Onkel Moses niemals in die Kirche gegangen ist, weil Onkel Moses niemals in die Kirche ging. Und doch hat Onkel Moses der Kirche einmal ein Stück von seinem Land gespendet für ihren Friedhof. Denn so war er nun mal: eigenbrötlerisch und hartnäckig wie die Nüsse, die ringsum von den Bäumen prasselten, aber immer mit einem guten Herzen in der Brust, jawohl.

In der Afrika-Methodisten-Kirche, die nur Schwarze besuchen, predigt Pastor Givens von der Liebe Gottes, die Gott für alle Menschen hat. Er erzählt es nicht nur ab und an, er wiederholt es jedes Mal. In Christus sind alle Menschen gleich, behauptet er. Weil Gott alle Menschen liebt. George hört dem Pfarrer gerne zu. Trotzdem wundert er sich auch ein wenig. Warum sollte Gott nicht alle Menschen lieben, wo er sie doch alle geschaffen hat?

Dann schweifen seine Gedanken ab und wandern acht Meilen über eine staubige Straße, die mehr einem Pfad gleicht, bis sie nach Locust Grove gelangen zu einer Hütte, deren Tür nach wie vor für George verschlossen bleibt, einzig weil er dunkle Haut hat. Obwohl doch auch Samuel, der weiß ist und jetzt in dieser Schule sitzt und lernen darf, ihm von demselben Gott erzählt hat. Oder ist es vielleicht doch ein anderer? Oder wird George unterscheiden müssen zwischen dem, was die Leute ihm von Gott erzählen und dem, was die Leute tun? Wie eigenartig! Wie überaus bedenkenswert.

DER FADEN, DEN DAS LEBEN SPINNT

Weil George jetzt gut und flüssig lesen kann, dass es ein Vergnügen ist, ihm zuzuhören, darf er abends, wenn sie vor dem Kamin sitzen, aus Tante Mariahs großer Bibel mit dem schwarzen Ledereinband vorlesen. Das ist ohnehin viel zweckmäßiger, weil Tante Mariah immerzu beschäftigt ist mit ihren Händen, sodass sie keine Bibel halten kann. Sie bügelt. Sie flickt. Sie webt ein Tuch. Und wenn George einmal nicht vorliest, erzählt sie von lang vergangenen Tagen. Das war jene Zeit, da sie noch auf einer großen Farm im Süden lebte und Baumwolle von den Stängeln pflückte.

»Die Plantage, auf der ich arbeitete, war riesengroß«, erläutert sie. »Trotzdem sah ich dort nur Baumwolle blühen. Weiß leuchtete es auf den Feldern bis weit hinter den Horizont, weil die Pflanzer nichts als Baumwolle anpflanzten. Als wäre überall Schnee gefallen. Dabei schneit es in Alabama fast nie.« Sie schüttelt den Kopf. Sie hebt ihre Nadel.

»A-a-aber wieso pflanzten sie denn immerzu n-n-nur B-B-Baumwolle an?«, wundert sich George. Es leuchtet ihm nicht ein. Es wachsen doch so viele wunderbare Pflanzen auf der Erde!

»Die Baumwolle macht die Menschen reich, musst du wissen. Jedenfalls war das damals so. Und reich wurden auch nicht wir, die wir die Baumwolle pflückten, sondern jene, denen die Baumwolle gehörte. So war das.« Tante Mariah stutzt ein bisschen und wieder wiegt sie den Kopf hin und her, als wollte sie weiter darüber nachdenken. Denn es erscheint ihr höchst sonderbar, dass der eine arbeitet und nichts daran verdient, während ein anderer, der zusieht, wie einer arbeitet, all das Geld einsteckt. »Aus Baumwolle lässt sich ein kostbares Garn spinnen, musst du wissen. Und Garn braucht schließlich jeder, nicht wahr? Um Kleider daraus zu nähen. Stoffe. Tücher. Oder eine Decke so wie diese hier, an der ich gerade sticke.« Und sie klopft auf den Stoff, der ihr über die Knie fällt. Denn während sie erzählt, sind ihre Hände unermüdlich damit beschäftigt, Stoffreste zusammenzuflicken. Quilten nennt sie das, weil das, was unter ihren nie ruhenden Händen entsteht, ein Quilt ist.

Wenn Tante Mariah ihre Quilts näht, sieht George ihr aufmerksam zu. Immer will er etwas lernen. Auch jetzt. Tante Mariahs Quilts leuchten in allen Farben. Bunt, hell und ungezähmt sind sie wie eine Frühlingswiese oder wie

Musik, nur ohne Töne. Das liegt daran, dass Tante Mariah die Stoffreste von überallher sammelt. Verschlissene Hosen von Andy. Ein fadenscheiniges Tuch, in das ein Baby eingewickelt lag. Mädchenröcke, die zu löchrig und zu klein geworden sind. Tante Maria schneidet alles in lange, schmale Streifen. Dann fügt sie die Bahnen neu zusammen mit ungezählten Nadelstichen, die sie so sorgfältig und behutsam setzt, als hätte sie Angst, den Stoff zu verletzen. Vorstich, Kettenstich, Schlangenstich: Unentwegt sinkt die Nadel mit dem kurzen Schaft und der scharfen Spitze auf und ab und wieder ab und auf. So wächst der Quilt langsam, aber stetig. Wobei sie jede Naht mit ein paar kräftigen Überstichen sichert. Tante Mariahs Quilts werden lange halten; niemand reißt sie schnell entzwei.

Plötzlich sieht sie von ihrer Arbeit auf und schaut George eindringlich an. »George, versprich mir, dass du so viel lernst, wie du nur lernen kannst! Besonders aber lern lesen! Lesen ist das Allerwichtigste. Wir durften es damals nicht.«

Bestimmt denkt sie jetzt wieder zurück an jene Zeit, als sie auf der großen Plantage lebte und George noch nicht geboren war. Denn ihr Blick verliert sich in der Ferne und sie lässt die Nadel sinken. Dann aber, plötzlich, spricht sie doch wieder weiter. »Wusstest du, dass es in Missouri bei Todesstrafe verboten war, einem Sklaven das Lesen beizubringen? Keine dreißig Jahre liegt das zurück. Die Todesstrafe für jeden Sklaven, der liest, und für jeden, der es ihm beibringt. Habe ich recht, Andy?«

Onkel Andy, der in seinem Schaukelstuhl wippt, nickt. »Recht hast du, Mariah«, brummt er. »So ein Gesetz gab es. In der Tat. Ich erinnere mich genau daran.«

Aber George begreift nicht, was es bedeuten soll.

»Verstehst du denn nicht?« Tante Maria hebt die Nadel in die Luft, dass sie spitz und gefährlich aussieht, als wollte sie ihn damit piksen. »Sie hätten es lieber gesehen, dass ein Schwarzer stirbt, als dass er lesen lernt. So sehr haben sie sich davor gefürchtet! Denn dann hätte er vielleicht nicht mehr gemacht, was sie ihm befehlen.«

Eine Weile sagt sie nichts mehr. Dann lässt sie die Nadel sinken und ein Lächeln huscht über ihr Gesicht. »Aber die Schwarzen haben doch Wege gefunden, einander etwas mitzuteilen. Auch ohne Buchstaben. Nimm zum Beispiel diesen Quilt. Die Quilts dienten als Wegweiser!«

»A-a-als W-W-Wegweiser?«, ruft George und er fängt noch mehr zu stottern an. Vor lauter Aufregung.

»Jawohl, als Wegweiser! Die Frauen haben in ihre Muster Hinweise eingewebt. Wie Wegmarken. Dann haben sie die Quilts zum Trocknen ins Freie in die Sonne gehängt, dass jeder, der vorüberlief, sie sehen konnte. So wusste ein Sklave, der sich auf der Flucht befand, wo die Freiheit lag: Immer hinauf in den Norden, wo die Sklaverei abgeschafft war und er darauf hoffen durfte, dass man ihm half.«

George hört zu. Mit staunendem Herzen und weit geöffneten Ohren. Was Tante Mariah ihm erzählt, klingt ähnlich wie die Lieder, die sie in der Kirche singen. Oder die Geschichten, die er in der großen schwarzen Lederbibel liest. Sie alle berichten von einer Freiheit, die Gott den Menschen schenkt. Nie zuvor hat ihm jemand etwas davon gesagt. Nicht Tante Susan, nicht Onkel Moses. Auch Jim nicht. Darum hört er umso aufmerksamer zu.

»Erzähl w-w-weiter!«, bittet er.

»Außerdem gab es da noch Lobby!«, sagt Tante Mariah und jetzt strahlen ihre Augen. »Sie war auch eine Sklavin, lange bevor der Bürgerkrieg dem ganzen Spuk ein Ende machte. Gott sei's gedankt und Jesus Christus, sein Sohn, sei gepriesen! Lobby konnte lesen! Das war etwas Besonderes. Heimlich hat sie es gelernt, ich weiß nicht, wie. Und heimlich hat sie es uns beigebracht, ich weiß ebenfalls nicht, wie. Nachts, wenn die Missus in ihrem Bett aus Daunenfedern schlief und der Master das letzte Licht gelöscht hatte, schlichen wir von unseren Strohmatten und setzten uns zu ihr. Sie hat es uns beigebracht. Das A, das B, das C. Bis zum Z. So habe ich lesen gelernt. Mit über dreißig Jahren. Aber jetzt kann ich es. Niemand durfte etwas davon erfahren, alles musste streng geheim bleiben. Sonst hätten sie uns schlimm bestraft. Sie hätten uns ausgepeitscht. Oder auf eine andere Farm weit weg verkauft. Oder, schlimmer noch, sie hätten uns aufgehängt. Ein Sklave kostete viel Geld, das ist so wahr, wie ich's dir sage. Aber manchmal war er seinen Besitzern auch nichts wert. Dann hat er ihn lieber umgebracht.«

Sie schüttelt den Kopf und dabei wandern ihre Hände über die Nähte des Quilts, als wollten ihre Fingerspitzen die Geschichten, die darin eingewoben sind, ertasten.

»Darum ist es wichtig, dass du viel lernst, George. Dann aber gib dein Wissen weiter. So wie Lobby ihr Wissen geteilt hat. Oder die Quilterinnen ihre Botschaften in ihre Decken webten, damit andere durch sie die Freiheit fanden. Verstehst du jetzt, was ich meine, George?«

George nickt. Ja, er versteht. Wissen ist nichts, das man für sich behält. Es ist etwas, das man weitergibt. Wie ein Geschenk.

»Ich w-w-werde w-w-weiterlernen!«, verspricht er.

Tante Mariah nickt. »Das ist gut«, sagt sie. »Auch wenn ich weiß, dass es nicht einfach ist. Es ist wie mit den Quilts.

Ein Jahr sitze ich nun schon an diesem hier, und jedes Mal verläuft es ähnlich: Dir fehlt ein Stoff. Du hast keine Ahnung, woher du ihn nehmen sollst und ob du den Quilt je fertig bekommst. Denn selbst wenn du genügend Flicken beisammen hast, weißt du nicht, womit du ihn hinterher stopfen sollst, so eine Decke braucht schließlich eine Füllung. Die Quilts sind wie das Leben, George! Mitunter wird es eng. Du verläufst dich, stößt an, rennst in eine Sackgasse und siehst keinen Ausweg. Also hältst du an und wechselst die Richtung. Und obwohl du gedacht hast, dass es nicht weitergeht, geht es doch weiter. So ist das.«

WEITERZIEHEN

Auch bei George ist es so, wie es Tante Mariah von den Quilts erzählt hat. Immer häufiger spürt er, dass es für ihn in Neosho nichts mehr zu lernen gibt, auch wenn ihm Tante Mariah weiterhin eine Menge zeigt und er eine Menge von ihr lernt: flicken, nähen, bügeln, plätten, Krankheiten mit Kräutern heilen. In der Schule aber ist der kümmerliche Boden, der sich Bildung nennt, bald abgegrast. Und irgendwann muss George sich eingestehen, auch wenn er es sich lange Zeit nicht eingestehen will, weil er gerne bei Tante Mariah und Onkel Andy lebt: Selbst wenn er einen weiteren Sommer in Neosho bleiben sollte, wird er nicht erfahren, woher der Schnee kommt, warum die eine Blume rot, die andere blau blüht, wieso die Himbeeren vor den Brombeeren reifen und selbst im Sommer manchmal Hagelkörner aus einem eben noch wolkenlosen Himmel prasseln.

Vor allen Dingen aber wird er nie herausfinden, wie die kleine rote Blume in den Ozarkbergen heißt.

Steven Frost mag begabt sein und er gibt sich redlich Mühe mit der großen, ungleichen Kinderschar. Aber für einen aufgeweckten Burschen wie George, der noch viel, viel, viel, viel, viel mehr lernen möchte als nur das Alphabet oder eine Zahlenreihe, die bis Einhundert reicht, genügt es schlichtweg nicht. Das sollte auch ein Lehrer zugeben, wenn er ehrlich ist. Und Stephen Frost ist ehrlich. Darum gibt er es zu. Nach dem Unterricht, als die anderen Kinder schon hinausgestürmt sind, nimmt er George beiseite. »Du weißt es selbst, George«, sagt er. »Hier lernst du nichts mehr. Zieh weiter! Geh nach Fort Scott! Dort gibt es ebenfalls eine Schule für Schwarze. Sie ist größer und ihre Lehrer wissen mehr als ich. Dort gehörst du hin, wenn du weiterlernen willst.«

Stephen Frost gibt George ein Zeugnis. Auf der ersten Seite steht ein Datum. Es ist der 22. Dezember 1876. *Für George Carver.*

George will weiterlernen. Aber um Tante Mariah und Onkel Andy tut es ihm leid.

Doch wieder geschieht das, was Tante Mariah niemals Zufall, sondern immer Fügung nennen würde: Nur wenige Tage später spricht es sich in Neosho herum, dass die Smiths nach Fort Scott ziehen wollen. Mit dem Planwagen.

Denn nach Fort Scott, das nicht mehr in Missouri, sondern schon in Kansas liegt, geht man nicht zu Fuß. Drei Tagesreisen dauert es, wenn man den Planwagen nimmt.

George fragt die Smiths, ob er mitfahren darf.

Die Smiths sagen Ja.

Wieder packt George seine Sachen. Er packt die beiden Glitzersteine. Er packt das Taschenmesser, das er in der

Wassermelone fand. Er packt die blaue Fibel, die ihm Tante Susan gab. Und etwas zu essen und zu trinken für die lange Reise packt er auch ein. Das schiebt ihm Tante Mariah in den Beutel.

Dann aber gibt sie ihm noch etwas. Es ist die Bibel mit dem schwarzen Ledereinband, aus der George so oft vorgelesen hat.

»D-d-danke, T-T-Tante Mariah!«, stottert George und er weiß nicht, was er sagen soll.

»Nimm sie mit!«, sagt Tante Mariah. »Sie wird dir bestimmt nützen, und vielleicht erinnert sie dich an uns, wenn du darin liest?« Aber dann schluchzt sie doch, und diesmal tupft sie ihre Tränen in ein Schnupftuch, das George einmal für sie bestickt und ihr geschenkt hat. Am Weihnachtstag ist das gewesen und Tante Mariah hat ihr Glück nicht fassen können. Darum hat sie damals auch geweint, so wie sie jetzt weint, obwohl sie nicht weinen will. Schließlich wusste sie recht eigentlich von Anfang an, dass dieser Junge, der immer noch so schmal wirkt wie an jenem ersten Tag, als sie ihn in ihrem Heuhaufen fand, einmal weiterziehen würde. Hat sie es nicht selbst gesagt: George, du musst lernen! Lern alles, was du lernen kannst!?

Nun lernt er. Aber nicht in Neosho. Und flügge ist er obendrein geworden. Nun fliegt er davon.

»Schreib uns!«, bittet Tante Mariah. »Ich will wissen, wie es dir geht!

George nickt. Viele Briefe wird er ihr schicken, weil er jetzt schreiben kann. Genau wie Lobby.

»Und wenn du die Antworten auf deine Fragen gefunden hast, berichtest du mir auch davon. Versprichst du mir das?«

Er verspricht es ihr. Alle Antworten wird er ihr schreiben und sein Wissen mit ihr teilen. Genau wie Lobby es einst tat.

Doch nun wird es Zeit. Die Smiths können nicht länger warten. Es ist Winter und der Sturm fegt den Schnee über die Wege.

»Gott beschütze dich!«, sagen Tante Mariah und Onkel Andy gleichzeitig und sie stehen noch lange vor ihrer Hütte und sehen dem Planwagen nach, wie er mit allem Hab und Gut der Smiths um die Ecke schaukelt. Bis er aus ihrer Sicht verschwunden ist.

DIE GRÄSER IM WIND

Es ist ein eigentümlicher Anblick, der sich durchs Grasland windet. Bis in die letzte Ritze haben die Smiths ihren Planwagen vollgestopft mit dem, was sie nach Fort Scott mitnehmen wollen. Und das ist alles, was sie haben, ihr ganzer Hausrat. Selbst an den Seiten baumeln an schweren Seilen Mrs. Smiths Pfannen und Töpfe, und hinten am Verschlag schaukeln in Körben aus Bast Mister Smiths Hühner. Sie gackern und krächzen in einem fort, als beschwerten sie sich über das Gerumpel. »Aber die Hühner müssen mit!« Darauf besteht Mister Smith. Ein Ei am Tag hält er für unverzichtbar, um solch eine beschwerliche Reise unbeschadet zu überstehen, und in der Tat freuen sich alle, wenn Mrs. Smith am Abend ein Ei für jeden in ihre Pfanne schlägt.

Im Winter ist das Reisen im Planwagen zwar ebenfalls anstrengend, aber längst nicht so mühsam wie im Frühling, wenn die Wege sich in Schlamm verwandeln, sodass die schweren Wagenräder darin stecken bleiben und man sie auf Schritt und Tritt freischaufeln muss. Jetzt sind die Wege zugefroren und auf dem harten Boden rollt der Wagen wenigstens voran, auch wenn es trotzdem langsam vorwärts geht. Manchmal freilich bläst der Winterwind gar zu heftig und wirbelt Schnee und Eis um Räder und Hufe. Dann müssen sie absteigen und neben den Maultieren hergehen.

Oft aber darf George im Wagen unter der groben Plane sitzen. Dort ist es etwas wärmer. Er klemmt sich zwischen Mrs. Smiths kleinen tragbaren Ofen und Mister Smiths Schaukelstuhl, zerrt eine Decke um die dünnen Schultern, die vor Kälte schlottern, kramt Tante Mariahs Bibel mit dem schwarzen Ledereinband aus seinem Beutel und liest.

Früher hat er in der Bibel gelesen, weil Tante Mariah ihn darum gebeten hat. Jetzt liest George darin, weil er sich wünscht, dass einer zu ihm spricht und ihn ermutigt. Denn wieder geht es ihm wie damals, als er nach Neosho wanderte, ohne zu wissen, was ihn dort erwarten würde. Auch in Fort Scott kennt er niemanden und er weiß nicht, wo er unterkommen soll. Bei den Smiths kann er jedenfalls nicht bleiben. Und tatsächlich: Kaum klappt George das schwere Buch auf, entdeckt er darin manchen Satz, der zu ihm spricht, als würde Mister Creator selbst die Zeilen wispern: »Bittet, so wird euch gegeben«, liest er, »sucht, so werdet ihr finden, klopft an, so wird euch aufgetan!« Was für ein wunderbares Versprechen, denkt George. Ich werde es mir merken und Mister Creator beim Wort nehmen, sobald ich angekommen bin.

Aber es stehen noch mehr Sätze in Tante Mariahs schwarzer Lederbibel. Sie überraschen George, denn es kommt ihm vor, als hätte er sie selbst sagen können. Das hat er aber nicht. Ein anderer hat sie aufgeschrieben, einer, der viele Jahre vor George lebte, aber offenbar genauso fühlte. »Öffne meine Augen, dass ich deine wunderbaren Taten erkenne«, liest George in den Psalmen. Was für eine gute Bitte!, denkt er und murmelt sie selbst. Denn wann immer George aus dem holpernden, polternden Planwagen klettert und neben den großen knarrenden Rädern hergeht, entdeckt er etwas, das er bestaunen kann. Oft bückt er sich tief hinunter zu den Gräsern, die ringsum wachsen. Jetzt hat der Wind die Gräser flach auf die Erde gedrückt. Im Sommer aber werden sie hüfthoch oder sogar höher stehen. Vier verschiedene Sorten sind es, Mister Smith hat trotzdem nur einen einzigen Namen dafür. »Das ist nichts weiter als Präriegras, George!«, brummt er.

Aber George denkt: Wenn ich erst in Fort Scott zur Schule gehe, werde ich erfahren, wie die Gräser heißen. Jedes einzelne von ihnen. Alle vier. Dann erzähle ich Tante Mariah davon.

EIN KOCH FÜR MRS. PAYNE

»Mach's gut, Junge, gib auf dich acht!«, wünscht Mister Smith und schnalzt schon mit der Zunge, dass die Maultiere lostrotten. Am Morgen des vierten Tages haben sie Fort Scott erreicht. Hier trennen sich ihre Wege.

Eine Weile sieht George dem Wagen nach, wie er die schnurgerade Hauptstraße hinunterrumpelt. Mrs. Smiths Töpfe baumeln scheppernd an den Seiten und die Hühner gackern in den Körben, als wollten sie Auf Wiedersehen sagen. Doch dann dreht sich George entschieden um. Schließlich ist er nicht den weiten Weg nach Fort Scott gekommen, um müßig auf der Straße herumzustehen, sondern um zu lernen. Deshalb muss er sich jetzt eine Arbeit suchen. Denn auch wenn einer wie er alles Wissen, das er findet, in seinen Schädel stopft so wie einst Onkel Moses das Heu in die Scheune für den langen Winter, braucht er doch auch Nahrung für den Bauch. Weil auch der Kopf über kurz oder lang nicht länger denken kann, wenn der Bauch leer bleibt.

Es ist gut, dass es noch früh am Morgen ist. Der Tag liegt ausgebreitet vor George wie ein Versprechen, und hat er es nicht eben erst in der Bibel gelesen, dass er nur um offene Türen zu bitten braucht? *Bittet, so wird euch gegeben. Klopft an, so wird euch aufgetan.* »Bitte, lieber Mister Creator«, betet George, »lass mich eine Arbeit finden!«

Trotzdem fällt die Arbeit deshalb nicht vom Himmel. George muss selbst bei den Leuten anklopfen und sie danach fragen. Und wenn auch die Bibel wirken mag wie Öl, weil sie ihm Mut macht, dass er jetzt losstapft, ist sie doch kein Öl, das seine Zunge schmiert. Nach wie vor stottert er erbärmlich, wenn er etwas sagen soll, zumal auch sein Herz heftig pocht, als wollte es zum Hals hinausspringen und davonlaufen. »Ent-ent-entschuldigung, Madam, i-i-ich w-w-w-ürde g-g-gerne f-f-für Sie a-a-arbeiten. I-i-ich k-k-kann n-n-nähen und w-w-waschen und …« *Rums!* Schon schlägt die Tür vor seiner Nase zu. »Mach, dass du fortkommst!«, fauchen die Leute.

Derweil pfeift der Winterwind noch grimmiger um seine schlotternden Beine. Aber auch Georges Bauch knurrt zunehmend lauter. Das freilich ist hilfreich. Denn es bewirkt, dass George nicht aufgibt. Dass er es noch einmal versucht. Und noch einmal.

Auch an der nächsten Tür hat die Frau, die öffnet, keine Arbeit für ihn, aber immerhin eine Idee. »Siehst du das weiße Haus dort drüben?« Sie zeigt auf die andere Straßenseite. Inmitten eines großen Gartens steht ein prächtiges Haus. »Mrs. Payne sucht jemanden, der für sie kocht. Sie wollte zwar ein Mädchen. Aber vielleicht hast du Glück. Zart genug schaust du jedenfalls aus!«

»D-d-danke, M-M-Madam, ich w-w-werde es ver-ver-versuchen!«

George überlegt: Er kann Maisküchleinteig kneten und Nüsse knacken. Auch das ein oder andere Ei hat er schon in eine Pfanne geworfen und es ist nicht verbrannt. Aber kochen mit allem Drum und Dran auf einem Herd mit Salz und Gewürzen ist bestimmt viel kniffliger.

Trotzdem geht er jetzt über die Straße und durch den weiten Garten bis vor die große stattliche Tür, die ihn plötzlich an eine andere große stattliche Tür erinnert. Einmal stand er ähnlich eingeschüchtert vor Mrs. Baynhams Haus und sein Herz klopfte ebenso ängstlich. Da war er noch viel kleiner gewesen und wusste noch weit weniger, und doch hat er Mrs. Baynham helfen können mit ihren Rosen und sie ist sehr zufrieden gewesen mit ihm. Ja, wenn er sich um Mrs. Paynes Garten kümmern dürfte, wäre es gewiss leichter! Aber sie sucht einen Koch. Eine Köchin, um genau zu sein.

»Hoppla, was machst du denn hier?« Eine Frau in einem vornehmen langen Kleid hat die Tür geöffnet. Sie schaut George misstrauisch an.

»G-g-guten Tag, Madam«, stottert George. »I-i-ich bin

George C-C-Carver. Ich h-h-hörte, S-S-Sie suchen jemanden, d-d-der f-f-für Sie kocht!«

Es sieht nicht gerade aus, als würden sie seine Worte beeindrucken. Das liegt jedoch nicht daran, dass er stottert. Mrs. Payne braucht schließlich niemanden, der für sie redet. Das kann sie selbst. Sie sucht jemanden, der für sie kocht und ansonsten schweigt. Deshalb sagt sie jetzt auch, während ihre Augen prüfend über die schmale frierende Gestalt vor ihr wandern: »Ich wollte eigentlich ein Mädchen einstellen und du bist, nun ja, du bist …« Sie zögert. Aber da fegt der Wind an ihr vorbei ins Haus und wirbelt zudem ein Häufchen Schnee mit sich. »Am besten kommst du erst einmal herein. Du schaust vollkommen durchgefroren aus.«

»D-d-danke«, stottert George und stolpert in die Diele.

Einen Augenblick stehen sie einander gegenüber und wissen nicht, was sie sagen sollen. Derweil schmilzt der Schnee, der an Georges Hosenbeinen klebt und sammelt sich in kleinen Pfützen unter seinen Füßen.

»Kannst du überhaupt kochen?«, fragt Mrs. Payne schließlich.

»I-i-ich g-g-glaube schon, Madam«, stottert George und er denkt an die Maisküchlein, die Nüsse und die Spiegeleier. Darum ist es vielleicht keine Lüge. Trotzdem schaut er jetzt auf den Boden, wo die Pfützen unter seinen Füßen wachsen.

»Also gut«, sagt Mrs. Payne, »wir wollen es versuchen.« Doch es klingt wenig überzeugt und eher, als würde sie überlegen, ob sie ihn nicht lieber wieder fortschicken sollte. »Ich zeige dir die Küche.«

Tatsächlich gibt es in dem großen Haus einen Raum, der

einzig dazu dient, das Essen darin vorzubereiten. Hier wird das Gemüse geputzt, der Braten gebrutzelt, das Geschirr gespült. Dafür gibt es sogar eine Pumpe, aus der das Wasser sprudelt, sobald man den Hebel auf- und niederschwingt! George staunt. Etwas Derartiges hat er noch nie zuvor gesehen. Es ist eigenartig und ungewohnt. Als wollte es einen verwöhnen. Es ist … aber George fällt kein Wort dafür ein, sonst würde er es Luxus nennen.

»Heute gibt es Schweinebraten zum Dinner«, erklärt Mrs. Payne. Sie klappt die Schränke auf und zeigt George, wo sie das Mehl, den Zucker, die Gewürze lagert. »Dazu machst du Erbsen, Brotpudding, Biskuits. Zur Nachspeise kochst du Apfelmus. Aber vergiss nicht, eine Teelöffelspitze Zimt unterzurühren, sonst schmeckt es fad. Anschließend bringst du den Kaffee. Aber brau ihn nicht zu schwach! Nichts hasst Mister Payne mehr, als wenn er den Löffel in seiner Tasse durch den Kaffee schimmern sieht.«

Sie ist schon fast zur Tür hinaus, da fasst sich George ein Herz.

»M-M-Madam, ach, bitte, i-i-ich, äh …«

Sie dreht sich zu ihm um, ihr Gesicht blickt starr und ausdruckslos. »Nun, Bursche, was gibt es noch?«

Da fällt es ihm ein. Als würde ihm jemand die rettenden Worte einflüstern. »I-i-ich w-w-würde g-g-gerne alles richtig m-m-machen und so k-k-kochen, w-w-wie Sie es mögen, Madam. Jedenfalls b-b-beim ersten Mal.«

Mrs. Payne sieht George einen Augenblick stumm an, aber dann huscht ein Lächeln über ihr Gesicht. »Du hast recht. Ich sollte dir zeigen, wie ich es mache. Jedenfalls beim ersten Mal!« Denn tatsächlich erstaunt sie Georges Frage nicht. Es gibt kaum Kochbücher, die vorschreiben, wie man etwas kochen soll. Darum macht es jede Köchin, wie es ihr passt und je nachdem, was sie für Zutaten in ihrem Haushalt findet. Außerdem kocht Mrs. Payne durchaus gerne, weshalb sie es auch heute noch einmal tun kann. »Wir wollen es also gemeinsam machen dieses erste Mal, ganz wie du sagst, damit du weißt, wie sich Mister Payne sein Dinner wünscht!«

Und siehe da: Während George unter Mrs. Paynes kundiger Anleitung und ihren strengen Blicken, denen nichts entgeht, den Braten klopft, die Butter in der Pfanne schwenkt, das Gemüse putzt und in einer Schüssel das Mehl mit Milch und Eiern verquirlt, wundert sie sich immer mehr über diese flinken kleinen Hände, die so geschickt wirbeln. Wie George die Erbsenschoten knackt, den Braten stopft, den Brotpudding knetet! Da könnte sie fast ins Schwärmen geraten und dabei hält sie sich für eine Frau von nüchternem Verstand und einer eisernen Gemütsruhe, die sich nie erschüttern lässt. Darum sagt sie jetzt auch rasch und es klingt fast ein bisschen schroff: »Für die Biskuits musst du aber zwei Tassen Mehl nehmen und nur wenig Wasser. Und eine Prise Salz gehört unbedingt auch dazu.«

»Und w-w-wenn Sie überdies ein Ei einrühren, Madam, w-w-wird der T-T-Teig noch lockerer!«, sagt George.

Da gibt es Mrs. Payne zu: Der stotternde schmale Junge, den der Winterwind so unerwartet in ihr Haus geblasen hat, verfeinert ihre Küche ungemein. Die Biskuits geraten leicht, als wären sie aus Luft gebacken. Der Braten duftet betörend. Der Brotpudding schmeckt zu köstlich, dass sich alle weit mehr davon auftischen, als sie eigentlich wollten, und als Mister Payne am Ende gar den Kaffee lobt – sechs Teelöffel schönstes braunes Kaffeepulver auf einen halben Topf Wasser –, ist es entschieden: Mrs. Payne hat wieder jemanden, der für sie kocht. Nur ist es diesmal keine Köchin, sondern ein Koch. Der neue Koch heißt George Carver.

George bezieht eine winzige Kammer unter der Hintertreppe. »Dort kannst du schlafen«, sagt Mrs. Payne. »Das macht dir doch nichts aus?«

Bald gibt es wieder einen Alltag, mit dem sich die Wochen füllen. Wenn George nicht kocht (und er kocht viel), schrubbt und wäscht und bügelt er für die Paynes, das kann er auch und ziemlich gut sogar. Mister Payne freut sich über seine Hemdkragen, die stramm stehen wie die Zinnsoldaten, und Mrs. Payne entzückt es, dass ein anderer die viele Wäsche für sie pflegt.

Jetzt hat George wieder ein Dach über dem Kopf, auch wenn es im Wesentlichen Treppenstufen sind. Genügend zum Essen hat er außerdem, und ein bisschen Geld verdient er obendrein. Das legt er sich fein säuberlich zur Seite. Wenn er all die vielen Aufgaben erledigt hat und schlafen geht, schiebt er sich die Münzen unter das Kopfkissen und legt sein Ohr darauf, als könnte er das Geld dann wachsen hören. Denn obwohl es ihm leidlich gut geht bei den Paynes, vergisst er es nicht: Er ist keineswegs nach Fort Scott gekommen, um hier zu kochen, zu putzen und zu waschen, sondern um zu lernen. Geografie. Mathematik. Naturkunde. All die vielen Fächer, die es in Neosho nicht gab. Jeden Abend, bevor George sich in sein schmales Bett faltet, kramt er das Geld unter dem Kopfkissen hervor und zählt nach.

Schließlich ist es so weit: Der Münzhaufen türmt sich hoch genug, um den Unterricht zu bezahlen und außerdem die Bücher, die es dafür braucht.

Wieder nimmt George all seinen Mut zusammen und geht zu Mrs. Payne.

»Madame, i-i-ich kann nicht länger f-f-für Sie arbeiten«, stottert er, »ich möchte w-w-wieder ein Schuljunge sein!«

Mrs. Payne hört es nicht gerne. Längst hat sie sich daran gewöhnt, dass der kleine schwarze Bub, der unter ihrer Hintertreppe haust, sie und ihren Mann verwöhnt.

»Warum nur, George?«, fragt sie und es fehlte nicht viel, sie ränge die Hände. »Hast du es nicht gut bei uns?«

»D-d-doch, Madam, natürlich, und dafür d-d-danke ich Ihnen auch. A-a-aber i-i-ich muss zur Schule gehen. D-d-deshalb bin ich hergekommen.« Und er fügt hinzu, obwohl er weiß, dass es Mrs. Payne kaum verstehen wird: »Ich m-m-möchte lernen, w-w-wie die Dinge heißen!«

Sie versteht es wirklich nicht. Aber auch wenn sie es verstünde, würde es ihr nichts nützen. Sie weiß es selbst: Der Bursche ist wie der Wind, der durchs Präriegras streift. Er weht, wohin er will. Man muss ihn ziehen lassen.

Gleich neben der Post findet George eine schlichte Hütte, kaum größer als ein Schuppen. George mietet sie für einen Dollar in der Woche. Ebenso viel Geld gibt er für sein Essen aus. Wenn er dann noch das Geld für die Schule und die Bücher abzieht, macht das … das macht … Wie lange wird er damit wohl die Schule besuchen können? George versucht, es auszurechnen. Er schreibt die Zahlen auf. Er zählt nach. Schließlich gibt er es auf: Er wird eben solange zur Schule gehen, bis das Geld aufgebraucht ist. Dann wird er sich erneut eine Arbeit suchen und so wird es immer weitergehen, weil es immer weitergeht, irgendwie, genau wie es Tante Mariah einmal zu ihm sagte.

DIE BÜCHER IM DRECK

Die *Fort Scott Colored Public School*, die George ab sofort besucht, ist erst vor ein paar Jahren eröffnet worden. Nur sechs Jahre zuvor lagen hier auf schmalen, klapprigen Pritschen die Verwundeten des Bürgerkriegs. Jetzt sitzen Kinder auf den Bänken. Die Kinder sind alle schwarz. Wie George. Zum ersten Mal lernt er Geschichte und Kunst und das, was er am meisten liebt: Naturkunde. Wissen, warum der Regen aus den Wolken fällt und wieso sich die Berge in Schichten hoch hinauf zum Himmel stapeln. Begreifen, wie die Fische im Wasser leben und die Vögel in der Luft. Und wenn die Schule aus ist, lernt George in seinem winzigen Verschlag mit den schiefen Wänden weiter, bis es zu dunkel wird und er sich eine Kerze anzünden muss. Dann sitzt er weiterhin tief über die Bücher gebeugt, während das Licht schwach über die Seiten flackert. Es stört ihn nicht, denn seine Augen sind noch jung.

Sonntags aber verlässt George die Stadt. Schnurstracks läuft er hinaus in die Wälder, und nach jeder Blume und nach jedem Kraut, das er sieht und noch nicht kennt, bückt er sich und nimmt es mit. Dann schaut er in den Büchern nach, ob sie ihm den Namen der Dinge verraten, und wenn er es herausgefunden hat, lächelt er, weil er an Onkel Moses denkt. Wie recht sein Ziehvater hatte, als er einmal zu ihm sagte: »So etwas Merkwürdiges steht höchstens in den Büchern, George. Dazu musst du aber lesen können!«

Nun kann George lesen. Schreiben kann er auch. Darum legt er die Bücher beiseite. Er holt ein Blatt Papier und einen Stift und schreibt. Er schreibt einen Brief. Ganz wie er es versprochen hat.

Liebe Tante Mariah, lieber Onkel Andy,

ich schreibe Euch aus Fort Scott!

Endlich weiß ich, wie die Gräser, die ich auf der Herfahrt in der Prärie gesehen habe, heißen. Sie haben alle einen eigenen Namen. Bärengras, Bartgras, Gambagras, Rutenhirse. Die Rutenhirse aber – Ihr werdet es vielleicht nicht glauben und müsstet herkommen, um Euch davon zu überzeugen – wächst nun, da es wieder Sommer ist, so hoch, dass selbst ein langer Mann wie Onkel Andy vollkommen darin verschwindet!

Ich hoffe, es geht Euch gut. Mir geht es jedenfalls sehr gut, denn ich bin froh, dass ich so viel lernen darf.

Sehr herzlich grüßt Euch

Euer aufgeregter George

Dann aber – vollkommen unerwartet und es verdrießt George über alle Maßen, als wäre mit einem Mal das Wasser aus Mrs. Paynes Pumpe versiegt, während sich der Abwasch stapelt – ist das Geld unter seinem Kopfkissen aufgebraucht. Futsch und weg und aus. Nicht einmal für eine Briefmarke reicht es mehr.

George verlässt die Schule. Er sucht sich eine Arbeit.

Im *Wilder House*, einem Hotel an der Main und Wall Street, soll er die Betttücher aus grobem Stoff waschen, und wenn er sie gewaschen hat, bügelt er sie, bis sie flachliegen wie die Seiten seiner Bücher. Schnell spricht es sich herum, wie geschickt der neue Hotelbursche auch Herrenhemden zu glätten versteht und man steckt ihm ein paar Cent zu, wenn er auch diese Arbeit übernimmt. Die Geldstücke steckt George jetzt in eine Blechbüchse. Aber sie rappelt nicht besonders laut, wenn er sie schüttelt, weil George sich, kaum hat er ein paar Münzen beisammen, sogleich neue Bücher davon kauft. Er liest einfach zu gerne.

Auch diesmal hat er ein paar Bücher angeschafft und trägt sie stolz die Hauptstraße hinunter. Da kommen ihm zwei junge Burschen entgegen. Sie stellen sich ihm in den Weg. »He, Nigger, wohin so flott?«

Das böse Wort, das mit einem N beginnt, schlägt durch George hindurch, als wäre es der Hieb mit einer Axt. Das schlimme böse Wort soll ihn meinen und meint ihn nicht. Es meint nur seine Haut und nicht mal das. Es meint alles, wofür sie denken, dass seine dunkle Haut steht: dass George kein Mensch ist wie sie, sondern ein Ding, das sie herumstoßen können, ganz wie es ihnen passt.

»Sieh mal«, ruft der eine und seine Stimme überschlägt sich fast, »der Nigger hat Bücher!«

»Das gibt's doch nicht!«, kreischt der andere. »Ein Nigger mit Büchern. Bestimmt hat er sie geklaut!«

»Klar! Geklaut hat er sie!«

Das ist nicht wahr, aber wie soll George sie überzeugen? »E-e-es sind m-m-meine Bücher, Sir«, stammelt er, »i-i-ich brauche s-s-sie z-z-zum Lernen!«

»Hör mal, wie der spricht!«, grölt der eine. »Nicht mal reden kann er! Fiept wie ein Mäuschen.«

»Ja, aber wie ein schwarzes«, sagt der andere. »Kann nicht mal sprechen und bildet sich ein, er könnte lesen!«

»Ein Nigger, der liest!«

»Und uns obendrein anlügt!«

»Behauptet einfach, es wären seine Bücher!«

»Unverschämt!«

»Gestohlen hat er sie!«

»Jawohl, gestohlen!«

George will noch etwas sagen, da schlagen sie zu. Der Stoß trifft ihn in die Magengrube. Wie ein Sack Kartoffeln, den man in die Ecke wirft, sackt er in die Knie. Die Bücher fallen ihm aus der Hand. Sie wirbeln durch die Luft. Sie platschen in den Dreck. Einer der beiden Burschen bückt sich. Er hebt ein Buch auf. Wirft es hoch. Kickt es mit dem Fuß, als wäre es ein Ball. Fängt es wieder auf. Steckt es ein, unter den Mantel. Er lacht. »He, mach, dass du wegkommst! Sonst prügeln wir dich windelweich.«

Und George macht, dass er wegkommt. Er läuft und läuft und bleibt nicht eher stehen, bis er im Hotel ankommt. Mit fliegendem Atem kauert er sich in eine Zimmerecke, schlingt die Arme um die dünnen Beine und keucht und keucht und keucht noch lange, als gäbe es in ganz Fort Scott keine Luft zum Atmen mehr.

Von nun an sieht er die Stadt mit anderen Augen.

George hat zwar schon gewusst, dass es wenig ratsam ist, einen Weißen anzusehen, wenn er mit ihm spricht. Besser er senkt den Blick dabei. Und dass er ihnen lieber ausweicht, wenn er seine Botengänge erledigt, das weiß er auch. Ohne groß nachzudenken, steigt er unverzüglich von den schmalen Holzstegen in die mit Matsch aufgewühlten Straßen, sobald ihm ein Weißer entgegenkommt. Wenn George die gebügelten Hemden zurückbringt oder etwas anderes in der Stadt besorgt, versucht er stets, sich noch kleiner und dünner und beinahe unsichtbar zu machen oder zumindest genauso wenig aufzufallen wie die ungezählten Ochsen, die tagtäglich vielerlei Dinge durch die Straßen schleppen und die niemand mehr beachtet, weil die Stadt diese Dinge nun mal braucht.

George hat für Mrs. Payne gearbeitet und auch der Besitzer des Hotels ist weiß. Aber jetzt will er nicht mehr für einen Weißen arbeiten. Zur Schule gehen kann er allerdings auch nicht, weil sein Geld dafür nicht reicht. Außerdem hat er keine Bücher mehr.

Endlich findet er bei einem Schmied eine neue Arbeit. Der Schmied ist schwarz wie George.

George fegt die Ställe aus und führt die frisch beschlagenen Pferde zu ihren Besitzern zurück. Die Arbeit gefällt ihm. Sie beruhigt ihn. Den Pferden ist es einerlei, welche Hand sie pflegt, ob sie schwarz ist oder weiß. Onkel Moses hatte selbst Pferde. Pferde gehören dazu, undenkbar, dass es sie nicht gäbe! Pferde pflügen die Äcker. Sie tragen die Menschen. Sie schleppen ihre Lasten, das schwere Bier, das in groben Fässern durch die Gassen rumpelt oder die Säcke von Mehl, wenn sie von der Mühle kommen. Ohne Pferde geht es nicht. Und George kennt sich mit ihnen aus. Sie sind viel größer als er und mächtig stark, aber wenn George ihnen vorangeht, ruhig und ohne an den Zügeln zu zerren, folgen sie ihm wie die sanftesten Lämmer.

Manchmal wenn der Schmied Hufe beschlägt, während George das Pferd am Halfter hält und beschwichtigend auf es einsäuselt, erzählt der große starke Mann Geschichten über die Stadt. Von John Brown erzählt er. Wie er die Sklaven befreien wollte und darum nach Fort Scott geritten kam, um Anhänger um sich zu scharen und gegen die Sklavenbesitzer zu kämpfen. Und von den beiden Hotels, die einander gegenüberstehen, erzählt er auch: das *Western Hotel*, in dem die Sklavenhändler ein- und ausgingen, und das *Free State Hotel* auf der gegenüberliegenden Straßenseite, in dem sie die Sklaverei verabscheuten. Denn wenn sich Kansas auch *das freie Kansas* nennt, ist es weder frei noch so entspannt, wie es das behauptet. Die Wunden des Bürgerkriegs sind kaum verheilt und wenn, dann schlecht: Unter den Narben brodeln noch immer die Abneigungen und Vorurteile von einst. Das ergibt einen gefährlichen Sprengsatz. Wie Zunder, der jederzeit in die Luft fliegen kann, sobald ein Funken darauf fällt.

George hat nichts gewusst von alldem, was der Schmied erzählt. Vielleicht hat er es bisher auch nicht wissen wollen? Jetzt denkt er darüber nach: Wie misstrauisch ihn die Leute gemustert haben, als er an jenem Wintermorgen an ihre Türen klopfte und sie um Arbeit bat! Vielleicht lag das doch nicht an ihrer schlechten Laune, weil er ihre Ruhe störte, wie er damals glaubte, sondern daran, dass er schwarz ist und die Leute in Fort Scott mögen keine schwarzen Menschen? Vielleicht muss er die Augen noch ein bisschen weiter aufmachen. Nicht nur für die Blumen, die Gräser und Steine, sondern auch für die Menschen ringsum.

FLUCHT INS NIRGENDWO

Seit dem Vorfall mit den Büchern (der im Grunde ein Überfall war) redet George sich ein, dass es nicht schlimmer kommen kann. Es war schließlich schon schlimm genug. Doch dann kommt es noch schlimmer.

Viel schlimmer.

Es ist der 26. März 1879, ein Mittwoch. George hat es auf einem Kalenderblatt gesehen, als er dem Schuster sein Pferd zurückbrachte. Jetzt will er rasch zurück zur Schmiede, denn es dämmert schon. Doch er kommt nicht voran. Als hätte ihnen jemand einen geheimen Befehl erteilt, drängen sich ungezählte Menschen auf die Straßen. Die Menschen sind alle weiß. George drückt sich gegen eine Häuserwand. Sie würden ihn sonst mit sich fortreißen, so eilig stürmen sie an ihm vorbei. Etliche haben ihre Söhne und Töchter mitgebracht. Sie ziehen sie an den Händen hinter sich her oder wenn sie klein sind, setzen sie die Kinder auf ihre Schultern, damit sie besser sehen können. Und da sieht George auch, was sie alle anstarren, als wäre der Zirkus nach Fort Scott gekommen: In der Mitte der Menschenmenge, die nun wie ein einziger großer Körper hin und her wogt, als wäre es eine riesige Welle, die alles verschluckt, steht ein großer zitternder Mann. Der Mann ist schwarz.

»Vergewaltigt hat er sie!«, brüllen die Leute.

»Büßen muss er dafür!«

»Jawohl, büßen!«

Sie haben den Mann aus dem Gefängnis gezerrt. Weil die Tür verriegelt war, haben sie das Fenster aufgebrochen und ihn rausgezogen aus der Zelle, in der er eingesperrt saß, weil er ein weißes Mädchen vergewaltigt haben soll. In der Zelle hat er darauf gewartet, dass man ihn vor ein Gericht stellt. Morgen vielleicht. Oder in ein paar Tagen. Dann würde das Gericht, das aus einem Richter, einigen Juroren und einem Anwalt besteht, die Sachlage prüfen. Gemeinsam würden sie die Argumente hin und her wägen, für den Angeklagten, gegen ihn, sie gewissenhaft prüfen, wie man es von einem Gericht erwarten darf. Erst dann würden sie entscheiden, ob der Mann schuldig gesprochen wird oder nicht, und wenn sie ihn schuldig sprächen, würde das Gericht festlegen, welche Strafe er für seine Tat bekommen soll. Das wollen die Weißen, die den Mann jetzt zwischen sich hin und her schubsen, nicht. Sie wollen nicht warten. Sie wollen das Gesetz selbst in die Hand nehmen. Hier und jetzt. Sie wollen ihn auch selbst bestrafen, hier und jetzt, wobei es sie nicht kümmert, ob der Mann auch wirklich schuldig ist.

Der schwarze Mann kann sich nicht wehren. Er hat keine Rechte. Vielleicht hat er sie auf irgendeinem Papier, das irgendwo tief vergraben in irgendeinem Aktenschrank ruht. Aber an diesem Tag Ende März, da schon der Frühling in der Luft summt und die ersten Veilchen zaghaft ihre Köpfe aus der Schneedecke stecken und die Menschen immer lauter und lauter rufen, dass der Mann nun aber endlich büßen müsse, hat er sie nicht. Und es gibt niemanden, der ihm helfen und ihm beistehen könnte, auch George nicht.

Sie zerren dem Mann einen Strick um den Hals.

Sie schleifen ihn über die Straße.

Sie treten ihn, dass er fällt.

Sie prügeln auf ihn ein.

Sie prügeln und treten und schlagen auf ihn ein, bis er tot ist.

Sie prügeln und treten und schlagen auch dann noch auf ihn ein, als er schon tot ist.

Sie hängen ihn an einen Baum.

Sie übergießen ihn mit Öl.

Sie zünden ihn an.

Der Mann brennt.

George läuft.

Er läuft und läuft und läuft.

Und als er nicht mehr laufen kann, weil er keine Luft mehr zum Laufen hat und keine Kraft mehr, läuft er trotzdem weiter, langsamer, aber er läuft.

Bis der Rauch verweht ist, bis er das Geschrei der Menschenmenge nicht mehr hört. Bis er den Geruch brennenden Fleisches nicht mehr riecht.

Als der Morgen über die Dächer von Fort Scott kraucht, ist George verschwunden. Als hätte es ihn nie gegeben in dieser Stadt. Doch die Erinnerung an das, was dort geschah, nimmt er mit. Sie gräbt sich ihm ein, tief unter die Haut, wo die finsteren Träume lauern.

Nachts schläft er jetzt schlecht.

Er träumt nicht länger von kleinen roten Blumen, die friedlich in den Ozarkbergen blühen und auch nicht von Schätzen, die er aus Wassermelonen ziehen kann. In seinen Träumen lodern helle, heiße Flammen und wenn er aus dem Schlaf aufschrickt, ist das Kissen, auf dem er gelegen hat, nass.

Manchmal durchzuckt es ihn sogar am Tag. Dann pocht sein Herz wie rasend, als müsste er gleich wieder weglaufen. Wenn plötzlich viele Menschen auftauchen. Wenn er laute, schrille Stimmen hört. Ein Feuer knistert. Es verbrannt riecht … Dann erschrickt George.

Es ist aber kein Erschrecken, wie einer erschrickt, wenn man ihm von hinten unvermutet auf die Schulter schlägt. Das kommt und geht und ist normal und legt sich wieder. Georges Erschrecken ist anders. Es nistet sich ein. Es bleibt. Es entspringt auch nicht der Angst, sondern der Furcht. Die Furcht weiß, warum es sie gibt und wo sie herkommt, anders als die Angst, die keinen Ursprung hat. Und wirklich weiß George – er weiß es mit dem Kopf und mit dem Körper durch und durch –, dass das, was in Fort Scott geschehen ist, einzig deshalb geschehen konnte, weil der Mann, den die Weißen ermordet haben, eine andere Hautfarbe hatte als sie. Weil er schwarz war. Und das bedeutet: Es kann immer wieder geschehen. Jederzeit. Auch ihm. Auch George. Denn seine Haut ist schwarz wie die des Mannes, den er hat brennen sehen. Und kein Nachbar und kein Gesetz werden George davor bewahren, weil das Gesetz, auf das die Weißen sich berufen, selbst auf einer Lüge beruht, nämlich dass die Weißen besser seien, einzig deshalb, weil sie weiß sind.

George hat es schon einmal gespürt. Als er vor der verschlossenen Schultür von Locust Grove gestanden hatte und Onkel Moses ihm erklären musste, warum er nicht mit den anderen Kindern lernen durfte. Es hatte nicht an seinem Gehirn gelegen, weil es zum Lernen etwa zu klein, zu dumm oder zu sonst irgendwas gewesen wäre, sondern allein an seiner schwarzen Haut.

»Sieh mal, George«, hatte Onkel Moses gesagt und sich räuspern müssen, als steckten ihm die Worte im Hals fest und das taten sie wohl auch. »Du bist ein kluger Junge, ja, du bist sogar das klügste Kind, das mir je begegnet ist. Aber du bist schwarz. Schwarze dürfen in Locust Grove nicht lernen. Das ist ungerecht, ich weiß, aber ich kann es nicht ändern. Es tut mir leid.«

Daraufhin hatte Tante Susan die Fibel hervorgekramt und ihm damit das Lesen beigebracht. Darüber hatte George vergessen, dass andere Kinder, Kinder mit weißer Haut, zur selben Zeit über ihre Bücher gebeugt nebenan in der Schule saßen und auf kleine Schiefertafeln Buchstaben und Zahlen schriffelten. Aber nun erinnert er sich daran. Obwohl er die Erinnerung sofort beiseite zu schieben versucht wie etwas äußerst Unangenehmes. Man sollte nicht in Wunden stochern, denkt George, vor allem nicht, wenn schon Schorf darüber wächst. Aus genau demselben Grund spricht er mit niemandem über das, was er in Fort Scott sah. Er sperrt es ein in eine Rumpelkammer seiner Seele und den Schlüssel, der diese Tür öffnen könnte, wirft er fort.

EIN NEFFE FÜR VIELE

Die nächsten Tage verbringt George wie im Nebel. Er hat keinen Plan. Er hat kein Ziel. Er geht, wohin er eben geht. Als wäre er nun tatsächlich wie der Wind, der über die Prärie fegt, ganz wie es Mrs. Payne in ihm gesehen hat. Nur fühlt er sich eher wie ein welkes Blatt, das vom Sturm hin und her gepustet wird.

Wo immer man ihm Arbeit gibt, packt er mit an. Der Weizen knistert in der Sonne. George hilft bei der Ernte. Hat der Schnitter die goldenen Halme niedergesichelt, hebt er sie auf und bündelt sie zu wuchtigen Garben, die ihn oftmals überragen, weil er immer noch so klein und schmächtig ist. Der Boden, auf dem das Getreide wuchs, hat den Weizen großzügig genährt. Das stellt George wie nebenbei fest, weil sein Gehirn auch jetzt niemals zu denken aufhört: Der Boden hier ist fruchtbar, es ist guter Ackerboden. In einer Stadt im Westen streicht George einen ausgeblichenen Gartenzaun. In einer anderen im Osten werkelt er in einem Gewächshaus. Er harkt Beete, pflanzt Tomaten in größere Töpfe, mulcht die Wege, gräbt um. Das liebt er. Mit den Händen in der Erde wühlen!

Wie er es bei Tante Mariah gelernt hat, wäscht er die Kleider fremder Leute. Er schrubbt und bügelt Hemden, Hosen, Röcke, bis die Hemden, Hosen, Röcke duften und aussehen wie neu. Er näht. Er flickt. Er putzt. Er kocht. Und immer wieder bückt er sich, hebt etwas auf, ein Farn, ein Kraut, einen Stein und stopft es sich in die Taschen. Von der Erde, die blau schimmert und sicher eine gute Farbe ergibt für die Bilder, die er einmal malen will, füllt er eine Handvoll in ein altes Marmeladenglas. Sein Gepäck nimmt zu, wird schwerer. Für sieben Dollar kauft er sich in einer Stadt im Norden ein Akkordeon. Einmal hat ihm Onkel Moses gezeigt, wie er darauf spielen kann. Jetzt versucht er es wieder: Die kleinen schwarzen Knöpfe muss er mit den Fingern der einen Hand drücken, während die Finger der anderen Hand über die Tasten eilen. Schwarze und weiße Tasten liegen hier einvernehmlich und eng nebeneinander, als könnte es nie Zwist geben zwischen Schwarz und Weiß. Aber erst wenn George die wie Segel aufgespannten Bänder fest mit den Armen auseinanderzieht und sie, kaum hat er sie ausgefahren, erneut zusammendrückt, als wäre das Akkordeon ein Blasebalg, kommen die Töne. Sie klingen nicht besonders kunstvoll, aber weil es niemand hört außer er selbst, stört es auch nicht und George übt unverdrossen weiter. Die Musik tröstet ihn. Auf eine geheimnisvolle Weise, die er nicht in Worte fassen kann, richtet sie ihn auf, sodass er weitergehen kann.

Gibt es in einer Stadt eine Schule, die er besuchen darf, besucht er sie. Aber nirgends bleibt er lange. Entweder geht ihm das Geld aus. Oder er lernt nur noch, was er eh schon weiß. Dann bricht er wieder auf. Einatmen. Ausatmen. Vorwärtsgehen. Tante Mariah hatte recht! Das Leben steckt voller Sackgassen. Trotzdem hört es niemals auf. George denkt: Wie aus alten, abgelegten Stofffetzen Neues und Schönes entsteht, wenn die Näherin einen Quilt zusammensetzt und nicht müde wird mit ihrer Arbeit, kann vielleicht noch etwas aus mir werden, wenn ich nicht aufgebe.

Zumindest hofft er das.

Aus den Tagen, die George ohne Plan und Ziel von Ort zu Ort streift, werden Wochen.

Aus den Wochen Monate.

Vielleicht ist George jetzt vierzehn. Vielleicht ist er auch fünfzehn oder schon sechzehn. Die Kalenderblätter zeigen jedenfalls das Jahr 1879, als George nach Olathe kommt. In diesem Jahr hat Thomas Alva Edison die elektrische Glühbirne so weit verfeinert, dass sie an jeder Hausdecke leuchten könnte, wenn es denn in jedem Haus Strom gäbe. Strom gibt es aber nicht überall, jedenfalls nicht in diesem Flecken unweit von Kansas City, wo George – wie so oft, wenn er eine neue Stadt erreicht – zunächst den Gottesdienst besucht. Der Gottesdienst nämlich kommt ihm, der schon so lange heimatlos herumwandert, wie ein Zuhause vor. Denn mögen auch die Orte wechseln, Mister Creator, den sie in den Kirchen loben, ist da wie dort derselbe. Und an jedem dieser Orte hat er Menschen, die ihn lieben. Und die George kennenlernt. Hier in Olathe, zwischen den Kirchenbänken der Presbyterianer, sind es die Seymours, die George trifft.

Lucy und Christoph Seymour besitzen keine von Edisons Wunderbirnen, welche die Räume selbst dann taghell zaubern, wenn die Sonne längst untergegangen ist. Sie füllen ihre Lampen noch mit Öl oder zünden Kerzen an. Kinder haben sie auch keine, aber ohnehin sind sie wohl schon das, was man betagt nennen würde. Jedenfalls ächzen alle ihre Knochen, wenn sie sich morgens mühsam aus den Betten schälen. Was die beiden freilich nicht daran hindert, unermüdlich irgendetwas anzupacken. Christoph hilft auf einer Farm, Lucy pflegt die Wäsche anderer, fremder Leute. Das kennt George schon, Tante Mariah machte es ebenso. Allerdings wäscht und bügelt Lucy Feinwäsche und das ist etwas gänzlich anderes als die derbe Tracht der Leute von Neosho. Ungezählte Rüschen und Spitzen säumen die festlichen Kleider der Frauen von Olathe; verzwickte Falten und knifflige

Borten zieren ihre Röcke. Einen halben Tag braucht Lucy Seymour, bis sie ein Kleid aus durchschimmerndem Organdy gebügelt hat, wobei ein einziger falscher Strich mit dem heißen Eisen ausreicht und die feinen Borten sind versengt.

»Bügeln ist wie Mustangs zu zähmen«, erklärt sie, während sie ein Kleid glättet und George ihr aufmerksam zusieht. »Das Eisen muss glühen, dass du dich fast daran verbrennst. Trotzdem darfst du es nur mit eiskalter Hand führen ohne zu zittern – wie einer, der nichts zu verlieren hat. Sonst glückt es nicht. Dazu braucht es Mut und den haben nicht viele. Aber sieht es nicht wunderschön aus, wenn es gelingt?« Und sie hält das Kleid hoch, dass die Falten hinabstürzen wie Wasser bei einem Wasserfall.

»Oh«, staunt George, »es s-s-sieht w-w-wirklich w-w-wunderschön aus!«

Man merkt es ihr an, auch wenn sie selbst jedes Centstück zweimal umdreht und sparsam lebt wie eine Kirchenmaus: Lucy Seymour ist solch verschwenderische Pracht gewöhnt. Denn ehe sie nach Olathe zog, arbeitete sie als Sklavin in einem großen Herrenhaus in Virginia. Es erfüllt sie nicht mit Stolz, dass sie einmal einem anderen gehörte, wie dieser andere auch Uhren, Teppiche und Baumwollfelder besaß. Aber dass die Messer und Gabeln, die sie dort putzte, bis sich ihr Gesicht darin spiegelte, aus reinem Silber bestanden und die Kleider der Missus, um die sie sich kümmerte, aus Taft und Musselin gewirkt waren, bereitet ihr gleichwohl ein gewisses Behagen. Es hat sie geprägt, sie selbstbewusst und würdevoll gemacht. Ihre Wäscherei führt Lucy Seymour jedenfalls unverkennbar mit demselben Stolz wie einst die Herrin ihr stattliches Haus mit den fünfzehn Zimmern. Nur dass Lucys Reich aus Seifenlauge und Waschbrettern besteht und sie nicht über Sklaven und Baumwollfelder, sondern über Halskrausen und Plisseefalten herrscht. Das macht sie freilich so hervorragend, dass die Leute ihr die Kleider stapelweise anschleppen, und mit jedem neuen Rock wächst der Wäscheberg, der sich ohnehin schon hoch türmt, höher.

Darum ist Lucy einerseits froh, dass der schmale dünne Bursche mit den großen Augen, dessen Alter sie schlecht einschätzen kann, zunächst in der Kirche und nun in ihrer bescheidenen Wohnung mit dem Kerzenlicht aufgetaucht ist, weil ihr dieser junge Kerl, der durchaus nicht ungeschickt wirkt, mit den Wäschebergen helfen könnte. Andererseits ist das Bügeln solcher Kleider nun mal nichts, das man nebenbei abhandeln kann, wie manch einer in seiner unwissenden Unwissenheit womöglich glauben mag. Es bedeutet vielmehr harte Arbeit, welche allerhöchste Achtsamkeit verlangt. Aber George mit seiner ruhigen und zuvorkommenden Art, seiner Höflichkeit, die ihr sofort aufgefallen ist, beeindruckt sie. Er mag schmächtig sein, gewiss, von einer geradezu verschwindenden Winzigkeit, als bestünde er aus Luft, aber in seinen Augen bemerkt Lucy eine sture Zähigkeit, der sie vertraut. Darum drückt sie ihm jetzt das heiße Eisen in die Hand und sagt: »Versuch es einmal!« Sie sagt es sehr entschieden, als wollte sie jeden Zweifel ausräumen, aber ihre Augen zucken doch verräterisch, als George das Kleid vor sich ausbreitet und das Eisen hebt. Es ist eine wertvolle Abendrobe von Mrs. Parry, eine ausgesprochene Kostbarkeit. Wenn nur ja nichts schiefgeht!

Aber Lucy Seymour hat nicht mit diesen Händen gerechnet. Wie sollte sie auch wissen, dass George schon vor etlichen Jahren, als seine Hände noch viel kleiner waren, eine zierliche Blume aus der harten Erde ausgegraben hat, ohne auch nur eine einzige ihrer zarten Wurzeln zu verletzen? Mit derselben Behutsamkeit führt er nun das glühende Eisen über den feinen knisternden Stoff und es geschieht – nichts. Jedenfalls geschieht nicht das, was Lucy befürchtet hat, im Gegenteil: Das Kleid, das Mrs. Parry für das nächste rauschende Fest unbedingt benötigt, gerät wunderhübsch und zauberhaft, als entspränge es geradewegs einem Märchenbuch.

»Nein, wirklich, das hätte ich nicht gedacht!«, ruft Lucy entzückt und es fehlte nicht viel, sie klatschte in die Hände. Aber das tut sie nicht, natürlich nicht. Sie strafft die Schultern und sagt, würdevoll und gefasst wie eh und eh: »Du kannst gerne bei uns wohnen, George. Wenn du mir mit der Wäsche hilfst.«

Das will George gerne, solange er nebenbei auch in die Schule gehen darf. Denn ohne Schule geht es nicht. »Wegen der Schule«, sagt er, »bin ich schließlich hier!«

Damit ist es ausgemacht: Tagsüber lernt George in der Schule von Olathe und wenn er nicht lernt, hilft er Lucy mit der Wäsche. Bald sind sie einander so vertraut, dass er Tante Lucy zu ihr sagt, ihn nennt er Onkel Chris. Jetzt ist es fast wieder wie in Neosho, als er bei Tante Mariah und Onkel Andy lebte. Und vielleicht geht es ihm auch ein bisschen wie damals in den Ozarkbergen: George hat keinen Vater und keine Mutter, aber eine Menge Menschen, zu denen er Onkel und Tante sagen darf. Als wollten alle, dass er ihr Neffe ist.

Lernen und Wäschewaschen wechseln jetzt einander ab, ganz wie es einmal bei den Watkins war. Sogar sonntags gehen sie gemeinsam in den Gottesdienst, Tante Lucy in einem frisch gebügelten, strahlend schönen Kleid, Onkel Chris aufrecht und stramm mit der Bibel unterm Arm und George klein und schmal dazwischen. Nur besuchen sie diesmal die Presbyterianer. In den engen Kirchenbänken sitzen Weiße wie Schwarze dicht beieinander, als wäre das, was Pastor Givens einst in Neosho von der Gleichheit aller Menschen predigte, in Olathe bereits eingetroffen. Das gefällt George. Es gefällt ihm überhaupt so gut, dass er selbst ein Presbyterianer wird. Amtlich gewissermaßen. Aber er denkt auch, während der Älteste seinen Namen in das schwere Kirchenbuch kritzelt: Gott hat alle Menschen geschaffen und es ist keiner wertvoller als der andere. Trotzdem erfinden die Menschen zig Weisen, um Gott zu loben, und gründen mindestens genauso viele Kirchen, wie sie unterschiedliche Nasen haben. Obwohl es Gott vermutlich wenig kümmert, ob einer als Baptist oder Methodist, als Lutheraner, Katholik oder Presbyterianer mit ihm spricht. Das ist bloß eine Frage der Form. Denn auf das Wesen der Dinge kommt es an, wie auch der Kern einer Frucht darüber entscheidet, was einmal aus ihr wächst.

Trotzdem ist es wohl nicht ganz verkehrt, dass George jetzt zu den Presbyterianern geht. Tante Mariah würde sicherlich von Fügung sprechen. Hier traf er die Seymours und sie helfen ihm nach wie vor sehr. Hier nimmt ihn eines Tages nach dem Gottesdienst der Organist beiseite.

Der Organist ist ein ältlicher Herr mit ungezählten Lachfältchen, die sich in den Augenwinkeln kräuseln. Jetzt kräuseln sie sich noch mehr. »Junge«, sagt er, »wenn ich dich zu meinen Chorälen singen höre, glaube ich, die Englein im Himmel würden mich begleiten. Willst du Orgelspielen lernen?«

Das will George gerne!

Die Orgel ist ein beeindruckendes Instrument. Mächtig groß, tönt sie laut und gewaltig, dann wieder leise und zart. Wenn George die Register zieht, dass die Luft durch sämtliche Pfeifen strömt, hört es sich an wie ein Rauschen und Wispern, ein Donnern und Seufzen, wie Gewitter und Sonnenschein, alles zugleich. Was wenig verwundert, weil auf der Orgel wie bei dem Akkordeon, das George nach wie vor gerne spielt, weiße wie schwarze Tasten eng beieinander liegen. Doch wenn man sie drückt, klingt es weder schwarz noch weiß, sondern bunt.

In Olathe geht es George gut.

Wieder nimmt er ein Blatt Papier und einen Stift und schreibt einen Brief.

Liebe Tante Mariah, lieber Onkel Andy!

Nun bin ich in Olathe gelandet. Das liegt immer noch in Kansas und ich lerne wieder viel, weil ich wieder zur Schule gehen darf. Aber das erratet Ihr nie: Hier lerne ich nicht nur, wie die Gräser heißen, sondern auch, Kleider zu bügeln. Doch was für welche! Es ist schade, dass ich sie Euch nicht zeigen kann. Ihr würdet Euch wundern über so viel Pracht, obgleich ich weiß, was Du, Tante Mariah, dazu sagen würdest: Es sind nicht die feinen Gewänder, auf die es ankommt. Das Herz, das sie einhüllen, zählt, und einem Baby, das in Lumpen gewickelt in den Armen seiner Mutter liegt, geht es doch besser als dem reichsten Königskind, das in Samt und Seide weggelegt in einer Ecke weint. Auch denke ich viel an das, was Ihr mir über Lobby erzählt habt und darum freut es Euch vielleicht, wenn ich Euch verrate, dass ich bereits in die sechste Klasse gehe. Gerne will ich mein Wissen mit anderen teilen. Ich weiß nur noch nicht, wie und wo. Dabei sind die Tage hier so friedlich und freundlich, dass ich mir andererseits fast wünsche, sie möchten niemals aufhören.

George zuckt zusammen und lässt den Stift sinken. Das ist sicherlich nicht recht von mir, denkt er. Weil es so selbstsüchtig klingt, als hätte er nur sein eigenes Wohl im Blick, und dabei erscheint es durchaus nachvollziehbar, dass einer das Glück, das ihn befallen hat, ein wenig festhalten will. Doch ob nun eigennützig oder nicht: Bereits am nächsten Tag kommt alles anders, weil es häufig anders kommt. Das liegt daran, dass das Leben niemals stillsteht. Das hat Tante Mariah längst gewusst: Mitunter wird es eng, hat sie gesagt. Du verläufst dich, rennst in eine Sackgasse. Also hältst du an und wechselst die Richtung. Und obwohl du dachtest, dass es nicht weitergeht, geht es doch weiter. Weil es immer weitergeht.

DIE MUTTER AM SPINNRAD

»Hallo, d-d-da bin ich wieder!« Für heute ist die Schule aus. George sieht sich um, wie er Tante Lucy helfen kann. »Soll ich das K-K-Kleid für dich b-b-bügeln?« Schon greift er nach dem Eisen. Aber Tante Lucy nimmt es ihm wieder weg.

»Warte, George, hör mir erst mal zu. Es gibt große Neuigkeiten. Sie betreffen auch dich. Onkel Chris und ich haben gründlich nachgedacht. Nun ist es entschieden. Wir ziehen um. Nach Minneapolis. Kommst du mit?«

George schluckt, auch wenn Tante Lucys große Neuigkeiten nicht einmal so überraschend kommen. Die Leute packen häufig mir nichts, dir nichts ihre Sachen. Sie brechen auf und wissen nicht, wohin. Wie die gewaltigen Bisonherden, die einst durch die Ebenen wanderten, durchstreifen sie das große weite Land, bis sie einen Platz gefunden haben, an dem sie bleiben wollen. Wo es sich leben lässt. Sie einer Arbeit nachgehen. Glücklich sind. Zudem besitzen die meisten ohnehin kaum etwas. Das macht das Reisen leichter. Da nehmen sie das Wenige, das sie haben, einfach mit, als wären sie wie die Schnecken, die ihr Häuschen allezeit mit sich herumtragen.

Tante Lucy sieht George erwartungsvoll an. »Nun, was sagst du dazu?«, drängelt sie. Aber George weiß nicht, was er dazu sagen soll. Obwohl seine Gedanken längst Purzelbäume schlagen. Denn zwar hat er gehört, dass es in Minneapolis eine Schule geben soll und sie hat sogar eine Oberstufe, doch heißt es auch, nur Weiße gingen dorthin. Und was, wenn sie ihm wieder die Tür vor der Nase zuschlagen, wie sie es in Locust Grove getan haben, bloß weil seine Nase schwarz ist?

Eine Schule mit einer Oberstufe bedeutet andererseits aber auch, dass man an dieser Schule einen Abschluss machen kann. Und nur mal angenommen, George dürfte in Minneapolis zur Schule gehen und er würde sie beenden und er erhielte einen Abschluss, dann könnte er, dann würde er … George stockt. Der Gedanke kommt ihm derart kühn vor, dass er ihn kaum zu denken wagt: Mit einem Schulabschluss könnte er auf eine Universität gehen und studieren und dann, allerspätestens dann, wird er sicherlich herausfinden, warum die Blumen alle unterschiedlich blühen und vielleicht erfährt er dann auch endlich, wie seine kleine rote Blume heißt?

George kramt die blaue Fibel, die ihm Tante Susan einmal gab, aus seinem Beutel und schlägt sie auf. Er braucht das Bild nicht zu suchen: Die Seiten klappen von alleine an der Stelle auf – so oft hat er sie sich angesehen. Ein Mann steigt einen steilen Hang hinauf. Das ist anstrengend. Der Mann schwitzt. Aber er will unbedingt nach oben. Denn über ihm am Rand eines steilen Kliffs steht ein prachtvolles Gebäude. *Der Tempel des Lernens*.

Auch George will dort oben ankommen.

Ginge er auf eine Schule, an der er einen Abschluss machen würde, könnte es gelingen.

Schnell klappt er das Buch zu.

Es klingt viel zu verlockend, um weiter darüber nachzudenken. Denn wie herb muss die Enttäuschung sein, wenn es nicht glückt?

»I-i-ich weiß nicht«, murmelt er. »I-i-ich muss erst darüber n-n-nachdenken!«

»Tu das!«, sagt Tante Lucy unbekümmert. »Nachdenken ist nie verkehrt und noch sind wir ja nicht fort.«

Und während die Seymours anfangen, ihre wenigen Sachen in Kisten zu stopfen und Tante Lucy die letzten Kleider bügelt, bis der Wäscheberg nach und nach schrumpft und schließlich ganz verschwindet, weiß George immer noch nicht, wie er sich entscheiden soll.

»Lieber Mister Creator«, betet er, »ich weiß nicht, was ich tun soll! Ich möchte gerne das Richtige wählen.« Aber was das Richtige ist, weiß George nicht. Wie damals, als er zögerte, ob er nach Neosho gehen sollte, wägt er die Gründe hin und her. Er schwankt, ohne zu einem Entschluss zu kommen.

Bis er wieder träumt.

In einer winzigen Hütte, in der man nur vier Schritte in die eine Richtung und vier in die andere gehen kann, sitzt eine junge Frau an einem Spinnrad. Als George eintritt, lässt die Frau den Faden los und sieht ihn an. Da erkennt er sie: Es ist seine Mutter, die er nie gesehen hat, jedenfalls nicht so, dass er sich an sie erinnern könnte und die er doch in jedem schwarzen Gesicht, dem er begegnet, sucht.

»George, mein lieber Junge!« Ihre Stimme klingt weich und zärtlich, als spräche sie zu einem kleinen Kind, das sie trösten will. »Ich habe auf dich gewartet. Wie schön, dass du nun da bist!«

George will etwas antworten. Zu ihr gehen. Die Arme um sie schlingen. Sie nie wieder loslassen. Aber seine Beine gehorchen ihm nicht. Auch sein Mund bleibt zu, als hätte ihn jemand versiegelt.

»Du glaubst nicht, wie stolz ich auf dich bin«, sagt die Mutter. »So viel hast du bereits gelernt. Aber noch reicht es nicht. Gib nicht auf! Hör nicht auf! Lern so viel, wie du nur lernen kannst! Das zählt mehr als aller Reichtum in der Welt. Geld kannst du verlieren. Oder die Räuber kommen und stehlen es dir, so wie sie mich und dich und deine Schwester gestohlen haben. Aber was du hier hineinsteckst«, sie tippt sich mit dem Finger an die Stirn, »nimmt dir niemand weg. Das gehört dir. Für immer.«

Da wacht George auf. In der Dunkelheit tastet er nach dem Taschenmesser, das neben ihm auf einem Kästchen liegt. Es erzählt davon, dass er versorgt sein wird, selbst wenn er keine Ahnung hat, wie das geschehen soll. Neben dem Taschenmesser schimmern seine beiden Glitzersteine. Etliche Meilen sind sie schon mit ihm gewandert. Trotzdem weiß er kaum etwas über sie, weder wie sie entstanden sind noch wie sie heißen. Und dann denkt er an die kleine rote Blume, wie sie in seinem geheimen Garten unter schlanken, hohen Kiefern blüht, und auch von ihr weiß er fast nichts, nur dass sie weiche krümelige Erde braucht, damit es ihr gut geht. Verrate mir doch bitte, wie du heißt!, hat er sie gebeten. Aber auch die Antwort auf diese Frage, die ihm als die allerwichtigste erscheint, kennt er noch nicht. Er hat sie nicht in Olathe gefunden. Vielleicht findet er sie woanders?

Am nächsten Morgen, als sie Maisküchlein mit Bohnen frühstücken, ist sich George sicher, dass mit seiner Entscheidung alles seine Richtigkeit hat. »Ich k-k-komme mit euch mit!«, verkündet er. »Wir ziehen g-g-gemeinsam n-n-nach Minneapolis.«

Da strahlen Tante Lucy und Onkel Chris. »Das finden wir gut!«, jubeln sie und es klingt überaus erleichtert. Denn George ist längst mehr für sie als nur ein Neffe: Sie lieben ihn wie ihren eigenen Sohn.

EIN UNVERHOFFTES GESCHENK

»Schau, Tante Lucy, w-w-wie gefällt dir das?«

George lässt den Pinsel sinken und tritt einen Schritt zurück. Eben hat er ein Schild bemalt und es über die klapprige Holztür ihrer neuen Bleibe gehängt. Poverty Gulch heißt die Gegend, in die sie in Minneapolis gezogen sind. Das passt. *Poverty* ist Englisch und bedeutet Armut. Denn niemand, der hier wohnt, ist reich, nur die Kundschaft, die Tante Lucy ihre Kleidung zum Waschen bringt. Besser gesagt: bringen soll. Darum hat George das Schild auch strahlend grell gemalt, damit es alle sehen können: *Feinwäscherei* steht darauf und die Buchstaben strecken sich, als wollten sie allein schon dadurch von Tante Lucys Bügelkunst erzählen.

»Vielen Dank, George! Das ist dir wieder einmal vortrefflich gelungen. Man merkt, wie wunderbar du malen kannst.«

Doch George ist nicht nach Minneapolis gezogen, um Schilder zu bemalen. Er will zur Schule gehen. Gleich am nächsten Morgen kratzt er all seinen Mut zusammen und wagt sich hin.

»Gott segne dich«, wünscht Tante Lucy und bangt mit ihm. Aber als George wenig später wieder in die Wäscherei stürmt, merkt sie sofort, dass ihre Sorgen unbegründet waren: George strahlt!

»Stell d-d-dir b-b-bloß vor!«, jubelt er. »S-s-sie haben mich aufgenommen. Obwohl ich d-d-der einzige Schwarze dort b-b-bin!«

Da freut sich Tante Lucy sehr für ihn, aber sie ermahnt ihn auch sogleich. »Du solltest nicht obwohl sagen, George! Es müsste längst selbstverständlich sein, dass du mit den anderen Kindern lernen darfst.«

Damit hat sie natürlich recht. Aber an Georges Erleichterung schmälert es nichts, zumal er gleich in die Oberstufe kommt. Denn wenn er auch nie lange an einem einzigen Ort eine einzige Schule besuchen konnte, hat er sich doch aus vielen kümmerlichen Unterrichtstagen ein beachtliches Wissen zusammengeflickt. Nichts ist vergeudet, würde Onkel Moses dazu sagen.

George gehört jetzt zu den Großen. Man sieht es ihm aber nicht an. Noch immer ist er klein und schmal und gleicht eher einem Erstklässler als einem, der die Schule bald beenden wird. Allerdings wirkt seine Zartheit nicht länger zerbrechlich. Eher wie gefiltert. Als hätten die vielen Jahre seiner Wanderschaft alles Überflüssige aus ihm herausgepresst, wie man auch Flüssigkeiten durch ein Destilliergerät träufelt, damit sie an Kraft gewinnen.

Minneapolis war ein Wagnis. Das Wagnis ist geglückt. Wie eine Pflanze, die sich entfaltet, weil sie in guter Erde wachsen darf, blüht George auf. Vielleicht liegt es an seinen Klassenkameraden, die ihn annehmen und freundlich mit ihm reden, ohne auf seine Hautfarbe und sein Stottern zu achten? Die sich freuen, wenn er das Akkordeon auspackt und ihre Ausflüge mit seinen Tönen begleitet? Oder liegt es an Mrs. Beacker, der Rektorin? Wenn George einen Aufsatz über eine Pflanze vorliest, trommelt sie gleich sämtliche Klassen zusammen. Alle sollen zuhören. Und sie hören alle zu. Sobald George von den Blumen erzählt, als wären sie die größten Schätze, sehen sie es plötzlich auch: Es ist in der Tat kaum zu begreifen, wie aus einem unscheinbaren Samen, einer Zwiebel, einer Knolle auf einmal etwas Nahrhaftes, Großes und Schönes entstehen kann. Das winzige Weizenkorn reift zum Getreide und macht viele Menschen satt. Die kleine Eichel streckt sich und wächst zum stattlichen Baum, in dem die Vögel nisten. Aus einer schlichten Zwiebel schiebt sich eine anmutige Tulpe.

»George«, staunen sie, »woher weißt du das bloß alles?«

George hebt die Schultern und wackelt mit dem Kopf. Es ist ihm peinlich, dass sie ihn loben. Er weiß viel. Aber er lernt auch eine Menge. Chemie, Zoologie, Botanik, Physik, Geschichte, Englisch, Mathematik stehen jetzt auf seinem Stundenplan. Sogar Latein.

Außerdem spielt er Theater!

Der Theaterraum dehnt sich weit wie ein Palast und in der Mitte steht sein Thron: eine Bühne aus blanken Kiefernbrettern, über die sich eine hohe Decke wölbt. Wenn George dort oben steht, fällt ihm das Sprechen plötzlich leicht. Mögen sich die Sätze noch so winden, er stolpert nicht darüber. Es liegt schließlich nicht an ihm, wenn ihnen nicht gefällt, was er sagt; ein anderer hat sich die Worte ausgedacht. Weil seine Stimme nach wie vor sehr hoch klingt, spielt er häufig Frauenrollen. Das grämt ihn nicht. Die anderen genauso wenig. Sie finden ihn ganz wunderbar. Da geschieht etwas Merkwürdiges: Mit einem Mal sprudeln die Worte nicht nur dann aus seinem Mund, wenn er auf der Bühne steht. Jetzt fließen sie auch, wenn George sich mit einem anderen Menschen unterhält. Einfach so. Als hätte er endlich seine eigene Stimme gefunden.

»Du stotterst gar nicht mehr!«, ruft Tante Lucy eines Tages verblüfft aus. Sie haben sich unterhalten über den Wäschebergen und es ist ihr nicht aufgefallen, weil es ihr geradezu alltäglich vorkam. »Was hast du bloß angestellt?« Aber George kann es nicht erklären. Bestimmt ist es ein Wunder, denkt er. Wie ein Geschenk, das man sich sehnlichst wünschte, aber nie traute man sich, darum zu bitten, und plötzlich erfüllt es sich. Wie damals, als er das Taschenmesser fand. Unverhofft. Unbegreiflich. In einer Wassermelone.

LEERE WELT

George hat einen Brief bekommen. Das ist an und für sich nichts Ungewöhnliches. Weil er viel schreibt, erhält er auch viel Post. Aber dieser Brief stammt von Tante Susan. Seit ihre Augen schlecht geworden sind, schreibt sie nicht mehr allzu oft. George erkennt ihre Schrift sofort. Mit zitternden Fingern reißt er den Umschlag auf. Hastig überfliegt er die wackeligen Zeilen. Dann lässt er den Brief sinken.

»Ist etwas geschehen?«, fragt Tante Lucy besorgt.

»Mein Bruder …«, stammelt George. »Jim ist tot!«

Jim sei schwer krank geworden, schreibt Tante Susan, an den Pocken, die das Land in diesen Tagen heimsuchen. Jetzt ist der Bruder tot.

Was für ein sonderbares Wort das ist! Mit seinen drei kleinen Buchstaben klingt es beinahe harmlos. Man glaubt ihm nicht die Endgültigkeit, die es behauptet, und doch meint es genau das: George wird den großen Bruder, mit dem ihn mehr verband als mit sonst jemandem in der Welt, weil er sich mit Jim die Mutter teilte, niemals wiedersehen.

Zwischen den Seiten der großen Bibel mit dem schwarzen Ledereinband liegt das Foto. George holt es heraus und sieht es sich an. Vor vielen Jahren haben Jim und er es bei einem Fotografen anfertigen lassen, als wollten sie ihre Bruderschaft für alle Zeiten festhalten, es nicht allein in ihre Erinnerung, sondern auch auf ein Bild bannen, damit es jeder sehen kann: Wir sind zwei Brüder. Für immer zusammen.

Lange mussten sie stillsitzen und durften sich nicht rühren, bis das Licht durch die schmale Linse der Kamera eingefallen war und ihr Abbild auf die Platte malte. Keiner wagte da ein Lächeln, es wäre unweigerlich zu einer grässlichen Grimasse erstarrt. So schauten sie schweigend und ernst in die Kamera, und so blicken sie auch jetzt: Der eine hochgeschossen und aufrecht mit einem Buch in der Hand, als wäre er ein Gelehrter (Jim), der andere klein und schmal und in sich versunken mit der Hand über dem Herzen, als schlüge es zu heftig und er wollte es beruhigen (George). Aber beide werfen den gleichen fragenden Blick in die Kamera, als könnte sie ihnen verraten, was die Zukunft für einen jeden von ihnen bereithält.

Nun wissen sie es: Während Georges flatterndes, ängstliches Herz unverdrossen weiterpocht, ist der große starke Bruder mit dem kräftigen Herzen tot.

Mit einem Mal wird die Welt dunkel. Und kalt. Und sehr, sehr leer. Als gäbe es nur noch George darin.

Da endlich kommen die Tränen. Die Tränen laufen über Georges Wangen. Sie tropfen auf das Foto. Sie fallen auf Jim, dessen liebes Gesicht darunter verschwimmt.

Nun sieht es aus, als weinten sie beide.

EIN NEUER NAME

Der Brief von Tante Susan bleibt der letzte, den George erhält. Danach hört es plötzlich auf.

»Ich verstehe es nicht«, beklagt er sich eines Tages bei Tante Lucy. »Ich schreibe so viele Briefe. An Tante Susan und Onkel Moses. An Tante Mariah. Onkel Andy. Immer haben sie mir geantwortet. Aber seit einigen Wochen kommt kein einziger Brief mehr bei mir an.«

»Du solltest zum Postamt gehen und nachfragen, woran das liegt«, schlägt Tante Lucy vor.

Das ist eine gute Idee. Noch besser ist es, dass George Tante Lucys Rat gleich in die Tat umsetzt, er selbst wäre sicherlich nie darauf gekommen. Denn schnell stellt sich heraus: In Minneapolis gibt es noch einen Mann, der genauso heißt wie er, ein zweiter George Carver, und er bekommt all seine Post! Nein, so etwas! Wer hätte das gedacht? George jedenfalls nicht. Denn obwohl er sich selbst für nicht sonderlich bedeutsam hält, erscheint es ihm doch völlig undenkbar, dass es ihn noch ein weiteres Mal auf dieser Erde geben sollte.

»Das könntest du ändern, George«, überlegt Onkel Chris. »Ich weiß auch schon, wie. Denk dir einen Mittelnamen aus! Dann gibt es dich nur einmal in Minneapolis.«

»Einen Mittelnamen?«, fragt George verblüfft.

»Daran ist nichts Ungewöhnliches«, sagt Onkel Chris. »Sieh dich bloß um! Du entdeckst es überall auf den Schildern. Der Schmied heißt Jonathan H. Shepard. Der Gemüsehändler nennt sich Mister William B. Plum. Oder denk an Charles M. Cutters, den Barbier! Sie alle haben einen Mittelnamen, auch wenn niemand weiß, wofür ihr Mittelname steht.«

»Meinst du wirklich, ich kann mir einfach einen Namen aussuchen?«, fragt George. »Ihn erfinden?« Aber schon beginnt er, das Alphabet leise vor sich hinzumurmeln. Nie hat er sich selbst einen Namen geben dürfen. Immer haben andere das für ihn getan. Erst war er Carvers George. Dann wurde er George Carver, und er hat damit leben müssen, wie man mit einem Muttermal leben muss. »Gut«, verkündet er, »dann heiße ich ab sofort George W. Carver!«

Denn das W hat George immer schon ausgezeichnet gefallen. Obwohl es fast ganz hinten steht in der langen Reihe seiner fünfundzwanzig Buchstabengeschwister, klingt es selbstbewusst und stark, als ließe es sich von nichts und niemandem einschüchtern. Das wünscht sich George auch und vielleicht liegt es daran, dass er, als Tante Lucy und Onkel Chris ihn fragen, wofür das W denn stehe, ohne zu zögern antwortet: »Washington! Das W steht für Washington.« Denn George Washington, das weiß jedes Kind in Amerika, war der erste Präsident der Vereinigten Staaten und einer ihrer Gründungsväter.

Es sollte nur ein Scherz sein. Doch fortan klebt das W, das für einen großen Präsidenten steht, zwischen Georges Vor- und seinem Nachnamen, ein Dreiklang aus sechs flott dahineilenden Silben.

»Natürlich, das ist es!«, ruft Tante Lucy entzückt aus. »Jetzt heißt du wie ein Präsident. Das passt hervorragend und das sage ich nicht nur, weil George Washington aus Virginia kam genau wie ich. Denn wer solch einen wuchtigen Namen trägt, der geht so schnell nicht unter, zumindest nicht in diesem weiten Land. Herzlichen Glückwunsch, Mister George Washington Carver!«

GROSS WIE EINE PAPPEL

Es ist ein sonderbares Jahr, in dem allerhand Merkwürdiges geschieht.

Manches darunter ist buchstäblich verrückt. Weil es George verrückt: George wächst!

War George bislang klein und schmächtig, strafft sich jetzt der kurze Körper. Die Arme schießen aus den Schultern wie die Weidensprösslinge im Frühling. Die Beine dehnen sich lang und immer länger. Auch der Hals streckt sich, als wollte der Kopf die Wolken berühren, und *kling* und *klong* ist George zu einem stattlichen jungen Mann angewachsen.

Tante Lucy nimmt das Zollband und misst nach: George hat eine beachtliche Größe von einem Meter achtzig erreicht. »Potzblitz! Du bist rank und schlank und groß wie eine Pappel«, ruft Tante Lucy verdutzt und sieht noch einmal auf die Zahl in ihrer Hand. »Ich wusste nicht, dass ein Mensch derart in die Höhe sprießen kann!«

Aus dem alten abgetragenen Anzug ragen Georges Arme jetzt freilich heraus wie die Holzstöcke der Vogelscheuchen, die Onkel Chris zwischen die Weizenähren steckt, wenn er auf einer Farm hilft, um die Krähen zu verscheuchen. Auch die Waden seiner langen Beine leuchten unter den zu kurzen Hosensäumen hervor wie Land, das die Flut umspült.

George kümmert es wenig. Er hat ohnehin nie großen Wert auf sein Äußeres gelegt und betrachtet sich selten in einem Spiegel. Aber wenn er es einmal täte, würde er sich womöglich wundern. Alles an ihm sieht nun verändert aus. Wie neu.

Bis auf die Augen.

Die Augen sind dieselben geblieben.

Nach wie vor sitzen sie groß und hungrig in seinem schmalen Gesicht, als wollten sie alles in sich aufsaugen, und wenn sie reden könnten, würden sie es bestimmt nach seinem Sinn befragen. Denn den staunenden Blick seiner Kindertage, als er noch in der Erde wühlte und alle Dinge ansah, als sähe er sie ein erstes Mal, hat George nicht verloren. Wie könnte das auch sein, wo doch die Welt einer unerschöpflichen Schatzkiste gleicht? Zumindest für den, der die Augen geöffnet hält. Für so einen wie George.

NICHT ZU VERKAUFEN!

Mittlerweile hat es sich herumgesprochen, dass mit Tante Lucy eine hervorragende Feinwäscherin nach Minneapolis gekommen ist, und mit jedem weiteren Kleid, das sie frisch gebügelt und hübsch wie am ersten Tag an seine erfreute Besitzerin zurückgibt, zeigt sie einmal mehr, dass man ihr ruhigen Herzens auch die wertvollste Garderobe anvertrauen darf. Bald türmen sich die Wäscheberge so hoch wie einst in Olathe, mehr noch: Sie wachsen Tante Lucy unverkennbar über den Kopf.

Da stellt sie eines Abends, als George beim Kerzenschein grübelnd über seinen Büchern sitzt, das Eisen scheppernd beiseite, sodass George erschrocken aufsieht. Der Blick, den sie ihm zuwirft, kommt ihm bekannt vor. So ähnlich hatte ihn Tante Mariah angesehen, als sie auf ihn einredete, er möge bitte niemals mit dem Lernen aufhören. Auf dieselbe Weise blickten auch die Augen seiner Mutter in seinem Traum: Herausfordernd, entschlossen und klar.

»Warum versuchst du es nicht selbst, George?«, fragt Tante Lucy, aber es klingt eher wie eine Feststellung. »Du bist schließlich ein tatkräftiger junger Mann und hast längst bewiesen, dass du für dich alleine sorgen kannst. Zudem hat dir Gott, der Allmächtig und Gütige – sein Name sei gelobt! –, nicht nur eine bewundernswerte Ausdauer, um nicht zu sagen Sturheit verliehen, sondern auch zwei wunderbare Hände, wie sie sich unsereiner nur wünschen kann, weil dir alles, was du damit anfasst, zu gelingen scheint. Aber damit nicht genug. Gott, der Herr – sein Name sei gelobt! –, hat dir auch ein kluges Köpfchen zwischen die Schultern geschraubt und wenn ich mich nicht irre, geschah das, damit du dir deinen eigenen Kopf machst und mit deinem Schädel denkst. Darum wundert es mich, dass du nicht schon selbst darauf gekommen bist, Mister George Washington Carver: Du solltest deine eigene Wäscherei eröffnen!«

Das war beinahe eine Rede, fast mehr, als Tante Lucy sonst in einem ganzen Monat sagt, und nicht nur darum verwirrt sie George. Er hört, was Tante Lucy sagt. Aber er versteht es nicht. Noch nicht. Als müssten sich ihre Worte erst in ihm setzen, so wie sich einst der Sand im Bach setzte, wenn er ihn zuvor beim Spielen im Wasser mit den Füßen aufgewühlt hatte.

»Kundschaft gibt es in Minneapolis jedenfalls genug«, lacht Tante Lucy und zeigt auf die Wäsche, die sich vor ihr stapelt. »Außerdem bügelst du doch gerne. Oder macht es dir etwas aus, fremde Kleidung zu waschen?«

»Aber nein, natürlich nicht«, ruft George. Ja, er liebt den Geruch frisch gewaschener Wäsche, und wenn sich die Falten eines Kleides unter dem heißen Eisen legen, als würden sie sich einem unsichtbaren Befehl beugen, entzückt es ihn jedes Mal aufs Neue. Zudem weckt es seinen Ehrgeiz, allen Arten von Flecken – sei es Kaffee, Wein oder ein anderer unbekannter Tropfen – zu Leibe zu rücken und sie aus den Stoffen zu spülen. Wie oft hat er dann dieses und jenes versucht, allerlei Laugen zusammengemischt, mit Salzen und Seifen herumgewerkelt, bis die Stoffe blitzblank strahlten!

George hilft Tante Lucy gerne mit ihrer vielen Arbeit. Aber es ist etwas vollkommen anderes, ab und an einzuspringen und fremde Wäscheberge zu verringern, als die Wäscheberge selbst zu stapeln und selbst dafür verantwortlich zu sein, wenn sie nicht schrumpfen wollen, wie das bei einer eigenen Wäscherei nun einmal der Fall ist.

»Erinnerst du dich noch, was ich dir über das Bügeln gesagt habe?«, fragt Tante Lucy. Sie hebt das Eisen hoch und schwenkt es vor Georges Nase.

George nickt. Natürlich erinnert er sich daran!

»Das Eisen muss heiß sein, wenn du bügeln willst. Dann aber darfst du nicht zögern, sonst klappt es nicht, und ich glaube – nein, ich weiß –, dein Eisen *ist* heiß! Jetzt. Also leg los!«

Da weiß auch George: Es wird Zeit, dass er wieder aufbricht und sein eigenes Geschäft eröffnet. Viel braucht es nicht dafür. Ein Zuber, ein Waschbrett für fünfzehn Cent und ein Stück Seife genügen. Und natürlich schmutzige Kleidung, die all das an Wert bei Weitem übersteigt. Aber so geht es nun mal zu auf der Welt: Die einen besitzen das Geld und geben es aus. Die anderen haben die Kraft und die Arbeit und bekommen nur wenig dafür.

George findet eine kleine Wohnung, zu der man von der Straße ein paar Treppenstufen hinuntersteigt. Es ist nur ein schmaler Raum, kaum größer als die Hütte, in der er einst geboren wurde. Alles hier ist eng und klamm und dunkel und in den Wänden klaffen Löcher. Aber das kümmert George nicht. Man kann es sich auch passend machen. George nimmt die beiden Glitzersteine. Er legt sie auf ein Bücherbord. Das Taschenmesser landet auf einem Kästchen neben dem Bett. Die Fibel von Tante Susan und die schwarze Bibel von Tante Mariah liegen daneben. Seine Bilder hängt er über die Löcher an den Wänden. Die Decken, die er unverdrossen weiterhäkelt, wirft er über einen Tisch, der nur drei Beine hat. Dann beschafft er sich ein langes Brett. Er nimmt einen Pinsel und einen Topf mit roter Farbe. Mit großen leuchtenden Buchstaben schreibt er auf das Brett: *George Washington Carvers Wäscherei.*

Das Schild hängt er an die Treppe.

Lange steht er da und betrachtet, was er geschrieben hat, als könnte er nicht lesen. Doch dann sickert es in ihn hinein, ein stummes, fröhliches Verstehen von den Haarspitzen bis zur Schuhsohle. Es sind nur vier Wörter, aber sie bedeuten unendlich viel. Eine ganze Welt. Einmal hat es ihm Tante Mariah über den Gartenzaun zugerufen: »Du kannst jetzt nicht mehr Carvers George heißen. Kein Mensch gehört einem anderen!«

Wie recht sie hatte, damals wie heute. Kein Mensch darf einem anderen gehören und das Schild, auf dem sein Name steht, erzählt deutlich davon: George ist sein eigener Herr mit seinem eigenen Geschäft, über das er allein verfügt. »Nein, ich bin nicht zu verkaufen!«, sagt er. Er sagt es laut, ohne darauf zu achten, ob ihn jemand hört, sodass die Leute auf der Straße verwundert ihre Köpfe nach ihm umdrehen. Mit wem spricht der junge Mann?, fragen sie sich verdutzt. Spricht er mit ihnen oder meint er einen anderen? Aber da ist nur George. In der Hand hält er den Pinsel, von dem noch die Farbe tropft, aber seine Augen flackern unerschrocken. Man merkt es sogleich: Dieser Mann, so hager er auch sein mag, lässt sich von nichts und niemandem mehr einschüchtern.

MORGENS UM VIER IN DEN WÄLDERN

Aufstehen. Recken. Strecken. Den Mantel vom Haken fischen und losziehen, ab in den Wald. Eben erst ist der große Zeiger von Georges Wecker klackernd auf die Vier umgeschlagen. Die Dunkelheit hängt zwischen den Häusern, legt sich wie Tau über die Gassen von Minneapolis. Noch ist niemand unterwegs. Nur die Katzen kehren von ihren nächtlichen Streifzügen zurück und grüßen den schlaksigen jungen Mann mit einem heiseren Miau wie einen alten Bekannten. Das ist George schließlich auch; man trifft sich alle Morgen.

George hat es sich angewöhnt, das Haus zeitig zu verlassen. In aller Früh, wenn andere schlafen. Fragt man ihn, was er denn da mache, so alleine in der Dunkelheit, zuckt er die Schultern. »Nichts Besonderes«, murmelt er, »ich sitze einfach still.«

In der Tat: Ist George erst mal draußen, sucht er sich einen Platz, wo ihn niemand stört. Meistens hockt er sich auf einen Stein. Den Rücken an einen Baumstamm gelehnt, spürt er die knorrige Rinde zwischen den Schulterblättern. Er faltet die Hände, legt sie in den Schoß, schließt die Augen. Er schweigt. Und lauscht. Er lauscht auf das, was nicht zu hören ist: die Stille ringsum, die sich langsam auch in ihm ausbreitet und ihn umschlingt wie ein Tuch, in das er seine tausend Fragen legen kann über die tausend Dinge, von denen er nichts weiß, seine Zukunft beispielsweise und ob er je erfahren wird, wie die kleine rote Blume in den Ozarkbergen heißt.

So sitzt er lange. Bis ein hoher Ton die Stille teilt.

Eine Drossel fängt zu singen an, der Rote Kardinal

stimmt mit ein, eine Meise flötet dazu. Bald zwitschert und trillert es, als gäben alle Vögel ringsum ein Konzert einzig nur für George.

Wird es hell, geht George zurück in seine Wäscherei. Das dauert allerdings, denn er bleibt häufig stehen. Er bückt sich, hebt etwas auf, nimmt es mit: einen Stock, einen Stein, einen Pilz. Eine Blume. Vor allem eine Blume! Die Blume stellt er in ein Glas auf den Tisch mit den drei Beinen. Dort lächelt sie ihm entgegen, wenn er am späten Nachmittag aus der Schule wiederkommt, ein stiller Gruß ist es aus einem stillen Morgen wie aus einer anderen Welt. Dann lächelt er zurück, ehe er sich an die Arbeit macht. Es gibt immer viel zu tun: waschen, putzen, bügeln, kochen, nähen. Auch das Lernen nimmt kein Ende. Das soll es auch nicht! Die Bücher haben viele Seiten. George will sie alle lesen. Darum liest er sie auch alle. Selbst während er kocht, legt er sich ein Buch neben den Topf.

Es ist offenkundig und jeder, der ihn kennt, weiß: George ist der eifrigste Schüler, der je in Minneapolis zur Schule ging.

Außerdem ist er der schlauste.

Ganz sicher aber ist er der ungewöhnlichste.

Einer, der aus der Stille kommt und mit den Blumen spricht.

So jemanden wie George gab es hier noch nie.

DIE WÄSCHEREI UNTER DER STRASSE

»Könnten Sie dieses Kleid für mich waschen, Mister Carver?«

»Oh ja, und meines auch!«

»Und glätten Sie es hinterher! Es wäre zu reizend!«

Die Frauen drängeln sich in *George Washington Carvers Wäscherei*. Längst hat George zahlreiche Kunden, die in erster Linie Kundinnen sind. Es gefällt den Damen von Minneapolis, wie dieser stets höfliche junge Mann ihre Kleider pflegt, dass die Rüschen und Falten selbst dann noch tadellos fallen, wenn sie einen langen Tag darin herumgestöckelt sind. Sie rühmen seine Künste und kommen zuhauf in die Wäscherei unterhalb der Straße.

Seine Klassenkameraden halten es ähnlich. Auch wenn sie keine schmutzigen Kleider anschleppen. Kaum ist die Schule vorbei, tönt es von der Straße: »Hallo, George, wir sind da!« Dann poltern sie die Treppe hinunter und breiten sich aus, als wären sie ein Haufen Ameisen, der überall herumkrabbelt und alles untersucht. Denn Georges Wohnung gleicht einer Wunderkammer, die jeden Besuch zur Entdeckungsreise macht. Sie wiegen seine Steine in der Hand. Sie zählen seine Bücher. Sie betrachten die getrockneten Blumen in den Pressen. Sie schütteln die Gläser mit den Proben aus Erde. Sie staunen über die Bilder an den Wänden. Sie betasten die Deckchen über dem Tisch. Sie ziehen an seinem Akkordeon. Gewiss finden sie ihn bisweilen auch ein wenig eigenartig, ihren einzigen schwarzen Klassenkameraden, der so anders lebt als die meisten von ihnen, die einen Vater, eine Mutter, Brüder, Schwestern, einen Hund oder eine Katze haben und umsorgt werden von früh bis spät. Und zugleich schätzen sie ihn sehr. Er mag um etliches älter sein als sie, doch ist er im Gegensatz zu ihnen unverkennbar sein eigener Herr. George besitzt ein Geschäft, und sein Geschäft läuft gut. Denn während sie sich umsehen und immerzu Neues aus den Ecken kramen, steht er gelassen über seine Arbeit gebeugt und glättet seelenruhig – als wäre nichts dabei – ein Kleid mit derart vielen Rüschen daran, dass ihnen allein von deren Anblick schwindelig wird. George sagt nicht viel. Er hört zu, lauscht ihrem aufgeregten Geplapper und stellt nur hin und wieder eine leise Frage. Da aber begreifen sie so manches, das sie vorher nicht begriffen haben. Besonders Chester Rarig weiß plötzlich felsenfest und ohne den geringsten Zweifel, was er selbst anfangen will mit seinem Leben. Chester hat die Schule schon beendet, darum kommt er jeden Tag als Erster in Georges Wäscherei und nun, da die Zukunft bislang weiß und leer vor ihm ausgebreitet lag, geht ihm mit einem Mal ein Licht auf. »Eines Tages werde ich ein Geschäft führen. Genau wie du!«, frohlockt er und klopft George kräftig auf die Schultern, als wollte er seinen Entschluss festhämmern. »Du wirst sehen, altes Haus: Über kurz oder lang verdiene ich mein eigenes Geld. Genau wie du!«

Bald wiederholt Chester es jeden Tag. Eine Wirtschaftsschule von Rang und Namen wird er leiten. In Kansas City. Alle werden bei ihm lernen. Auch George. »Wenn du die Schule beendet hast, musst du unbedingt nachkommen. Versprich mir das! Dann bringe ich dir bei, wie man Schreibmaschine schreibt und stenografiert. Denn Schreibmaschineschreiben und Stenografieren sind sehr nützliche Fertigkeiten, wenn es schnell gehen soll. Und du willst doch flott schreiben, nicht wahr? Schließlich kommt deine Hand deinen klugen Gedanken kaum mehr hinterher. Habe ich recht oder ist es wahr, altes Haus, so schlau, wie du bist?«

George hört Chester zu. Aber er antwortet ihm nicht. Er bügelt ein Kleid.

Chester überlegt. Er weiß, dass George Wäsche für andere Leute wäscht, weil er immerzu Geld braucht. Fürs Leben und fürs Lernen. Vielleicht zögert er deshalb. »Du musst mir nichts dafür bezahlen«, fährt er fort. »Stattdessen zeigst du mir, wie ich Orgel spiele. Orgelspielen wollte ich immer schon lernen und du kannst es doch, nicht wahr?«

Da nickt George. Er lächelt. Aber er verspricht nichts. Er denkt: Mal sehen, was geschieht, wenn ich die Schule beendet habe. Vielleicht gehe ich nach Kansas City und lerne Schreibmaschineschreiben und Stenografieren. Vielleicht auch nicht.

Denn im Augenblick ist er zufrieden, wie die Dinge laufen. Sehr zufrieden. Warum sollte er daran etwas ändern?

Er besitzt die angesehenste Wäscherei in der ganzen Stadt.

Und in der Schule bekommt er die besten Noten.

Doch nach einem Jahr, als es wieder Herbst, Winter, Frühling, Sommer geworden ist, hört auch das letzte Schuljahr auf. Stolz und beinahe ein wenig fassungslos nimmt George sein Abschlusszeugnis entgegen. Ganz oben, quer wie auf einem Plakat, steht sein Name: *George Washington Carver*.

EINE UNBEANTWORTETE FRAGE

Manche Entscheidungen reifen wohl heran wie die Pflaumen auf den Pflaumenbäumen: Eben noch hängen sie unverrückbar grün und hart zwischen den Blättern und niemand glaubt, dass sie jemals fallen werden. Schon plumpsen sie dunkel und saftig auf die Erde.

So ist es auch bei George: Plötzlich weiß er, dass er Chester nach Kansas City folgen wird. Denn Chester, der dort inzwischen tatsächlich seine eigene Wirtschaftsschule betreibt, lockt ihn eindringlich. Er hat George einen Brief geschrieben. Es ist nicht der erste.

George, altes Haus,
die Stadt erwartet Dich!
Ich erwarte Dich.
Wann kommst Du?
Komm bald!
Dein Freund Chester

George denkt: Ich habe die Schule beendet und alles, was ich jetzt mache, ist Wäsche waschen. Chester hat recht. Schnell zu schreiben, wie es geht, wenn man stenografieren oder auf einer Schreibmaschine tippen kann, ist eine nützliche Fertigkeit. Zumindest ist sie nicht verkehrt. Ich sollte sie mir aneignen und nach Kansas City zu Chester gehen.

Wieder packt George seine Sachen. Er packt die beiden Glitzersteine, Tante Susans Fibel, das Taschenmesser und die schwarze Lederbibel. Er faltet seine Stickereien in einen Koffer. Die Gläser mit den Farbproben wickelt er hinein. Die getrockneten Gräser und Kräuter und seine Briefe legt er dazu. Er nimmt das Akkordeon aus der Ecke. Er hängt die Bilder von den Wänden.

Tante Lucy und Onkel Chris kommen und sagen ihm Auf Wiedersehen. Sie haben nichts, das sie ihm mitgeben könnten. Darum geben sie ihm ihren Segen. Das ist auch viel. George freut es und er bedankt sich sehr.

Kurz darauf trifft er in Kansas City ein.

Kansas City ist eine junge Stadt. Vor gerade einmal sechzig Jahren begann sie als kleiner Handelsposten in den Weiten der Prärie. Mit Ankunft des ersten Raddampfers an den Ufern des Missouri Rivers aber wuchs sie rasend schnell. Man merkt es allerorten: Die Stadt summt und brummt, als wäre sie ein Bienenkorb. Oder ein Wespennest. Es kommt wohl darauf an, wie man es sieht und ob einen hier Honig oder Wespenbisse erwarten. Auf George wartet jedenfalls erst einmal Chester Rarig.

»Da bist du ja endlich, altes Haus!«, jubelt Chester und klopft George kräftig auf die dünnen Schultern. »Willkommen in Kansas City! Als Erstes zeige ich dir meine Schule!«

Chester steht zu dem, was er versprochen hat. Gleich am nächsten Morgen bringt er George das Stenografieren bei. In der Tat geht es viel flotter, wenn man die Wörter in Kürzeln wiedergibt, als sie in ihrer ganzen Länge auszuschreiben; man muss die Kürzel freilich kennen. Auch das Schreibmaschineschreiben bringt ihm Chester bei. George staunt, wie die Tasten mit den Häkchen, an denen alle Buchstaben samt Punkt, Komma, Ausrufezeichen und Bindestrichen kleben, auf ein weißes Papier trommeln und dort – weil sie dabei auf ein Farbband schlagen – schwarz gedruckt auftauchen. Das klappert lustig und knallt hübsch eindrucksvoll, wenn George das Farbband schwungvoll zur Seite rumst, um eine Zeile von vorne zu beginnen. »Ha«, lacht George, »man könnte fast meinen, die Schreibmaschine wäre ein Instrument! Aber nun bist du dran, Chester! Ich zeige dir, wie du Orgel spielst.«

Das nützt auch George; er wird selbst immer fingerfertiger darin.

Das Schreiben auf der Schreibmaschine aber liebt er!

Er liebt es so sehr, dass er seine gesamten Ersparnisse zusammenkratzt und sich eine eigene Maschine kauft. Jetzt hört er gar nicht mehr auf. Er sitzt über die Tasten gebeugt und tippt und übt, bis die Sätze auch noch dann tadellos aufs Papier schlagen, wenn er die Augen geschlossen hält. *Tapp, klacker, rums* rappelt es fortwährend aus seinem Zimmer. Viel Zeit für Geselligkeit bleibt da nicht.

»He, altes Haus, mach mal eine Pause!« Unbemerkt ist Chester ins Zimmer gekommen und klopft George auf die Schultern. »Komm raus und geh etwas essen mit mir! Du bist dünn wie ein Schilfhalm. Oder wie eine Zeder des Libanon, falls dir der Vergleich besser gefällt. Jedenfalls spricht nichts dagegen, wenn du dir etwas zwischen die Rippen schiebst. Denn wenn auch geschrieben steht, der Mensch lebe nicht allein vom Brot, bedeutet das auch, dass ein Mensch gelegentlich etwas essen sollte. Das gilt sogar für dich!« Chester hakt George unter und zieht ihn auf die Straße. Zielstrebig steuert er ein Lokal an. Es liegt nicht weit entfernt von seiner Schule.

Als sie eintreten, heben die Leute missmutig die Köpfe und mustern sie grimmig. Beinahe könnte man meinen, es gefiele ihnen nicht, dass George und Chester hier auftauchen. Jedenfalls ist nicht zu übersehen, dass sich ihre Augenbrauen dunkel zusammenziehen, als sähen sie ein Gewitter heranbrausen.

Chester bemerkt es nicht. Unbekümmert studiert er die Speisekarte.

»Was darf's sein, Sir?« Der Wirt, ein großer kantiger Mann, baut sich vor den beiden auf, wie sich eine Wolke vor die Sonne schiebt. Seine Stimme klingt unwirsch und er wedelt mit dem Geschirrtuch, als wäre er ungeduldig. Oder als wollte er einen Stier zum Kampf auffordern.

»Ah, altes Haus, ich habe einen riesen Appetit!«, sagt Chester vergnügt. »Ich nehme drei Spiegeleier. Fünf Würstchen. Gebratenen Speck, nicht zu knapp. Vier gekochte Tomaten. Fünf Maisküchlein. Und unbedingt eine ordentliche Tasse Kaffee. Aber schwarz und stark und heiß muss er sein!«

»Geht klar!« Der Wirt macht sich am Herd zu schaffen. George fragt er nicht.

»He«, ruft Chester, »was ist mit meinem Freund? Wollen Sie nicht wissen, was er essen möchte?«

Der Wirt dreht sich um. Langsam nimmt er das Geschirrtuch und wischt eine Pfütze vom Tresen. Er sieht niemanden an. Die Pfütze verschwindet. Er schrubbt über den Tresen, bis die Oberfläche glänzt. »Ich bediene keine Nigger!«, presst er zwischen den Lippen hervor. Als würde er etwas ausspucken.

»Aber …«, empört sich Chester.

»Hab' ich noch nie gemacht. Werde ich auch nie machen!« Der Mann wringt das Geschirrtuch aus. Dann schlingt er es sich um den Hals wie ein Boxer, der einen Kampf gewonnen hat. Die Sache ist für ihn erledigt. Er wendet sich ab.

»He, Sie können doch nicht ...« Chester will den Wirt aufhalten, ihm widersprechen, aber George zieht ihn am Ärmel hinaus vor die Tür. »Lass es gut sein, Chester, ich bitte dich!«, drängt George. Die ganze Angelegenheit ist ihm furchtbar unangenehm. Vor allem für Chester. »Ich habe sowieso keinen Hunger. Aber du solltest jetzt wieder hineingehen. Es ist wichtig, dass du etwas isst. Schließlich leitest du eine Schule. Dafür brauchst du deine ganze Kraft.«

Chester überzeugt das wenig. Andererseits weiß er tatsächlich nicht, was er noch sagen soll. Wenn der Mann George nicht bedienen will, bedient er ihn nicht. Punkt. Fertig. Aus. So einfach ist das. Und es ist so einfach, weil George schwarz ist.

Auch George lässt sich nicht umstimmen. Er besteht darauf, dass Chester ins Lokal zurückgeht.

Als Chester wenig später satt wieder auf die Straße tritt, ist George fort.

In dieser Nacht träumt George. Erst träumt er jenen Albtraum, den er jetzt öfters träumt, seit er in Fort Scott einen Menschen brennen sah. Hell und heiß schlagen die Flammen um sein Bett. Sie lecken an dem Laken, auf dem George liegt. Immer näher rücken sie an ihn heran. Sie fressen das Laken auf. Schweißgebadet schreckt George auf. Als er wenig später erneut einschlummert, träumt er einen zweiten Traum. Auf einer Lichtung in den Ozarkbergen blüht eine kleine rote Blume.

»George, mein Freund«, flüstert die Blume, »wie geht es dir?«

»Danke, ich nehme an, es geht mir gut«, sagt George. »Wie geht es dir?«

Die Blume wiegt ihr Köpfchen hin und her, als müsste sie über Georges Frage nachdenken. Der Wind raschelt durch die Baumwipfel.

»Hast du es herausgefunden?«

»Was habe ich herausgefunden?«

»Es ist lange her, dass wir einander gesehen haben. Ich glaube aber kaum, dass du es vergessen hast. Weißt du nun, wie ich heiße?«

Da erschrickt George noch einmal. Denn er hat es in der Tat vergessen. Stumm schüttelt er den Kopf.

Davon wacht er auf.

Im Dunkeln starrt er an die Zimmerdecke, als würde der Traum noch dort hängen und mit ihm die Frage der kleinen roten Blume, ob er endlich ihren Namen weiß.

Nein, er weiß ihren Namen nach wie vor nicht, aber schwerer wiegt, dass er sich seit geraumer Zeit nicht einmal mehr darum gekümmert hat. Stattdessen hat er anderes getan. Lauter nützliche Dinge, das ist nicht von der Hand zu weisen. Er hat Stenografieren gelernt. Und Schreibmaschineschreiben. Er hat Land gekauft. Später hat er es wieder verkauft. Jetzt besitzt er etwas Geld. Mit dem Geld könnte er verreisen, sogar mit der Eisenbahn. Die Zeit in Kansas City war schön, weil er dort so schöne Dinge wie Schreibmaschineschreiben gelernt hat und sein Orgelspiel verbessern durfte. Und sie war traurig zugleich, weil das Erlebnis in dem Lokal traurig war. Aber den Namen der kleinen roten Blume, *seiner* kleinen roten Blume, hat er über all seinem vielen Tun in all den vielen Monaten nicht herausgefunden. Es ist ein Versäumnis, für das er sich schämt.

Aber auch Versäumnisse kann man nachholen.

Am besten sofort.

George steht auf. Aus der Schublade zieht er ein Blatt Papier. Das Blatt ist noch weiß und leer, als wartete es darauf, dass es George mit seinen Worten füllt. Und mit seinem Mut. George zündet eine Kerze an. Wieder schreibt er einen Brief. Er schreibt nicht an Tante Susan oder Onkel Moses, nicht an Tante Mariah, Onkel Andy, Tante Lucy oder Onkel Chris.

Er schreibt an den Rektor des *Highland College* in Kansas – Pfarrer Duncan Brown.

Dear Sir,

nach vielen Jahren gewissenhaften und ausgiebigen Lernens, in denen ich mir auch das Stenografieren und Schreibmaschineschreiben angeeignet habe, konnte ich die Schule erfolgreich abschließen und erwäge in aller Bescheidenheit, mich um einen Platz an Ihrer ehrwürdigen Universität zu bewerben.

Ich hielte mich für den glücklichsten Menschen auf Erden, wenn ich am Highland College *studieren dürfte.*

In freudiger, gespannter Erwartung Ihrer Antwort verbleibe ich mit hochachtungsvollen Grüßen

Ihr ergebener George W. Carver

Eine Abschrift seiner Abschlussnoten legt er dem Schreiben bei. Sie hätten nicht besser ausfallen können.

Die Antwort erreicht ihn umgehend, nur ein paar Tage später. Hastig reißt George den Umschlag auf und liest. Dann liest er den Brief ein zweites und schließlich ein drittes Mal, weil er die Nachricht, die der Brief enthält, nicht fassen kann: George ist am College angenommen! Aber nicht nur das: Weil seine Noten derart überragend sind, erlassen sie ihm sogar die teuren Studiengebühren. Das nennt man ein Stipendium.

Der Rektor selbst schreibt ihm. Pfarrer Duncan Brown. Was für eine Wertschätzung!

Lieber Mister George W. Carver,

die Ehre liegt auf unserer Seite!

Wir freuen uns, solch einen exzellenten Schüler, wie Sie es sind, in unserer Mitte aufnehmen zu dürfen. Weil Ihre Noten das erforderliche Maß bei Weitem überschreiten, halten wir es für eine Selbstverständlichkeit, Ihnen Ihren Aufenthalt am Highland College *zu erleichtern, indem wir Ihnen die Studiengebühren erlassen. Auf diese Weise können Sie sich ausschließlich dem Lernstoff widmen. Ich erwarte Sie am 20. September 1884 in meinem Büro.*

Mit vorzüglicher Hochachtung
Pfarrer Duncan Brown
Rektor

DAS GESETZ VON DER UNGLEICHEN GLEICHHEIT

Wieder packt George seine Sachen. Er packt die beiden Glitzersteine, die er in den Ozarkbergen fand. Er packt die blaue Fibel, die ihm Tante Susan schenkte. Er packt das Taschenmesser, das in der Wassermelone steckte. Er packt die schwarze Lederbibel, die ihm Tante Mariah gab. Die Reise nach Highland dauert lange. Fünfundsiebzig Meilen in den Norden. Darum reist George auch mit dem Zug. Für die Fahrkarte gibt er viel Geld aus. Beinahe alles, was er hat. Ein paar Münzen bleiben aber noch übrig. Davon kauft er sich einen hübschen grauen Anzug, der ihm ausgezeichnet steht.

Geld hat er jetzt keins mehr. Dafür aber seine Hoffnung, die umso schwerer wiegt. Denn auch die Hoffnung ist eine harte Währung.

»Gehen Sie nach hinten durch! Nun machen Sie schon. Der Zug fährt gleich ab!« Ungeduldig weist der Schaffner George ans hintere Ende des Bahnsteigs. Dort liegen die

Abteile, in die während der Fahrt der Rauch durch die Fenster bläst und sich wie ein Tuch um die Gesichter legt. Alle Gesichter in diesen Abteilen sind schwarz und das liegt nicht am Rauch. Nur vorne in den Abteilen hinter der Lokomotive, wo die Sitze gepolstert sind und aussehen wie Sessel, sind die Gesichter weiß.

»Dazu kann ich nichts. Das verlangen die Jim-Crow-Gesetze!« Der Schaffner zuckt mit den Schultern, es kümmert ihn nicht. Schon stapft er weiter.

Die Jim-Crow-Gesetze heißen nach einem Theaterstück, in dem George – und er dankt Mister Creator dafür – nie hat mitspielen müssen. Darin taucht ein schwarzer Mann auf. Sie nennen ihn Jim Crow. Wenn der schwarze Jim Crow auf die Bühne stolpert, jauchzt das Publikum. Jim Crow ist eine Ulkfigur. Sie lachen ihn aus. Und wenn sie über Jim lachen, lachen sie auch über alle anderen Schwarzen. Als wären alle Schwarzen dieser Jim. Die Jim-Crow-Gesetze besagen, dass Schwarze und Weiße gleich sind – *equal* –, jedoch getrennt werden müssen – *but separate*. Gleich, aber getrennt oder getrennt, aber gleich. Das ist die Richtschnur, die bis heute gilt, selbst viele Jahre nachdem Abe Lincoln alle Menschen für frei erklärte, auch die Schwarzen. Doch allzu gleich scheinen Schwarze und Weiße trotzdem nicht zu sein. Warum sonst bräuchten die Weißen für die lange Fahrt weiche Polster zum Sitzen, während die Schwarzen auf harten Holzbänken ausharren müssen?

George wuchtet sein Gepäck in das Netz über den Bänken. Am Fenster ist ein Platz frei. Er denkt, während er die Nase an die Schreibe drückt: Auch wenn sie mich nicht in ihren schmucken Abteilen reisen oder in ihren Lokalen speisen lassen, sollen sie mich nicht dazu bringen, dass ich sie hasse.

Außerdem will ich mich nicht aufregen. Wenn ich mich über die vielen Ungerechtigkeiten, die mir widerfahren, aufrege, bleibt mir keine Kraft mehr für das, was ich tun will. Und was er tun will, ist ihm völlig klar: Er will studieren. Herausfinden, wie seine kleine rote Blume in den Ozarkbergen heißt. Sie beim Namen nennen. Wenn er erst in Highland ankommt, wird er es erfahren.

Darum bleibt er jetzt hübsch brav hier sitzen in den Abteilen mit den harten Bänken zwischen den vielen anderen Schwarzen, die nicht gerade wirken, als wären sie je etwas anderes gewöhnt. Wenn er es sich recht überlegt, sehen sie sogar allesamt ziemlich erbärmlich aus, dass er sich am liebsten über alle erbarmen möchte. Da denkt er plötzlich – ein aberwitziger Gedanke und vollkommen neu –: Mein Platz ist doch hier! Zwischen all diesen Schwarzen, die alle meine Brüder und Schwestern sein könnten. Nicht bei den Weißen in ihren Abteilen mit den Polstern für ihre Hintern und der Ahnungslosigkeit im Hirn.

Die Lokomotive pfeift. Der Schaffner reißt die Kelle in die Luft. Schnaufend und stotternd ruckelt der Zug an, als sträubte er sich zunächst, seine große Last zu ziehen. Bald aber fließt die Landschaft am Fenster vorüber wie ein ruhig dahinströmender Fluss. George döst ein. Bis der Zug mit einem Mal wieder hält. *Pffff!*

»Highland. Kansas!«, ruft der Schaffner. »Alle aussteigen!«

George schaufelt seine Sachen auf den Bahnsteig. Über den Bahnsteig fegt ein kalter Wind. George schaudert und schlingt den Mantel fest um sich. Aber dann atmet er tief ein. Das also ist Highlandluft. Er wird sie noch eine Weile einatmen – als Student.

Das College erkennt George sofort. Rot leuchten seine prachtvollen Backsteinziegel inmitten gepflegter Rasenflächen und üppiger Blumenbeete. Eine breite Treppe führt in das Gebäude, und am Ende eines langen Gangs, von dem unzählige Zimmer abbiegen, liegt das Büro des Rektors. *Pfarrer Duncan Brown* steht über der Tür. Dort wird George sich vorstellen.

George tastet nach dem Brief, den er sich in die Jackentasche geschoben hat, genau über sein Herz. Der Brief ist noch da. Der Brief, den er so oft gelesen hat, dass er ihn auswendig kann, besonders jenen Satz, in dem es heißt: *Wir freuen uns, solch einen exzellenten Schüler, wie Sie es sind, in unserer Mitte aufnehmen zu dürfen.*

Wieder holt George tief Luft, ehe er anklopft.

»Ja, bitte?« Eine tiefe dunkle Stimme tönt durch die schwere Eichentür. Das wird der Rektor sein. George drückt die Klinke herunter und tritt ein.

WINTERSCHLAF IM HERBST

»Guten Tag, Sir!« Mit einem Lächeln zieht George den Hut vom Kopf und verbeugt sich leicht vor dem Mann hinter dem wuchtigen Schreibtisch. Die Verbeugung ist ihm gelungen, denkt er. Sie war weder zu klein noch zu tief. »Ich bin George Washington Carver, Sir. Sie haben mich eingeladen. Dafür danke ich Ihnen sehr!«

Doch wenn auch die Verbeugung tadellos und die Begrüßung höflich war, der Mann hinter dem wuchtigen Schreibtisch schaut nicht sonderlich begeistert aus.

Im Gegenteil! Pfarrer Duncan Brown schaut George an, als wäre er ein Gespenst. Dann zwinkert der Rektor heftig, als wollte er das Bild scharf stellen und sich überzeugen, dass er richtig sieht. »Sie sind George Washington Carver? Aber ich dachte, ich konnte doch nicht wissen ... Mein Gott: Sie sind ja SCHWARZ!«

Pfarrer Brown gleicht einem Fisch, der aufs Trockene gespült worden ist und nicht versteht, wie er dorthin hat gelangen können. Endlich aber gibt er sich einen Ruck und versucht, es George zu erklären. Er spricht sehr langsam und betont, wie ein Vater seinem Kind erklärt, warum es das Spielzeug, das er ihm versprochen hat, leider doch nicht haben kann. »Denn verstehen Sie mich nicht falsch, junger Mann, aber es ist ganz unmöglich, dass Sie in Highland studieren. Im Grunde ist der Grund dafür sehr einfach: Es geht nicht, weil nie zuvor ein Schwarzer hier studiert hat.« Als ob das eine Erklärung wäre!

»A-a-aber, Sir …«, widerspricht George, »Sie haben mir doch … das Stipendium … Außerdem …« Und er will dem Rektor erklären, er könnte ja der erste Schwarze am *Highland College* sein, wenn er ihn nur dieser erste Schwarze sein ließe. Dann aber bricht er jählings ab. Mitten im Satz. Denn noch während George spricht, sieht er es ein: Alles Reden nützt nichts. Gegen das Bollwerk aus Vorurteilen, das sich über Jahrhunderte hinweg angehäuft hat, untermauert von ebensolch langer Gewohnheit, kommt er nicht an. Nicht heute. Nicht jetzt.

Auch Pfarrer Brown fällt nichts mehr ein, das er George noch sagen könnte. Er will auch nichts mehr sagen, denn alles ist gesagt. Es ist ihm vielmehr äußerst unangenehm, dass dieser junge schwarze Mann weiterhin vor ihm steht, als wäre er bestellt und nicht abgeholt worden (was allerdings auch zutrifft). Deshalb macht er sich an seinem Tisch zu schaffen. Er schiebt seine Zettel von einer Seite auf die andere. Er fegt ein paar Krümel von der Platte. Er räuspert sich. Da dreht sich George um. »Auf Wiedersehen«, murmelt er. Aber er denkt: Das ist der falsche Ausdruck! Denn ich komme nicht wieder. George geht. Aber er geht nicht, wie er eingetroffen ist mit leichten, wippenden Schritten wie eine aufgespannte Feder. Jetzt hängen ihm die Füße schwer an den Beinen, als bestünden sie aus Blei. Müde schleppt er sich den langen Gang entlang, langsam schlurft er die Treppe hinunter, durch eine Schar lachender Studenten, an gepflegten Rasen und üppigen Beeten vorbei auf die Straßen von Highland, dieser beschaulichen Stadt, die ihm noch vor wenigen Augenblicken wie der wundervollste Ort auf Erden erschienen ist.

Zwischen den Häusern bleibt George stehen. Mitten auf der Straße. Er achtet nicht auf die Menschen, die gedankenlos an ihm vorbeihasten, weil sie ihren Geschäften nachgehen wie eh und je und keine Augen haben für den jungen schwarzen Mann, der dasteht mit hängenden Schultern. So viele Stunden ist George angereist. Mit mehr Hoffnung als Wäsche im Gepäck. So vieles, das ihm wertvoll ist, hat er zurückgelassen. Freunde, Möbel, sogar seine Bücher.

Das war umsonst. Alles vergebens. Obwohl alles stimmte: Seine Noten stimmten. Sein Anschreiben an den Rektor stimmte. Sein Können stimmte.

Nur die Hautfarbe stimmt nicht. Die Hautfarbe ist falsch, sofern es eine falsche Hautfarbe überhaupt geben kann, denn das gibt es nicht. Tief in seinem Inneren weiß George das. Er weiß es, seit er die Blumen in seinem geheimen Garten gesundpflegte und dabei war es vollkommen einerlei, wie sie aussahen. Aber es ist schwer, sich jetzt daran zu erinnern, da ihm andere etwas anderes einreden wollen.

George zieht den Brief von Pfarrer Brown aus der Jackentasche. Er hat ihn zweimal gefaltet. Die Falten verlaufen quer über das Blatt, mitten durch den Satz, mit dem ihn der Rektor nach Highland eingeladen hat. *Wir freuen uns, solch einen exzellenten Schüler, wie Sie es sind, in unserer Mitte aufnehmen zu dürfen.* Nun sieht es aus, als würden die Knicke den Satz durchstreichen. Sie löschen die Einladung aus. Sie zerstören Georges Mut und seine Hoffnung.

George zerreißt den Brief. Er pflückt ihn in lauter kleine Schnipsel und wirft sie in den Wind. Der Wind hebt die Fetzen auf. Er fegt sie über die Straße, verstreut sie zwischen die Häuser und Gassen, als wären es Pusteblumensamen. Nur kann George nicht erkennen, wie aus ihnen, anders als bei diesen, irgendetwas Neues entstehen soll.

Wie könnte er auch ändern, dass er schwarz ist? Oder verhindern, dass die Weißen, die nach wie vor die Gesetze machen, ihn von all dem ausschließen, was er am allerliebsten tun möchte?

Es ist eine Wunde, von der er nicht glaubt, dass sie sich jemals schließen wird.

Etwas hat sich verändert, als er sich jetzt umsieht: Die Blicke der Leute, die ihn treffen, versteht er mit einem Mal als Blicke, die ihn abstempeln. Als würden sie ihn mit einem dicken fetten leuchtenden Zettel bekleben, und auf den Zettel schreiben sie, wie viel er ihnen wert ist. Sein Wert ist nicht besonders hoch. Denn die Blicke sagen: Du bist dumm. Du taugst nichts. Niemand will dich. Gib auf! Einzig weil er schwarz ist.

Das ist ein neues Gefühl. Das Gefühl hat einen Namen. Es heißt Scham. Das kannte George bisher nicht. Jetzt schämt er sich dafür, schwarz zu sein.

Die Scham ist ein unheimliches Gefühl. Als käme sie nicht wirklich von ihm, sondern von jemand anderem. Vielleicht ist sie auch gar kein Gefühl? Jedenfalls ist sie gefährlich. Sie umklammert einen Menschen und bindet ihn an das, was andere über ihn sagen. Oder von dem einer glaubt, dass die anderen es über ihn sagen. Oder von dem er auch bloß denkt, dass die anderen es über ihn denken.

Die Scham verwandelt George. Er zieht sich zurück. Er igelt sich ein. Als wollte er Winterschlaf halten. Und dabei ist es erst September.

DER RISS IM SPIEGEL

Obwohl George wieder fort will aus Highland – je schneller, desto besser –, sucht er sich eine Arbeit in der beschaulichen Stadt, die so tut, als wäre nichts vorgefallen. Denn zwar besitzt George ein Akkordeon, einen hübschen grauen Anzug und eine Schreibmaschine, aber er hat kein Geld, um weiterzureisen.

Am anderen Ende der Stadt, weit weg vom College, sodass er die fröhlichen Studenten nicht sehen muss, findet er bei den Beelers eine Anstellung. Mrs. Beeler braucht dringend Hilfe. Mister Beeler, ihr Mann, schätzt nichts so sehr wie eine leckere Mahlzeit, aber leider sind ihm alle Zähne ausgefallen. Deshalb weiß Mrs. Beeler nie, was sie für ihn kochen soll, denn an allem nörgelt er herum. Die Kartoffeln geraten zu hart. Die Erbsen spuckt er gleich wieder aus, und dass er sich nicht einmal mehr erinnern kann, wann er das letzte Mal einen saftigen Schweinebraten genossen hat, hebt seine Stimmung auch nicht unbedingt.

»Versuchen Sie es, George, ich flehe Sie an«, jammert Mrs. Beeler. »Kochen Sie für uns. Viel können Sie nicht falsch machen, es schmeckt ihm eh nichts. Und sehen Sie nur, wie dünn er geworden ist!« Mrs. Beeler liebt ihren Mann. Auch wenn er ihr mit seinen Ansprüchen gehörig auf den Nerven herumtrampelt, sorgt sie sich um seine Gesundheit. Verzweifelt ringt sie die Hände.

»Natürlich, Madam«, beruhigt George. »Ich gebe mir Mühe.«

In Mrs. Beelers Küche zerstampft er die Kartoffeln und mischt ein wenig Buttermilch darunter. Er rührt eine dunkle Soße aus Bratensaft an, bestreut sie mit Kräutern aus dem Garten – Petersilie, Liebstöckel, Dill. Er zerdrückt die Erbsen, übergießt sie mit Rahm. Zur Nachspeise schält er die Birnen aus dem Garten. Er tränkt sie mit Honig und schiebt sie ins Ofenrohr, bis sie auch in einem zahnlosen Mund zergehen, als wären sie Butter, die in der Sonne schmilzt.

Mister Beeler bleibt der Mund offenstehen, als er den ersten Löffel davon kostet. »Ah«, staunt er, »das ist … das ist … Bitte, ich möchte mehr!« Dieser Koch ist ein Geschenk des Himmels, das weiß er sofort. Er wird George nicht so schnell wieder davonziehen lassen.

»George, bleiben Sie bei uns!«, bettelt er schon ein paar Tage später. »Denn sehen Sie: Wenn Sie nicht für mich kochen, führe ich trotz meines Vermögens das erbärmlichste Leben, welches man sich nur denken kann!«

George verspricht es. Der Winter steht vor der Tür, und ein Winter ohne Dach über dem Kopf ist nicht erquicklich für einen heimatlos Herumtreibenden. Zumindest bis zum Frühjahr wird er bei den Beelers bleiben. Außerdem kocht er durchaus gerne, vor allem für einen zahnlosen alten Mann, der eine wunderbare Herausforderung darstellt für einen erfinderischen Koch.

Aber immer, wenn George abends in den Spiegel sieht, der in seinem Zimmer hängt und bei dem ein Riss durch das Glas läuft, kommt es ihm vor, als wollte ihm der Spiegel etwas über ihn selbst mitteilen.

Ich bin wie dieser Spiegel, denkt George. Ich wohne in Highland und stecke doch woanders mit meinen Gedanken.

Highland ist ein Unfall. Es lässt sich nicht bestreiten.

Sicherlich macht es Mister Beeler glücklich, wenn er für ihn kocht, und einen anderen Menschen froh zu machen, kann kaum verkehrt sein. Trotzdem fühlt es sich an, als täte George nicht das, was er eigentlich tun sollte. Und womöglich wird es so bleiben, ein Leben lang: Etwas in George ist geteilt, als ginge der Riss im Spiegel mitten durch ihn selbst.

Eines Tages herrscht große Aufregung im Hause Beeler. Der junge Beeler kommt zu Besuch. Frank Beeler ist fast so alt wie George. Doch anders als George ist er weiß. Das hat ihm einiges erspart und vieles erleichtert. Weit weg von Highland irgendwo im Westen hat er sich ein Stück Land gekauft. Und dort, mitten in der Prärie, die man auch die Große Amerikanische Wüste nennt, führt er einen kleinen Laden, um den herum sich bereits ein paar andere Häuser angesiedelt haben.

Dass ihr Junge von so weit her angereist kommt, verlangt nach einem besonders feinen Essen, findet Mrs. Beeler. Außerdem hat der Bursche anders als sein Vater Zähne, mit denen er kräftig zubeißen kann und sicherlich auch zubeißen will. »George, kochen Sie heute ausnahmsweise einen Braten!«, bittet sie. »Mein Sohn hat bestimmt einen Heißhunger, wenn er die lange Fahrt von Ness County bis nach Highland hinter sich gebracht hat. Das fällt Ihnen doch nicht schwer, nicht wahr?«

»Seien Sie unbesorgt, Mrs. Beeler!«, beschwichtigt sie George. »Ich kümmere mich darum, dass es allen schmeckt.«

Als Frank Beeler wenig später, pappsatt und überaus zufrieden mit der leckeren Mahlzeit, erfährt, wer sie gekocht hat, lädt er George umgehend zu sich in den Salon ein.

»Das war mehr als köstlich!«, lobt er. »Wollen wir eine Tasse Kaffee trinken und ein bisschen plaudern?«

Die beiden mögen einander auf Anhieb. Sie sehen sich an und lesen in ihren Gesichtern, wie sie sonst in einem Buch lesen. Frank begreift sofort, dass George nicht nur kochen kann, auch wenn er fabelhaft kocht und das Kochen keine zu unterschätzende Gabe ist.

»Du kochst wirklich wunderbar, George!«, wiederholt er. »Besser noch als meine Mutter! Aber wenn ich mir vorstelle, wie du den Rest deines Lebens hinter Moms Herd zubringst, bedauere ich dich. Ich sehe doch, dass weit mehr Talente in dir schlummern und sie warten alle darauf, dass du sie zum Leben erweckst. Highland bietet dir nichts. Das weißt du selbst. Du solltest mit mir kommen. Kauf dir dein eigenes Stück Land und werde Bauer, so wie es viele Leute heutzutage tun.«

George schlürft den Kaffee, den er selbst gekocht hat.

Der Kaffee ist heiß und schwarz und stark, ganz wie es sich gehört.

»Im Westen steht dir die Zukunft offen, so wie das Land weit ist und für jeden offensteht. Es wird dir gefallen, George, da bin ich mir sicher.«

George hört, was Frank sagt. Weites Land, das jedem offensteht. Es klingt wunderbar! Aber gilt das auch für einen Schwarzen, so einen wie ihn?

»Natürlich«, beschwichtigt Frank. »Warum auch nicht? Das Land ist riesig und es leben sowieso kaum Menschen dort. Da freuen sie sich vielmehr über jeden, der zu ihnen stößt, und die Hautfarbe, die einer hat, spielt keine Rolle. Glaub mir, George: Sie werden es nicht beachten, ja, nicht einmal bemerken. Schenkst du mir noch einen Kaffee ein?«

Ganz so sicher ist sich George da nicht, obwohl er es Frank gerne glauben würde. Er nimmt die Kaffeekanne und gießt reichlich Kaffee in Franks Tasse mit dem goldenen Rand. »Nun ja«, murmelt er.

»Anfangs könntest du für mich arbeiten, während du dein Erdhaus baust«, überlegt Frank derweil unbekümmert weiter. »Zumindest bis dein Land genug Ertrag abwirft, dass es dir zum Leben reicht. Du wirst sehen, George: Über Jahr und Tag bist auch du ein gemachter Mann. So einer wie ich! Und, ah, übrigens: Dein Kaffee schmeckt vorzüglich!«

Was ein gemachter Mann sein soll, weiß George nicht. Als könnte man Menschen machen wie man Kuchenteig oder Hausarbeiten macht! George weiß jedoch nur zu genau, wie ungerne er in Highland lebt, wo ihn jeder Tag an seine Niederlage erinnert und an die Schmach, die damit verbunden ist. Allemal wird es wohl besser sein, wieder aufzubrechen, als weiterhin hier festzusitzen und abends zweifelnd in den Spiegel mit dem Riss zu starren, wodurch sich auch nichts ändert. Und den eigenen Boden zu bestellen, mit den Händen in der Erde zu wühlen wie damals, als er ein Kind war, lockt George sehr. Es lockt ihn sogar über alle Maßen. Darum entscheidet er sich jetzt. »Wie heißt denn die Stadt, in die ich mit dir reise?«, fragt er.

Frank sieht George überrascht an. Er stellt seine Tasse ab. Dann leuchtet ein breites Grinsen über sein sonnengebräuntes Gesicht. »Beeler!«, antwortet er. »Die Stadt heißt nach mir. Ich habe sie gegründet.«

DAS HAUS AUS ERDE

Heiß brennt die Sonne vom Himmel, als der Einspänner in einer Wolke aus aufgewirbeltem Staub in die einzige Straße, die durch Beeler führt, einbiegt. Es ist mitten im August, die Kalenderblätter zeigen das Jahr 1886. Links und rechts stehen ein paar einstöckige Häuser, Franks Laden liegt mittendrin. Das ist alles. Aber George wird ohnehin nicht lange in Beeler bleiben. Er ist in den wilden weiten Westen gekommen, um sich ein Stück Ackerland zu sichern. Die guten Flächen, solche, auf denen eine Quelle sprudelt, sind freilich längst vergeben. Aber trockenes, ausgedörrtes Land ohne Wasser gibt es noch zuhauf.

Jetzt ist George ein Bauer. Jemand, der den Boden umpflügt, damit etwas darauf wächst und er davon leben kann.

Zumindest sollte das so sein, denn es ist leichter gesagt als getan. Zwar hat er ungezählte Male zugesehen, wie Onkel Moses Mais und Weizen anpflanzte, dass es unter seinen

Händen nur so spross, aber all das liegt lange zurück und es jetzt selbst und obendrein erfolgreich zu tun, ist etwas völlig anderes. Auch der Boden hier ist anders als jener fruchtbare der Ozarkberge. Hebt George eine Handvoll Erde hoch, weht der Wind sie sogleich davon. Denn auch der Wind ist anders.

Unermüdlich fegt er durch das Steppengras und hält nicht an, weil es nichts zum Anhalten gibt. Es stimmt, was Frank behauptet hat: Alles in der Großen Amerikanischen Wüste dehnt sich weit, und endlos weit spannt sich auch der Himmel über das baumlose Land, in dem es nichts als Gras zu geben scheint. Das macht es nicht gerade einfacher. Weil hier keine Bäume wachsen, findet George kein Holz zum Heizen und keins zum Bauen.

Darum sammelt er Bisondung ein. Bisondung brennt genauso gut, und sein Haus errichtet er aus Erdsoden. Mit dem Spaten sticht er dazu dicke Klumpen aus dem Boden, und wenn er sie zu einer breiten Wand aufschichtet, flattern noch die Grashalme darin. Gras weht ihn an, während die Mauern seines Hauses immer höher ragen und es schwingt ihm entgegen, wenn er am Abend sein Tagwerk betrachtet. Das Gras ist anspruchslos und zäh und lässt nicht locker, denkt er. Bald wächst es ihm sogar über den Kopf.

Mit dem Hausbau kommt George gut voran, aber der Winter ist trotzdem schneller. Viel zu bald fegen eisige Nordwinde über die flache Ebene und bringen eine Menge Schnee mit sich, viel, viel, viel mehr Schnee als damals in den Ozarkbergen, und wehe dem, der jetzt kein Dach über dem Kopf hat so wie George!

»Du könntest bei mir wohnen«, bietet ihm ein Nachbar an. »Ich suche jemanden, der mir mit meinem Vieh hilft, und wenn du auch kochen kannst, bleibst du, bis der Schnee geschmolzen ist.«

Wieder kocht und wäscht und putzt George für andere Leute. Er bessert ihre Scheunen aus, füttert das Vieh, fegt die Stube und schaut aus dem Fenster. Bis der Frühling kommt. Dann baut er an seinem eigenen Haus weiter.

Von außen besehen mag so ein Erdhaus schlicht erscheinen. Nichts als ein Haufen Dreck! Aber schlecht ist es darum nicht.

Im Sommer halten die dicken Wände das Haus aus Erde angenehm kühl, im Winter bleibt es überraschend warm. Nur darf es keine Fenster haben; es stürmten sonst zu viel Wind und Schnee hinein. Aber auch ohne Fenster bleibt George nicht alleine. Die Insekten lieben den dunklen Bau, der wie ein Maulwurfshügel in die Landschaft ragt. Durch sämtliche Ritzen, die sie finden, krabbeln sie auf ihren sechs oder acht Beinen unbekümmert herein. Der Weberknecht stakt über den Boden aus nackter Erde. Die Kellerasseln huschen hinter die Tür. Fliegen surren durch die Luft. Und in jeder Ecke lauert eine Spinne. George stört es nicht. Seine nächsten Nachbarn leben weit verstreut; es geht meist einsam zu in der Prärie. Darum heißt er Käfer, Spinnen und Asseln willkommen und nennt sie liebevoll seine *Mitbewohner*. Das sind sie in der Tat: Denn nach ungezählten Spatenstichen ist Georges Erdhaus fertig.

18. April 1887

Liebe Tante Mariah, lieber Onkel Andy,

gestern bin ich in mein Haus eingezogen.

Es besteht nur aus Erde und ein bisschen Kalk, den ich innen an die Wände gestrichen habe. Vielleicht denkt Ihr, so ein Erdhaus könnte kein richtiges Zuhause sein. Aber das stimmt nicht. Nun, da ich meine Stickereien an die Wände *gehängt habe, sieht es fast gemütlich aus. Ich besitze sogar Möbel: Ein Bett, einen Schrank, einen Herd und einen Tisch mit zwei Stühlen. Auf ihnen könntet Ihr sitzen, wenn Ihr mich besuchen kämt. Aber es ist so ein weiter Weg!*

Das Land hier ist vollkommen anders als alles, was ich bisher sah. Wohin man auch schaut, gibt es fast nur Gras. Im Gras lauern Klapperschlangen und Peitschennattern. Manchmal kreist ein Raubvogel am Himmel. Nachts heulen die Kojoten. Neulich aber, als ich meinen Acker umgrub, entdeckte ich eine erstaunliche Pflanze: Sie streckte ihre Arme in den Himmel, als wollte sie um Wasser bitten (es hat lange nicht geregnet) und doch blühte sie, als hätte jemand sie mit Weihnachtskugeln behängt. Ich glaube, es ist eine Kerzenpalmlilie. Man nennt sie auch Yucca gloriosa. *Ich habe sie gezeichnet, damit ich nicht vergesse, wie wunderschön sie aussieht, auch wenn es nur eine einfache Bleistiftskizze geworden ist.*

In der schwarzen Lederbibel lese ich jeden Abend und denke dabei an Euch. Wenn dann die Sterne am Himmel glitzern, stelle ich mir vor, wie sie auch über Euch leuchten. Ist das nicht ein tröstlicher Gedanke?

Herzlich grüßt Euch

Euer stets an Euch denkender George

Binnen Kurzem ist das kleine Erdhaus bis in den letzten Winkel vollgestopft. Nicht nur mit Georges Häkeleien, den Bildern, die er immer noch malt, und zahllosen Spinnweben, sondern auch mit allem anderen, das George in der Großen Amerikanischen Wüste findet. Denn er hat sich getäuscht: Im Gras gibt es weit mehr, als er dachte, vor allem Steine! Wann immer er sein Feld umgräbt, stößt der Spaten auf etwas Hartes. Er gräbt es aus und schleppt es heim.

Bald kullern ungezählte Steine über den Fußboden, sodass George stolpert, wenn er nach einem langen arbeitsreichen Tag müde in sein Erdhaus kriecht. Dann schmunzelt er, weil er an Tante Susan denkt, wie sie sich manches Mal über den Steinhaufen neben ihrem Herd beklagte, und wieder nimmt er ein Blatt Papier und schreibt einen Brief.

Liebe Tante Susan, lieber Onkel Moses,

nun bin also auch ich ein Bauer geworden – genau wie Ihr! Wer hätte das gedacht, und ich gebe zu, dass es mich selbst verwundert, wo ich doch immer solch ein schmächtiges Kerlchen war und vielleicht bis heute bin.

Was rätst Du mir, Onkel Moses? Ich würde gerne Weizen anpflanzen, aber hier wächst nur harter Weizen. Den können die wenigen Mühlen, die es in der Gegend gibt, aber nicht mahlen, weil ihre Mahlsteine nicht dazu taugen. Das ist sehr bedauerlich, denn ich glaube, dass der harte Weizen prächtig in dem trockenen Boden gedeihen würde. Stattdessen versuche ich es nun mit Mais. Dann werde ich leckere Maisküchlein backen und dabei an Euch denken!

Euer Euch vermissender George

Tante Lucy und Onkel Chris schreibt er auch.

Und Chester Rarig.

Und jedem seiner Briefe legt er eine getrocknete Prärieblume bei. Duftnesseln, Röhrenstern, Goldkörbchen. Mitunter einen Sonnenhut. Denn Blumen gibt es in der Großen Amerikanischen Wüste auch. Es gibt sie sogar zuhauf. Man muss bloß genau hinschauen, wenn man sie entdecken will.

BAUER OHNE ERNTE

»Wieder nichts!« George stöhnt und wischt sich den Schweiß von der Stirn. Erst vor ein paar Wochen ist sein Maisfeld verheißungsvoll in die Höhe geschossen. Dann kam die Hitze. Nun liegen die Halme abgeknickt und versengt auf der Erde. Mit dem Weizen erging es ihm ähnlich. Auch die Kartoffeln wurden nichts.

Da sieht er es ein: Es gelingt ihm nicht, das Land zu bestellen, auch wenn er sich nun schon zwei mühevolle Jahre damit plagt. »Es ist sinnlos«, murmelt George. »Ich schaffe es nicht!« Denn so oft er auch den Boden umgräbt, Samen ausstreut, jätet, harkt, wartet, ob etwas wächst und nachsieht: Es wächst nichts und die große, alles und jeden und auch ihn selbst sattmachende Ernte bleibt aus.

Überdies ist auch die Eisenbahn nicht nach Beeler gekommen.

Das ist eine herbe Enttäuschung, besonders für Frank Beeler, der sich dadurch mehr Kundschaft für seinen Laden erhofft hatte. Nun fühlt er sich geprellt. Frank ist wütend. Er schäumt. »So eine Frechheit«, schnaubt er, »die Bauern im Süden haben ihr Land einfach an die Eisenbahngesellschaft verkauft! Nun verlaufen die Schienen siebzig Meilen weiter südlich von hier – geradewegs an Beeler vorbei!«

Ändern kann er daran freilich nichts, selbst wenn er noch heftiger tobte. Das weiß er selbst.

»Ich werde wegziehen, George«, erklärt er seinem Freund, »den Eisenbahnschienen hinterher. Dann eröffne ich in ihrer Nähe einen neuen Laden. Schließlich bin ich hergekommen, um Geschäfte zu machen. Doch um dich tut es mir leid.«

Geschäfte machen wollte George ohnehin nie. Insofern betrübt es ihn nicht allzu sehr, dass die Eisenbahn nicht neben seinem Erdhaus durchs Steppengras verläuft. Wenn er wenigstens von seiner Arbeit auf dem Acker leben könnte!

Das kann er aber nicht.

Zudem spürt er jetzt immer häufiger wieder jene altbekannte Unruhe, die ihn damals schon in Diamond Grove beschlich, ehe er nach Neosho aufbrach. Sie kam auch zu ihm, als er fortzog nach Fort Scott und klopfte noch einmal an in Minneapolis, ehe er weiterreiste nach Kansas City. Bis er in Highland landete.

Ach, Highland!

Jetzt ist die Unruhe zurück. Sie brodelt in ihm, wenn er nach mühevoller, aber wirkungsloser Arbeit in seinem Erdhaus schlafen will und nicht schlafen kann. Die Unruhe hat ein feines, nagendes Stimmchen. Sie setzt sich auf seine Schulter und flüstert ihm ins Ohr: »Sieh es endlich ein, George. Zu einem Bauern bist du nicht gemacht! Zieh weiter!« Sie ist nicht unfreundlich. Sie spricht nur aus, was wahr ist. Sie sagt: »Du musst lernen, wie die Blumen heißen.«

Wie Hefe in einem Teig grummelt, bis die Schüssel überquillt, gärt es in ihm. George denkt nach. Tagein. Tagaus. Auch nachts, wenn die Sterne über seinem Erdhaus glitzern. Aber immer wenn er am anderen Morgen vor die Tür tritt und seinen kümmerlichen Acker, auf dem nichts wachsen will, sieht, weiß er unumstößlich: Es glückt ihm nicht. Das wird auch im nächsten Jahr nicht anders sein. Und im übernächsten ebenfalls nicht.

Wieder packt George seine Sachen. Er packt die beiden Glitzersteine (und die vielen anderen, die er aus der Kansaserde grub). Er packt das Taschenmesser, das er in der Wassermelone fand. Er packt Tante Susans blaue Fibel, Tante Mariahs schwarze Bibel, seine Häkeleien, sein Akkordeon und die Bleistiftzeichnung von der Kerzenpalmlilie, der prächtigen *Yucca gloriosa*.

Drei Monate zieht er mal hierhin, mal dorthin, querbeet, gerade wie der Wind bläst. Erst schräg nach Osten, dann steil hinauf in den Norden geradewegs nach Iowa. Er schlägt sich durch. Wieder wäscht er, bügelt, bündelt Heu, striegelt Pferde. Für jedermann und jedefrau spielt er den Laufburschen und freut sich immer, wenn er in einem Gewächshaus arbeiten darf. Das gefällt ihm am besten. Doch selbst dann bricht er wieder auf. Denn die Unruhe sitzt immer noch auf seiner Schulter und raunt ihm zu: »George, du musst lernen, wie die Blumen heißen!«

So reist er von Salina nach Abilene. Von Atchison nach Hopkins. Bis er nach Winterset kommt.

Selten hat der Name einer Stadt so gepasst! Als George in Winterset in Iowa eintrifft, fegt wieder der Nordwind übers Land und kündigt den nächsten Winter an. George beschließt, in Winterset zu bleiben – so sagt es schon der Name. Winterset ist ein Ort, an dem man überwintert. Da kommt es wie gerufen, dass der Koch des *Schultz Hotel* soeben für einige Monate verreist ist. Kochen kann George und wenn er jetzt an die Hoteltür klopft, um sich zu bewerben, muss er dabei nicht mehr an Maisküchlein und Spiegeleier denken. Man stellt ihn ein und er sagt zu. Jedenfalls fürs Erste.

DER BESTE VORSCHLAG SEIT LANGEM

Es ist wahrhaft vorteilhaft, dass George gut kochen kann, und auch dass er weiß, wie Wäsche sauber wird, schadet nicht. Kochen und Wäschewaschen sind nun mal zwei Dinge, für die jederzeit Bedarf besteht. Denn hat man sich auch satt gegessen, wird ein jeglicher Bauch doch beizeiten verlässlich wieder leer. Auch Kleidung verdreckt, sobald man sie trägt, selbst in den Städten, in denen es mittlerweile gepflasterte Straßen und Gehwege gibt und mancherorts auch eine Straßenbahn. Die zieht dann allerdings ein Pferd.

George ist jetzt dreiundzwanzig Jahre alt. Vielleicht ist er auch vierundzwanzig. Oder schon fünfundzwanzig. Niemand weiß das ganz genau. Denn niemand schreibt es auf. Längst ist der hübsche graue Anzug, den er sich in Kansas City kaufte, abgenutzt. Die Farbe ist verblasst und ähnelt eher einem verstaubten Küchenbord. An den Armen gucken die Ellenbogen heraus. Die Hose schlackert um die Beine. Er kauft sich aber keinen neuen Anzug. Warum auch und wozu, für wen und überhaupt: von welchem Geld? Denn als Aushilfskoch verdient er zwar ein paar Dollar. Die reichen aber gerade, dass er davon leben kann. Und er steht sowieso die meiste Zeit am Herd. Da stört es nicht, wie er gekleidet ist.

Nur sonntags arbeitet George nicht. Dann geht er in den Gottesdienst. Das hat er schon in Olathe so gehalten, als er die Seymours kennenlernte. Das macht er auch jetzt, nur geht er diesmal zu den Methodisten. Er ist zwar der einzige Schwarze dort, aber da ihn niemand rausschmeißt, kommt er beharrlich wieder. Bald stimmt er kräftig mit ein, wenn sie ihre Hymnen singen. Denn ihre Hymnen sind auch seine Hymnen, nein, recht eigentlich singen sie die Lieder ja für Mister Creator.

Die Musik hat George schon oft geholfen. Damals in den Ozarkbergen, als sie gemeinsam in dem honiggelben Blockhaus sangen, während der Nordwind an den Fensterläden rüttelte. Später, als er auf seiner einsamen Wanderung nach dem grausamen Erlebnis in Fort Scott das Akkordeon kaufte und darauf zu spielen lernte. In Kansas City, als er mit Chester Rarig an der Orgel saß. Oder in Olathe, als er sie zu spielen lernte. Die Musik tröstet ihn auch jetzt, nachdem sich die Aussicht auf ein Leben als ein Bauer, der erntet, was er sät, endgültig zerschlagen hat. Das war einmal. Die Musik aber bleibt.

Darum merkt George auch nicht, dass er immer lauter singt. Als gäbe es nur ihn. Andere dagegen bemerken es schon. Allen voran Mrs. Milholland, die den Kirchenchor leitet. Sie sitzt weit vorne in den Bänken neben ihrem Mann. Jetzt dreht sie sich um und sucht den Mund, aus dem die Töne perlen, mühelos vom hohen F drei Oktaven abwärts, als wäre das ein Kinderspiel. Woher kommt bloß diese feine hohe Stimme, die sich über das allgemeine Gebrumm der Gemeinde legt, wie ein Kolibri mit seinen feinen Flügelschlägen über einer Blüte sirrt? Aufgeregt stupst sie ihren Mann an. »John, sag, wer ist nur dieser junge Mann, der so auffallend zauberhaft singt?«

»Ich kenne ihn nicht, Liebste«, flüstert Mister Milholland zurück. »Aber ich bin sicher, wir finden es heraus.«

John Milholland ist ein Mann der Tat. Gleich nach dem Amen bahnt er sich, seine Frau am Arm, den Mittelgang hinab, mal sanft nach links, mal wohlwollend nach rechts nickend und grüßend, bis sie bei George ankommen.

George sitzt in der hintersten Bank, etwas abseits von den anderen. Denn wenn er auch in ihre Kirche gehen darf, stören will er die Weißen nicht. Versunken lauscht er den letzten Orgelklängen, als plötzlich dieses Paar vor ihm auftaucht: sie eine helle, zarte Gestalt mit funkelnden Augen, er mit einem üppigen Rauschebart um den Mund wie Watte, den Blick ein wenig streng, aber durchaus nicht unfreundlich. Was wollen sie bloß von ihm?

»Sie singen wunderschön, Mister ...?«, sagt die Frau und reicht ihm ihre Hand.

»Carver, Mister George Washington Carver«, sagt George und springt rasch auf, damit er sich verbeugen kann. »Madam. Sir. Angenehm!«

»Für uns ist es angenehm, Mister Carver! Es ist eine Wohltat, Ihre Stimme zu hören. Wenn Sie erlauben, würden wir Sie gerne zum Tee einladen!«

Noch am selben Nachmittag besucht George die Milhollands. Sie wohnen in einem prachtvollen Herrenhaus mitten in der Stadt. Doktor Milholland ist ein vorzüglicher Arzt. Die Leute kommen gerne zu ihm. Es macht sich bemerkbar in dem, was er verdient.

»Wie schön, dass Sie unserer Einladung gefolgt sind, Mister Carver! Treten Sie ein!« Mrs. Milholland öffnet die Tür weit und schiebt George gleich vorwärts durch den ausladenden Flur in ihren Salon. Dort, mitten im Raum, steht das prächtigste Klavier, das George je gesehen hat. Mrs. Milholland klappt den Deckel auf und schlägt ein paar Tasten an. George erkennt die Melodie. Es ist ein altes Kirchenlied, das sie schon oft gesungen haben. »Bitte, tun Sie mir den Gefallen, Mister Carver! Begleiten Sie mich ein wenig mit Ihrer bezaubernden Stimme, bevor wir uns mit einer Tasse Tee stärken. Das wäre überaus reizend von Ihnen.«

Sie singen zwei Lieder. Doch beim dritten bricht George unvermittelt ab. »Madam, entschuldigen Sie! Es ist mir unangenehm. Sie spielen umwerfend Klavier und Ihr Sopran klingt bezaubernd dazu. Füllig, weich und kein bisschen angestrengt. Ich dagegen krächze neben Ihnen wie ein aufgeplusterter Hahn, dem man den Hals umdreht, ehe man ihn in den Suppentopf wirft!«

»Aber papperlapapp, George! Ich darf doch George sagen? Was reden Sie denn da?«, entrüstet sich Mrs. Milholland. »Sie singen wunderbar und nie hörte ich in Winterset eine Stimme wie die Ihre. Deshalb wollte ich Sie vielmehr darum bitten, meinem Chor beizutreten. Doch wenn es Sie beruhigt, erteile ich Ihnen gerne ein paar Gesangsstunden. Sie werden sehen: Im Nu singen Sie genauso mühelos wie ich, sodass Sie es nicht einmal bemerken, selbst wenn Sie es stundenlang tun.«

»Das ist wirklich, nun ja …« George zögert. Er weiß nicht, wie er es ihr sagen soll. »Es ist sehr großzügig von Ihnen, Mrs. Milholland. Doch leider geht es nicht. Obwohl ich Ihr Angebot gerne annehmen würde. Ich meine, nein …« George senkt verschämt Kopf. »Ich kann es mir nicht leisten. Ich verdiene nicht genug!«

»Aber, George, papperlapapp, Sie reden schon wieder Unsinn! Sie brauchen mir nichts zu bezahlen! Es wäre mir vielmehr eine Ehre, wenn ich so ein verheißungsvolles Gesangstalent wie das Ihre unterrichten dürfte.« Damit ist schon viel gesagt, aber sie sagt nicht, dass es ihr vorkäme, als wollte sie einem Engel das Singen beibringen. Auch von einem Engel verlangt man schließlich kein Geld.

Trotzdem bleibt George stur: Umsonst will er ihren Unterricht nicht. Es ist nicht nur, weil er es sich nicht leisten kann. Er möchte auch niemandem etwas schuldig bleiben. Das fühlt sich an, als würde er in eine Falle tappen. Denn wer weiß, was noch alles kommt? Erst locken sie einen an, aber dann, *schwupps*, schnappt die Falle zu!

»Nun gut«, seufzt Mrs. Milholland, als sie die Entschlossenheit in seinen Augen sieht. »Lassen Sie uns später noch einmal darüber reden, einverstanden? Jetzt trinken wir erst einmal Tee.«

Aber als George das stattliche Wohnzimmer betritt, wo auf einem schmucken Nussbaumtisch Tassen aus hauchdünnem Porzellan und eine dickbauchige Kanne auf ihn warten, staunt er noch mehr als zuvor über das Klavier: In einer Ecke steht eine richtige Staffelei. Mit einem Stuhl davor und einem Bild darauf. Pinsel, Farbtuben und Lappen liegen auf einem Tisch daneben.

»Aber Sie malen ja!«, ruft George entzückt. Das Bild lockt ihn an wie eine Kerze die Falter in der Nacht. Schon steht er davor. George erkennt einen Strauß mit Pfingstrosen. Doch die Blumen sehen aus, als ob sie dringend Wasser bräuchten.

Mrs. Milholland ist neben George getreten und betrachtet ihr Bild mit zusammengezogenen Augenbrauen. »Nun, sagen wir es so: Ich versuche es!«, seufzt sie. »Wirklich glücklich bin ich nicht damit. Sehen Sie nur, wie schlaff die Blüten herabhängen. Als wären sie verwelkt! Ich habe schon alles versucht. Kräftigere Farben genommen, den Pinsel mal mehr, mal weniger aufgedrückt. Trotzdem ähneln meine Pfingstrosen nicht im Entferntesten denen, die in meinem Garten blühen.«

»Das liegt aber nur daran, dass den Blüten die entsprechende Tiefe fehlt, Madam!«, erklärt George. »Tiefe entsteht aus einem Zusammenspiel von Licht und Schatten, sodass sich der Eindruck von Raum ergibt. Als gäbe es ein Hinten und ein Vorne. Obwohl es doch nur eine Leinwand ist, also eine Fläche. Außerdem fühlen sich Rosenblätter weich an, nicht so stumpf wie die Ihren. Sie sollten ihnen etwas mehr Dichte schenken!«

»Bitte«, sagt Mrs. Milholland, »können Sie es mir zeigen?«

»Es ist gar nicht so schwer!«, sagt George und hält schon einen Pinsel in der Hand. Flugs verteilt er ein paar Farbflecken über die Leinwand. »Nehmen Sie ein bisschen Rot. Ein bisschen Grün. Aber mischen Sie die Farben! Die Farben aus den Tuben entsprechen nie den Farben, die wir in der Welt wahrnehmen. Dort gibt es Licht. Und Schatten.« Und ehe er sich versieht, obwohl er es nicht wollte, hat er Mrs. Milhollands Bild fertig gemalt. Auf der Leinwand glänzt der herrlichste Pfingstrosenstrauß, der jemals in Winterset blühte.

»Am liebsten möchte ich meine Nase in deine Blumen stecken und daran schnuppern!« Mister Milholland hat sich neben die beiden gestellt und pfeift bewundernd durch die Lippen. »Wie ich sehe, meine Liebste, hast du uns offenbar nicht nur einen äußerst begabten Sänger, sondern zugleich einen ausgezeichneten Maler ins Haus geholt!«

»Das ist wohl wahr«, stimmt Mrs. Milholland nachdenklich zu.

Und mit einem Mal hat sie eine Idee. Natürlich, das ist die Lösung! »George, was halten Sie von diesem Angebot?«, fragt sie. »Sie werden es kaum ausschlagen können. Ich erteile Ihnen Gesangsstunden. Dafür bringen Sie mir das Malen bei. Abgemacht?«

Diesmal zögert George nicht. Keinen Augenblick. Es ist der beste Vorschlag, den er seit Langem gehört hat.

»Abgemacht!«, sagt er. Dann endlich trinken sie Tee.

DIE HÄNDE EINES MALERS

Seit jenem Nachmittag, an dem George das Wohnzimmer der Milhollands ein erstes Mal betrat, kommt er nun fast täglich. Mrs. Milholland zeigt ihm, wie er singen kann, dass er zwitschert wie eine Lerche, er verfeinert dafür ihren Pinselstrich. Außerdem besitzen die Milhollands ein Gewächshaus, in dem die herrlichsten Orchideen blühen (sie blühen noch herrlicher, seit George darin herumwerkelt). Und eine beachtliche Bibliothek mit den wunderbarsten Büchern, in denen er ausgiebig blättern darf, haben sie obendrein.

Zwischendurch aber sitzen sie immer wieder in dem schönen, geräumigen Wohnzimmer, während in einer Ecke Mrs. Milhollands Staffelei darauf wartet, dass einer an ihr malt. Sie trinken Tee aus hauchdünnen Tassen und plaudern über dies und über das, immer häufiger aber in letzter Zeit auch über George. Denn Mister und Mrs. Milholland sind sich darüber im Klaren, dass dieser junge Mann, der aus dem Nirgendwo in Winterset einschneite, über ungewöhnliche Fähigkeiten verfügt und der Gedanke lässt sie nicht los, ja, er plagt sie vielmehr, dass George, so gerne sie ihn auch bei sich haben, seine Gaben in der kleinen Stadt vergeudet.

»George«, fängt Mister Milholland darum eines Tages wieder damit an. »Niemand bezweifelt, dass Sie ein ausgezeichneter Koch sind, und es steht außer Frage, dass es Ihren Gästen mundet. Aber Sie sind auch ein wunderbarer Maler. Es tut mir in der Seele weh, ein solches Talent in einem Hotel verkümmern zu sehen, auch wenn es ein Hotel in unserem geliebten Winterset ist. Darum rate ich Ihnen dringend und ich rate es Ihnen als Freund: Gehen Sie auf ein College! Studieren Sie! Nur an einem College erhält Ihre Begabung den nötigen Feinschliff, der sie vollends zum Strahlen bringt.«

Mister Milholland meint, was er sagt. George erkennt es an seinem Blick (solche Blicke sah er nun schon öfters). Trotzdem vernebelt sich umgehend sein Verstand, hört er das Wort College. Das rührt daher, dass er dabei sofort an Highland denkt.

»Ach …«, seufzt er und es klingt, als träufelten ungezählte Regentropfen in seinen Tee.

»Ist ein kleines Ach alles, was Sie dazu sagen, lieber George?« Mister Milholland hebt verwundert seine Tasse. »Sie müssen zugeben, dass dies eine recht bescheidene Antwort ist für einen Menschen, der derart klug und überdies so redegewandt ist, wie Sie es nun mal sind!«

Sie haken nach, wollen, dass er es ihnen erklärt. Und er erklärt es ihnen. Obwohl es ihm schwerfällt. Denn die Scham über das, was in Highland geschehen ist, sitzt tief. Er hat sie zu vergessen versucht, aber nun, während er spricht, kommt sie wieder angekrochen. Hartnäckig, unbelehrbar und gemein ist sie. Wieder glaubt George, er selbst sei schuld an alledem. »Ich bin nun mal schwarz«, schließt er. »Darum konnten sie mich nicht aufnehmen.«

»Aber, George! Wie können Sie solch einen Unsinn auch nur denken!«, empört sich Mister Milholland. »Sie gehören bei Weitem zu den klügsten Menschen, die mir je begegnet sind und glauben Sie mir, ich habe schon viele kluge Menschen in meiner Praxis gesehen. Aber niemals war darunter einer, der so viel wusste und auch nur annähernd so viel wissen wollte wie Sie.«

»Der Stein, den die Bauleute verworfen haben, ist zum Eckstein geworden«, murmelt Mrs. Milholland.

Die anderen sehen sie fragend an.

»Es ist ungerecht, was Ihnen widerfahren ist, George«, erklärt sie es ihnen. »Ein wenig erinnert es mich an das, was sie Jesus, unserem Herrn, antaten, als sie ihn ans Kreuz nagelten. Gottes eigenwilliger Sinn für Gerechtigkeit, seine verrückte, unergründliche Algebra! Gott rechnet anders als wir Menschen und nur, weil Ihre Haut schwarz ist und andere Leute das nicht mögen, bedeutet es nicht, dass Sie nicht begabt sind oder Ihre Talente eingraben müssen.«

»Das ist wahr, George«, sagt Mister Milholland. »Auch ich bin überzeugt davon, dass Gott etwas Ungewöhnliches mit Ihnen vorhat. Wir wissen nur noch nicht, was. Lassen Sie mich nachdenken. Es würde mich wundern, wenn mir nicht bald etwas einfiele.«

Vorerst aber kehrt der Koch des *Schultz Hotel* zurück. George hängt die Töpfe und Pfannen an die Haken und sucht eine andere Arbeit.

Denn obwohl der Winter längst vorüber ist und der Sommer in den Gassen dampft, will er nicht wieder fort aus Winterset, nun, da er hier Freunde gefunden hat und so gute obendrein.

»Sie sollten Ihre eigene Wäscherei eröffnen«, empfiehlt

ihm Doktor Milholland eines Tages. »Sie haben uns doch erzählt, welchen Zulauf Sie in Minneapolis hatten!«

Wieder helfen ihm die zwei. Sie finden eine Behausung für George. Fehlt nur noch ein Waschbottich, ein Bügelbrett und ein Stück Seife: Fertig ist *George Washington Carvers Wäscherei!*

Eine eigene Wäscherei zu haben, gefällt George fast besser als die Arbeit als Koch mit ihren festen Zeiten. Denn nun bügelt und wäscht er, wann es ihm passt. Ansonsten streift er wieder durch die Wälder. In großen Körben schleppt er seine Fundstücke nach Hause. Farne, Pilze, Kräuter und – natürlich! – Blumen.

Wieder blättert er in den Büchern, bis er den Namen jeder Pflanze herausgefunden hat. Aber den Namen seiner kleinen roten Blume, die in den Ozarkbergen blüht, entdeckt er nirgends.

»George, Sie sind Ihr eigener Lehrer und Schüler zugleich!«, lacht Mrs. Milholland, als sie ihn über die Bücher gebeugt sitzen sieht und hört, wie er die fremden Namen vor sich hinmurmelt.

»Wenn man die Namen der Blumen kennt, hat man schon viel erreicht«, erklärt George. »Das zum Beispiel ist Löwenzahn. Andere nennen ihn Butterblume, Bumbein, Mühlenbuschen, Hundeblume, Pusteblume, Bettnässer. In meinen Büchern heißt er *Taraxacum officinale*. Ich werde ihn malen! Dann verstehe ich ihn besser.«

Schon am nächsten Sonntag trägt er den Löwenzahn zu den Milhollands und zeichnet ihn an der Staffelei, während Mister und Mrs. Milholland verwundert danebensitzen und Tee aus hauchdünnen Tassen schlürfen. Sie verstehen nicht, wie er eine Pflanze malen kann, die Mrs. Milholland sofort ausrupft, sobald sie in ihrem Garten auftaucht. Schließlich hält sie es nicht länger aus. »Löwenzahn ist Unkraut, George! Kein Kunstgegenstand. Wie können Sie so etwas nur malen?«

Aber diesmal ist George derjenige, der lacht. »Unkraut ist auch bloß eine Blume wie jede andere. Sie wächst allenfalls am falschen Ort, zum Beispiel in Ihrem Garten, weil Sie dort vermutlich lieber etwas anderes blühen sehen würden, liebe Mrs. Milholland. Aber darum ist der Löwenzahn doch nicht hässlich oder schlecht oder gar verkehrt. Sehen Sie nicht, wie wunderbar gezackt seine Blätter verlaufen? Wie die Zähne eines Löwen. Und wie gelb die Blüten leuchten? Wie der helle Sonnenschein!«

Da versteht Mrs. Milholland plötzlich etwas, das sie bislang nicht verstanden hat. »Jetzt weiß ich endlich, warum Sie solch ein hervorragender Maler sind!«, ruft sie. »Nur wenn jemand die Dinge derart vorbehaltlos ansieht, wie Sie das tun, kann er sie auch malen, wie sie sind. Das gelingt nicht vielen. Aber Sie können es. Darum dürfen Sie auch nie mit dem Malen aufhören. Versprechen Sie mir das?«

»Das sehe ich genauso«, pflichtet ihr Mister Milholland augenblicklich bei. »Zudem habe ich nachgedacht, lieber George: Sie sollten nicht nur nicht mit dem Malen aufhören. Sie sollten es vielmehr studieren!«

Studieren! Da ist es wieder: dieses Wort.

George sieht auf seine Hände. In der einen Hand hält er den Pinsel. Die andere trägt die Palette mit den Farben. Seine Hände sind feingliedrig und schmal. Sind es die Hände eines Künstlers, der die Dinge erschafft, weil er sie malt?

George weiß, er malt wie ein Liebhaber. Er liebt, was er macht, und alles, was er auf der Leinwand zustandebringt,

bringt er sich bei, indem er es malt. Aber wenn ihm jemand helfen würde, ihm zeigte, wie es besser ginge, würde er noch viel, viel mehr lernen. Und Kunst zu studieren – wirklich tagein, tagaus an einer Staffelei den Duft der Ölfarben einzuatmen –, erscheint George wie ein Regenbogen, an dessen Fuß ein Schatz begraben liegt. Ach, wäre er da!

»Ich habe mich bereits erkundigt«, fährt Mister Milholland fort. »Am besten gehen Sie nach Indianola ans *Simpson College*. Man wird sie nicht abweisen. Es ist ein christliches College. Deshalb behandeln sie dort alle Menschen gleich, ganz wie es Gott, der sich wie ein liebender Vater um alle Menschen kümmert, für alle Menschen will. Vertrauen Sie mir: Alles wird gut, George. Versuchen Sie es. Bewerben Sie sich!«

EIN HERZ, DAS KLOPFT

Mit der Hoffnung verhält es sich höchst eigenartig: Sie ist ein unruhiges, flatterndes Ding und so überaus zart, dass man meinen könnte, es gäbe sie nicht. Und doch gibt es sie. Beharrlich zwängt sie sich durch alles, was Nein schreit, selbst durch die größten Widerstände. Sie ist wie das Gras, das über Georges Erdhaus wuchs, luftig, leicht und anspruchslos, aber, oho, so ungemein zäh.

An das Gras über seinem Kopf denkt George jetzt. Das kommt daher, dass seine kleine Hoffnung nicht nur wackelt. Seine kleine Hoffnung bebt. Auch sein Herz fängt prompt zu pochen an, sobald er nur ans *Simpson College* denkt. Sein ängstliches kleines dummes Herz klopft und bebt und trommelt, als wollte es die zarte, wackelige Hoffnung, er könnte wirklich einmal ein College besuchen, in jeden Teil seines Körpers pumpen. Bis hinauf in die Fingerspitzen! Darum schilt sich George rasch einen Narren, der nicht auf etwas hoffen sollte, das er nicht haben kann – weil es viel zu wundervoll klang, was Mister Milholland über die Methodisten erzählte. Denn christlich war das College in Highland schließlich auch und haben sie ihn nicht trotzdem abgewiesen?

Entschieden, beinahe wütend wendet George sich wieder zu dem Kleid, das er eben bügelt. Heftiger als nötig drückt er das heiße Eisen noch ein wenig fester auf, bis der Stoff glatt liegt, glatt, glatt, glatt, vielleicht geht es noch ein bisschen glatter?

»George!«

Ruft da jemand seinen Namen? George rückt das Kleid weiter. Es gibt viel zu tun. Das Kleid ist lang und hat allerhand Rüschen.

»Hallo, George, sind Sie da? Warum antworten Sie mir nicht?«

Doktor John Milholland steht in der Wäscherei. In der Hand hält er einen Brief. »Ich habe Nachrichten für Sie, George. Aus Simpson.« Mister Milholland wedelt den Brief durch die Luft wie eine Fahne im Sturm. »George, schauen Sie mich an! Es sind gute Nachrichten. Sie wollen, dass Sie kommen. George? Verstehen Sie, was ich Ihnen sage? Hören Sie auf zu bügeln!!!«

George stellt das Eisen weg. Er sieht Mister Milholland an. Sein Herz pocht. Wenn es möglich ist, pocht es jetzt noch lauter als zuvor.

Mister Milholland sieht Georges Blick und er versteht

die Frage, die darin liegt. »Sie wissen, dass Sie schwarz sind, George.« Er sagt es sehr ruhig, sehr sanft, aber auch sehr klar und deutlich und dabei legt er George eine warme, väterliche Hand auf die Schulter. »Alles ist geregelt und alles geht in Ordnung. Man erwartet Sie bereits. Am 9. September 1890 fängt Ihr Studium an. Herzlichen Glückwunsch, Mister George Washington Carver: Student der Künste.«

DAS FALSCHE PAAR SCHUHE

George dreht die kleine Blechbüchse um. Einmal. Zweimal. Es nützt nichts. Nur wenige Münzen kullern über den Boden. Das ändert sich auch nicht, als er erneut nachzählt: Das Geld reicht gerade mal aus, um etwas Rindertalg und ein paar Maisküchlein davon zu kaufen. Mehr nicht. Seit einer Woche, die ihm wie ein langer Monat vorkommt, lebt er von nichts anderem. Und von seinen heißen Gebeten, die er in den Himmel schickt: »Lieber Mister Creator, bitte, bitte, schenke, dass ich weiterlernen darf!«

Denn das Essen, das George zum Leben braucht, ist das Eine. Der Unterricht, den er bezahlen muss und ohne Geld nicht besuchen darf, ist das Andere. Und obwohl George sofort bei seiner Ankunft in Indianola eine Wäscherei eröffnet hat, bleibt die Kundschaft aus. Und damit auch das Geld. Es ist, als gäbe es ihn nicht. Nun lässt es sich nicht länger aufschieben: George wird einen anderen Weg finden müssen, um Geld zu verdienen, wenn er weiterhin am *Simpson College* lernen will. Denn fasten lässt es sich vielleicht für ein paar Cent. Aber der Unterricht bei Miss Etta Budd kostet mehr. Und den Unterricht in ihrer Malklasse will er noch weit weniger versäumen als eine Mahlzeit. Wie viel hat er in den Tagen, die er hier ist, schon von ihr gelernt! Und wie viel könnte es noch werden, wenn er weiterlernen darf? Denn mit jedem neuen Tag setzt er den Pinsel gekonnter auf und seine Bilder ähneln immer mehr denen, die er von den Dingen in seinem Kopf sieht.

George nimmt seinen Mantel, den grauen, den alten. Er setzt den Hut auf und besucht Miss Budd. Seine Lehrerin war immer freundlich zu ihm. Sie hat ihm geholfen, wenn er nicht weiterwusste mit einem Pinselstrich, der Gestaltung einer Fläche oder einer Form. Vielleicht hilft sie ihm auch jetzt?

Zaghaft klopft er an ihre Tür. Verlegen knetet er den Hut in seiner Hand, als sie öffnet. »Madam, bitte entschuldigen Sie, dass ich Sie störe«, stammelt er. »Ich wollte fragen, ob ich das Holz für Ihren Ofen hacken dürfte. Als Bezahlung für den Unterricht bei Ihnen. Meinen Sie, das ginge? Es würde mir, nun ja, es würde mir sehr helfen.«

Miss Budd sieht George an. Wenn sie jemanden anschaut, betrachtet sie ihn, als wäre sein Gesicht ein Bild, das sie malen will. Als wollte sie erforschen, was für Gedanken unter seiner Stirn brodeln. Schließlich ist sie Zeichenlehrerin.

Miss Budd weiß, George ist nicht nur der einzige Schwarze am ganzen *Simpson College*, er ist auch der einzige Mann in ihrer Klasse. Bei ihr lernen sonst nur Frauen. Aber keine von ihnen malt wie George, und nie hat eine sie je so überrascht mit ihren Bildern, wie es ihm gelingt. Denn George, der am liebsten Blumen malt, malt die Blumen anders. Als würde er sich mit ihnen unterhalten und sie erzählten ihm, wer sie sind. Porträts malt er. Blumenbildnisse. Wer seine Bilder sieht, sieht sie mit Georges Augen.

Miss Budd ist zudem ein äußerst feinfühliger Mensch. Und wie jetzt ihr Schüler vor ihr steht, dünner noch als damals, als er ihre Klasse das erste Mal betrat, erkennt sie sofort, dass George Hunger hat. Er hungert danach, mehr zu lernen, natürlich, aber er hungert auch nach Brot. Beides braucht er, um zu leben. »George, seien Sie ehrlich zu mir! Könnte es sein, dass Sie mich deshalb um Arbeit bitten, weil Sie kein Geld haben und sich nichts zu essen kaufen können?«

George schluckt. Er wollte es ihr nicht erzählen, nun erzählt er es ihr doch. »Madam, ich möchte niemandem zur Last fallen. Darum habe ich eine Wäscherei. Aber es kommt niemand. Kein einziger Kunde. Ich verstehe nicht, woran es liegt.«

Miss Budd erschrickt. Sie lässt sich jedoch nichts anmerken. Nüchtern wie eine Detektivin versucht sie zu entschlüsseln, was vorgefallen sein könnte. Eine Wäscherei am College, in die niemand kommt, erscheint ihr geradezu unvorstellbar. Wo doch die Studenten immerzu schmutzige Wäsche haben und gewiss froh sind, wenn einer ihre Sachen für sie in Ordnung bringt.

»Wem haben Sie denn von Ihrer Wäscherei erzählt?«

»Ich sagte es Professor Holmes. Er versprach, es seinen Studenten weiterzusagen …«

»Ah, Mister Holmes! Nun wird mir manches klar.« Jetzt lächelt sie wieder. »Lassen Sie das Holzhacken und kommen Sie unbesorgt weiterhin in meinen Unterricht. Ich kümmere mich um alles Weitere.« Damit entlässt sie ihn.

Wenige Stunden später klopft es an Georges Tür. Ein

Haufen junger Leute poltert herein. Es sind allesamt Studenten aus dem College, und in den Händen halten sie ihre Jacken, Hemden und Hosen. Sogar ein paar löchrige Socken haben sie angeschleppt und wollen wissen, ob George sie für sie stopfen kann. Im Nu hat sich die Anzahl seiner Aufgaben vervielfacht. Und die der Münzen in seiner Blechbüchse auch.

Schon am nächsten Tag klopft es wieder an der Tür. Wieder stürmen die Studenten herein. Diesmal bringen sie keine Kleider mit. Diesmal schleppen sie Möbel an, ein Bett, einen Tisch, einen Schrank. Es ist ihnen aufgefallen, wie wenig George besitzt, als sie gestern da waren. Nur ein Bügelbrett und einen Waschtrog, ein paar Steine auf dem Fenstersims, ein Akkordeon in der Ecke und an den Wänden hängen viele Bilder. Nun haben sie Geld gesammelt und alles, das sie für nötig halten, wenn man anständig wohnen will, für George gekauft. »Du bist schließlich kein Kalb, das auf Stroh schlafen kann!«, scherzen sie und rücken noch zwei Stühle an den Tisch.

Da bleibt George nichts anderes übrig, als ihnen zu danken. »Ich weiß nicht, was ich sagen soll«, stammelt er. »Ich bin … gerührt!« Und er nimmt seine Stickereien aus dem Koffer und breitet sie über den Tisch und weil es so viele sind, hängt er sie außerdem noch neben die Bilder an die Wand. Sogar ein Nachtkästchen hat er. Darauf legt er die Bibel mit dem schwarzen Ledereinband, das Taschenmesser und die blaue Fibel von Tante Susan.

George freut sich.

Seine Wäscherei bringt ihm bald mehr ein, als er zu hoffen wagte. Der Unterricht ist jedenfalls gesichert. George fühlt sich wie ein Ehrenmann. Als lebte er auf großem Fuß.

Seine Wohnung hält er für einen Palast und für mehr als Rindertalg und Maisküchlein zum Essen reicht es allemal.

Er denkt ohnehin kaum ans Essen. Zumindest wenn er an der Staffelei steht, vergisst er das meiste um sich her. Nur Sophia Liston vergisst er nicht. Wenn Mrs. Liston neben ihm malt, schielt er oft zu ihr hinüber. Dann lässt er den Pinsel auch mal sinken und spricht mit ihr.

»Das Braun, das Sie verwenden, ist wunderschön. Es erinnert mich an Rembrandt«, bewundert er ihr Gemälde. »Wie geheimnisvoll es glänzt! Als käme es aus einer anderen Zeit. Und wie gekonnt Sie Ihr Blau mischen! Es gefällt mir sogar besser als das traumwandlerische Mitternachtsblau von Maxfield Parrish, das mich bislang immer so begeistert hat.«

Er sagt es nicht laut, aber er denkt es: George nennt Mrs. Liston im Stillen seinen *Engel.* Denn wie ein Engel kommt sie ihm vor, wenn sie neben ihm steht. Eine Lichtgestalt ist sie. Hübsch wie ein Bild. Aber wie ein Bild bleibt sie auch fern und unberührbar. Nie würde er es wagen, sie anzufassen. Selbst wenn sie unversehens in seiner Wäscherei auftauchte. So wie jetzt.

»Hallihallo, George, wo sind Sie?«, flötet sie und steht plötzlich mittendrin zwischen all seinen Stickereien, den gehäkelten Tüchern, den Deckchen aus Seide und Samt über dem Tisch und an den Wänden. Mittlerweile sind es noch weit mehr geworden. Die gesamte Wäscherei ist übersät davon. »Um Himmels Willen, George! Was um alles in der Welt fangen Sie mit all diesen vielen Sachen an?« Sie sieht sich um, läuft mal hierhin, mal dorthin, fühlt und sieht und staunt. Dann wendet sie sich zu ihm. »Sie leben doch alleine, George. Für wen machen Sie das bloß?«

Sie will es wissen, er sieht es ihr an, und obwohl er nie darüber nachgedacht hat, kommt seine Antwort verblüffend schnell, als hätte sie die ganze Zeit auf seiner Zungenspitze gelauert: »Das mache ich für meine schwarzen Mitmenschen!«

Da ist es wieder so weit: Die Unruhe flattert zurück auf seine Schulter, sie raunt ihm ins Ohr und er merkt – obwohl er es schon lange nicht mehr gemerkt hat und glücklich ist wie nie zuvor in Indianola, weil er immerzu malen kann –, dass es noch etwas in ihm gibt, das ihn weiterschiebt. Als besäße er jetzt zwar ein Paar wunderschöner neuer Schuhe. Doch plötzlich drücken die neuen Schuhe, dass er eine Blase davon bekommt, wenn er noch länger darin herumwandert. Als würde Simpson doch nicht so gut zu ihm passen, wie er immer glaubte. So schön es hier auch ist: Es ist vermutlich nicht die Endhaltestelle.

In dieser Nacht träumt er wieder.

Auf einer Lichtung mitten im Wald blüht eine kleine rote Blume. Der Wind streicht durch die Bäume und wiegt ihr Köpfchen hin und her. Über ihr am Himmel glitzern die Sterne. Doch als George den Kopf in den Nacken legt und hinaufschaut, sind es keine Sterne, sondern Abertausend kleine rote Blumen und sie alle wollen wissen, ob er es schon herausgefunden hat. »Wie heißen wir? Wie heißen wir?«, rufen sie. »Verrat uns unsere Namen!«

Da wacht George auf.

Seit er in Simpson Kunst studieren darf, war er überzeugt davon, dass er einmal ein Maler werden würde.

Jetzt ist er sich nicht mehr so sicher.

ENTSCHEIDUNG AN DER STAFFELEI

George steht an der Staffelei. Eben malt er eine Apfelblüte, als die Tür des Ateliers auffliegt und Miss Budd herein stürmt, dicht gefolgt von einem Mann mit Hut, der ihr verblüffend ähnlich sieht. Vielleicht liegt es an dem Lächeln, das in beider Augen sitzt? Zielstrebig steuern sie auf George zu.

»George, darf ich Ihnen meinen Vater vorstellen?« Miss Budd zeigt auf den Mann an ihrer Seite. Der Mann gibt George die Hand und zieht den Hut vom Kopf. »Das ist Mister Joseph Lancaster Budd. Er ist Professor am Landwirtschaftlichen College in Ames, fünfzig Meilen entfernt von hier. Dort unterrichtet er Gartenbau. Ich habe meinem Vater Ihre Bilder gezeigt.«

»Oh, Gartenbau«, murmelt George. »Sehr erfreut, Sir!« Nun wundert er sich nicht mehr, warum er sein Bild einer Kakteenveredlung, um das ihn Miss Budd einmal bat, schon etliche Wochen nicht mehr gesehen hat.

»Ich freue mich auch, Sie endlich persönlich kennenzulernen, Mister Carver!« Professor Budds Händedruck ist kräftig und herzlich wie bei einem Mann, der seine Arbeit liebt und gerne zupackt. Dann zeigt er auf das Bild, an dem George gerade malt. »Ihre Gemälde gefallen mir außerordentlich gut. Auch dieses hier ist wunderschön. Man merkt sofort, über welch tiefgreifende Kenntnis der Pflanzenwelt Sie verfügen. Ja, es ist offensichtlich: Sie besitzen ein umfassendes Verständnis für alles, was wächst. Darauf stößt man hierzulande selten.«

»Oh, danke, Sir, aber das ist zu viel des Lobs«, stammelt George und plötzlich fängt sein Herz wieder zu klopfen an, als ahnte es, dass gleich etwas Ungewöhnliches geschehen wird und es reichlich Kraft braucht dafür. Außerdem beeindruckt es George sehr, dass plötzlich ein Professor für Gartenbau vor ihm steht. Zumal er Miss Budds Vater ist. Sicherlich weiß Professor Budd eine Menge über Pflanzen. »Dieses Bild ist nur eine schlichte Studie und wirklich nichts Besonderes.« Verlegen senkt George den Blick und schaut auf seine Schuhe. Jetzt merkt er es selbst: Seine Schuhe sind alt. Die Nähte gehen auf. Das Leder wirkt verblichen und spröde. Es ist lange her, dass George sich neue Schuhe gekauft hat. Aber neue Schuhe sind teuer. »Es ist wirklich zu freundlich von Ihnen, mir all dies zu sagen.«

»Das sage ich nicht, weil es freundlich klingt, Mister Carver. Ihre Bilder sind gut. Das ist eine Tatsache. Und Ihre botanischen Kenntnisse sind es auch. Sie sind mehr als das. Sie sind hervorragend. Aber in der Tat bin ich nicht lediglich darum hergekommen, um Sie zu loben, auch wenn ich es gerne tue.« Die Schülerinnen ringsum spitzen die Ohren. Mrs. Liston, die neben George an ihrer Staffelei malt, lässt den Pinsel sinken, damit sie besser hören kann. »Ihre Gemälde sind auffallend sorgfältig gearbeitet, Mister Carver. Jedem, der sie anschaut, muss das auffallen. Aber seien wir ehrlich: Die Bäuche der Menschen füllen Ihre Bilder nicht. Vermutlich werden Sie nicht einmal Ihren eigenen Bauch satt davon bekommen. Es ist sehr schwer, als Künstler zu bestehen, auch für einen weißen Künstler. Aber gänzlich aussichtslos erscheint es mir, wenn man, nun ja, Sie wissen schon, wenn man schwarz ist, so wie Sie. Ich denke, Sie sollten sich gut überlegen, ob Sie Maler werden wollen oder ob Sie nicht lieber mit mir nach Ames kommen. Am *Iowa State College* könnten Sie Landwirtschaft studieren und Ihr

Verständnis für die Pflanzenwelt vertiefen. Das Wissen, welches Sie sich dadurch erwerben, wird gewiss vielen Menschen helfen, dass sie müheloser leben können.«

Eine Weile ist es mucksmäuschenstill in Miss Budds Atelier. Als dächten alle Köpfe gleichzeitig über Mister Budds ungewöhnliches Angebot nach. Aber kein Kopf bedenkt es so sehr wie Georges. Professor Budd hat recht. Ein Bild, das an einer Wand hängt, mag den, der es ansieht, glücklich machen. Aber den Bauch dessen, der es sieht, füllt es nicht. Und George weiß, dass die meisten seiner schwarzen Mitmenschen, wie er sie Mrs. Liston gegenüber nannte, einmal Sklaven waren und nach wie vor kaum von der Arbeit auf den Feldern leben können, weil der Boden sie nicht nährt. Dass sie hungern, obwohl sie schuften ohne Unterlass. Das hat ihm Tante Mariah erzählt. Und später Tante Lucy. Und das könnte vielleicht anders sein, wenn er selbst mehr von der Erde und den Pflanzen, die auf ihr wachsen, versteht und es ihnen erklärt.

Da fällt ihm auch wieder der Traum ein. Wie der Himmel voller kleiner roter Blumen hing und alle fragten ihn: »Wie heißen wir?« Und er wusste es nicht. Wird er es in Ames herausfinden? Stehen dort die Schuhe, in denen er laufen soll?

Er sieht zu Miss Budd. Sie nickt. Dann schaut er Mrs. Liston an. In ihren Augen liest er die Antwort, die er Professor Budd geben wird. Ihre Augen fragen: »Erinnern Sie sich an das, was Sie mir bei meinem Besuch in Ihrer Wäscherei sagten?« Ja, er erinnert sich. Es ist alles für meine schwarzen Mitmenschen, hat er erklärt und es ernst gemeint, auch wenn er sich damals über sich selbst wunderte. Aber nun versteht er, warum er das sagte.

Langsam schraubt George den Deckel der Farbtube zu. Langsam legt er den Pinsel, mit dem er eben noch das Weiß der Apfelblüte betupft hat, weg. Dann wendet er sich an Professor Budd. »Ich danke Ihnen, Sir, dass Sie den weiten Weg gekommen sind, um mich an Ihr Institut einzuladen«, sagt er. »Es wird mir eine Freude sein, in Ames Landwirtschaft zu lernen.«

DAS ESSEN IM KELLER

Wieder packt George seine Sachen. Er packt die beiden Glitzersteine. Er packt Tante Susans Fibel. Das Taschenmesser, das er in der Wassermelone fand. Tante Mariahs Lederbibel. Seine Stickereien. Seine Bilder. Und das Akkordeon.

Es ist Mai, die Kalender zeigen das Jahr 1891, als ihn der Zug auf einem einsamen Bahnsteig in Ames ausspuckt. Jetzt ist George Student am *Iowa State College*, doch hätte er kaum ungünstiger eintreffen können. In Ames fängt das Semester im Februar zu George Washingtons Geburtstag an und endet erst im November, wenn ganz Amerika das Erntedankfest feiert. Darum haben die Studenten längst mit ihren Kursen begonnen. Die Gemeinschaftsunterkünfte sind allesamt belegt und für etwas anderes reicht Georges Geld nicht aus.

Als der Dekan der Landwirtschaftlichen Fakultät Professor Wilson von Georges misslicher Lage erfährt, brüllt er nach seiner Sekretärin, dass die Wände wackeln. »Lassen Sie sofort mein Büro räumen und diesen jungen Mann bei mir einziehen, Miss Hopkins!«, verlangt er. Schon hat Professor

Wilson seine Papiere vom Schreibtisch gefegt und sich ein paar Aktenordner untergeklemmt. »Ich glaube nicht, dass Mister Carver nach Ames gekommen ist, um auf einer Parkbank zu frieren. Oder dass er seine wertvolle Zeit mit unnötiger Zimmersuche verschwenden möchte. Ich wünsche noch einen angenehmen Tag!«

George kann sein Glück kaum fassen. Während Professor Wilson samt seiner vielen Bücher ein Stockwerk höher wankt, sieht er zu den großen Fenstern, als könnten sie ihm erklären, was soeben geschehen ist. Die Maisonne funkelt durch die Scheiben. Seine Koffer hält er noch in den Händen. »Nun packen Sie schon aus, Mister Carver!«, lacht Miss Hopkins. »Sie sollen ja hier wohnen.« Da nimmt George seine beiden Glitzersteine und legt sie aufs Fensterbrett. Und ein gehäkeltes Deckchen hängt er daneben.

Dass solch ein Mann in solch gehobener Stellung Platz macht für einen unbekannten Schüler, der obendrein der einzige Schwarze ist am gesamten Institut, verwundert George über alle Maßen. Als er aber Professor Wilson näher kennenlernt, wundert er sich weniger. Der Professor ist nicht nur ein hervorragender Lehrer, der weit mehr vom Boden versteht als manch ein Bauer. Er leitet auch eine Bibelstunde, zu der die Studenten schwärmen wie die Hummeln zum Klee. Erhebt er sich dann würdevoll aus seinem Sessel, um eine Stelle aus der Bibel vorzulesen, meint George, er hätte ihr geradewegs selbst entstiegen sein können. Wie einer ihrer Patriarchen kommt er ihm vor, als wäre er der Erzvater Abraham, und in der Tat kümmert sich Professor Wilson väterlich um einen jeden seiner Zöglinge, obgleich er ein recht strenger Vater ist. Georges abgenutzte Schuhe bemerkt er jedenfalls sogleich. Er kramt in seiner Jackentasche und drückt George ein Bündel Geldscheine in die Hand. »Kaufen Sie sich ein Paar neue Schuhe!«, knurrt er und schiebt George fort, als er zögert. »Was stehen Sie noch hier herum? Machen Sie es sofort!«

Es tut George gut, dass sich Professor Wilson um ihn kümmert. Doch an einer Sache ändert auch ein Herr Professor nichts, und diese eine Sache bedrückt George sehr. Denn zwar bewohnt er nun eine prachtvolle Amtsstube, mit den anderen Studenten im Speisesaal essen darf er darum dennoch nicht. Sie nennen ihn einen *Darky*, einen Dunkelhäutigen, und mit *Darkies* essen Weiße nie und nimmer. Nicht, dass sie je darüber nachgedacht hätten, ob es einen Sinn ergibt, dass sie neben ihm sitzen, wenn sie mit ihm lernen, nicht jedoch, wenn sie mit ihm essen. Aber zum Nachdenken sehen sie keinen Anlass. Was immer schon so war, hinterfragt man nicht. Wozu auch? Die Ungerechtigkeit dessen, was die Mehrheit einer Minderheit antut, spüren nur die, welche sie trifft. Die aber sind oft zu schwach, zu leise und zu wenige, als dass sie sich dagegen wehren könnten.

George will nicht, dass es ihn kränkt. Es kränkt ihn aber doch.

Schließlich schreibt er Mrs. Liston einen Brief.

Meine liebe, sehr verehrte Mrs. Liston!

Wie sehr ich Sie vermisse!

Wenn Sie wüssten!

George lässt den Stift sinken und starrt betrübt auf die Reihe von Ausrufezeichen, die er hinter jede Zeile gesetzt hat. Unbeholfen kommt ihm vor, was er geschrieben hat. Und lächerlich. Als wäre er ein Vogeljunges, das nach Futter piepst, weil es sich nicht selbst versorgen kann. Und so ist es wohl auch. Hilflos fühlt er sich. Beinahe ohnmächtig. Aber genau darum schreibt er ihr ja jetzt. Da atmet er tief ein und wieder aus und schreibt weiter.

Endlich lerne ich, wie die Blumen, die ich immer gemalt habe, heißen. Warum sie wachsen, wie sie wachsen. Woran es liegt, wenn sie es nicht tun. Das ist wunderbar und es könnte sicherlich vollkommen sein, wenn sie mich nicht zum Essen in den Keller stecken würden, weit, weit weg von all den anderen Studenten. Als wäre ich schmutzig oder hätte eine ansteckende Krankheit. Vielleicht denken sie ja, ich wäre gefährlich – wie ein giftiger Pilz? Dann müssten sie mich allerdings mit ins Labor nehmen und untersuchen, wie wir es hier andauernd machen mit allen möglichen Pflanzen, die wir noch nicht verstehen. Da würden sie bald einsehen, dass ich gar nicht so verschieden bin wie sie. Nur meine Haut schaut ein wenig dunkler aus als die ihre. Das ist alles.

Ich weiß nicht, meine liebe Mrs. Liston, bitte sagen Sie es mir: Bin ich zu empfindlich? Oder ist es ungerecht, dass sie mich nicht mit sich essen lassen?

Mit bekümmerten Grüßen
Ihr trauriger George W. Carver

DAS ZUHAUSE IM KOFFER

Mrs. Liston meint nicht, dass George zu empfindlich ist.

Sie hält es für eine Unverfrorenheit, die augenblicklich beseitigt gehört. Bereits mit dem nächsten Zug reist sie an.

»Hallihallo, George, wo sind Sie?«, flötet sie durch den Flur, dass sich die Studenten verdutzt nach ihr umdrehen. »Nun, mein Lieber. Was sagen Sie jetzt?«

»Aber, liebe Mrs. Liston!«, stammelt George, »was um alles in der Welt machen Sie hier?«

»Ich besuche Sie. Das sehen Sie doch!« Ihre Wangen sind leicht gerötet von der langen Fahrt, und sie trommelt ungeduldig mit der Spitze ihres Sonnenschirms auf die Holzdielen. »Worauf warten Sie noch? Ich bin schließlich nicht hierhergekommen, um den Tag im Flur zu verbringen, auch wenn es zugegebenermaßen ein recht hübscher Flur ist. Auf und vorwärts! Zeigen Sie mir Ihren paradiesischen Tempel des Lernens, von dem Sie immer so schwärmen!«

Da führt er sie als Erstes zu den Gewächshäusern. Die Gewächshäuser sind sein liebster Ort. In einer langen, schnurgeraden Reihe wachsen in schweren Terrakottatöpfen mehrere Kakteen. Ihre Spitzen sind abgeschnitten und auf den glatten Flächen wachsen andere, an ihren Wurzeln abgeschnittene Kakteen.

»Man nennt das Pfropfen«, erläutert George. »Langsam wachsende Kakteen werden auf schnell wachsende gesetzt, um ihr Wachstum zu beschleunigen. Oder weil man sie schützen möchte, wenn ihre Wurzeln krank sind. Dadurch können wir außerdem herausfinden, ob sich die Kraft einer Pflanze auf eine andere übertragen lässt. Mit Obstbäumen oder mit Wein macht man das genauso.«

»Wie aufregend«, ruft Mrs. Liston. »Aus zwei Pflanzen entsteht auf diese Weise eine einzelne!«

»Genau«, lächelt George, »wobei die neue Pflanze die Eigenschaften der beiden vorherigen in sich vereint.«

»Aha, lieber George, allmählich begreife ich, warum Sie das alles so begeistert.« Mrs. Liston wirbelt ihren Sonnenschirm im Kreis. »Es sieht zudem ganz danach aus, als hätten Sie bereits eine Menge neuer Pflanzen erfunden!«

»Aber das sind längst nicht alle! Warten Sie erst, bis Sie meine Amaryllen sehen! Die Amaryllen sind unübertrefflich!« Nun gerät George ins Schwärmen. Die Amaryllen sind sein Steckenpferd. »Erinnern Sie sich noch, wie wir beim Malen die Farben, die wir aus den Tuben pressten, auf unseren Paletten zu immer neuen Farbtönen mischten? Immer hofften wir, noch eine Färbung zu entdecken. Warum sollte das nicht auch mit den Zwiebeln und Knollen einer Pflanze gelingen? Oder man bestäubt die Blüte einer gelben Rose mit einer roten. Stellen Sie sich nur die Farben vor, die dann in unseren Gärten leuchten würden! Vom blassesten Rosa bis zum strahlendsten Purpur wäre alles darunter. Noch dazu ist es vollkommen einfach: Wir brauchen bloß zuzugreifen bei dem, was uns die Natur so reichlich anbietet!«

»Ach, du meine Güte, George!«, lacht Mrs. Liston. »Ich sehe in der Tat schon regenbogenfarbene Amaryllen aus Ihren Augen sprießen. Aber jetzt habe ich Hunger. Es müsste längst Mittag sein.«

»Oh, bitte verzeihen Sie! Wie unachtsam von mir.« George schüttelt fassungslos den Kopf. »Da rede ich und rede und vergesse darüber vollkommen, Sie zum Speisesaal zu führen!«

Doch Mrs. Liston will nicht in den Speisesaal. Sie besteht darauf, mit George in den Keller zu gehen, wo er mit den Angestellten des Instituts isst.

Das behagt dem Vorsteher des Speisesaals ganz und gar nicht. Empört stellt er sich ihnen in den Weg. »Aber nicht doch, meine gnädige Frau! Selbstverständlich dürfen Sie im Speisesaal speisen. Diese Regelung gilt nur für Schwarze. Für solche wie ihn.«

Mrs. Liston beeindruckt das nicht im Geringsten.

»Was reden Sie da bloß für einen Unsinn«, ruft sie und hebt ihren Sonnenschirm, als wollte sie den Mann beiseite piksen. »Worin sollte der Unterschied bestehen zwischen ihm und mir? Wir brauchen beide etwas zu essen, und wenn er dafür in den Keller gehen soll, gehe ich mit.«

Er muss sie ziehen lassen. Unten im Keller wird es eine vergnügliche Runde zwischen den Küchenjungen, den Putzfrauen, Dienstmädchen und George und Mrs. Liston mittendrin. Zum ersten Mal, seit er in Ames angekommen ist, fühlt sich George nicht länger abgeschoben, sondern wie einer, der dazugehört. Hat er nicht stets gewusst, dass Mrs. Liston sein Engel ist? Nun sorgt sie erneut für ihn. Oben im Speisesaal aber sehen sie einander erschrocken an. Plötzlich begreifen sie, was sie George antun, wenn sie ihn in den Keller verbannen und ihnen bleiben die gebutterten Maiskolben im Hals stecken.

Als Mrs. Liston am Abend abreist, hat der Aufseher die Regeln geändert: Künftig darf George mit den anderen Studenten im Speisesaal an einem Tisch sitzen.

Zunächst beäugen sie ihn argwöhnisch. Sie wissen nicht, was sie mit ihm anfangen sollen. Dann aber bricht einer das fremdelnde Schweigen. »Man erzählt sich, dass du einen dieser berüchtigten Schneestürme in Kansas überlebt haben sollst, George«, sagt er.

»Ja, das habe ich auch gehört«, stimmt ein anderer mit ein. »Hattest du denn keine Angst, als es immerzu weiterschneite?«

»Doch, durchaus«, gibt George zu. Er hat von den Siedlern in der Großen Amerikanischen Wüste gelernt, wie man Geschichten spinnt, dass die anderen mit den Ohren schlackern. »Wenn du nicht vorbereitet bist, erwischt es dich eiskalt.«

Sie lachen. »Eiskalt trifft es fraglos!«, ruft einer.

»Erzähl!«, rufen die anderen.

»Als ich morgens aufwachte und sah, wie die Mäuse in meinem Erdhaus mit Pudelmützen über den Köpfen auf den vereisten Pfützen Schlittschuh fuhren, begriff ich, dass ich mir schleunigst dicke Wollsocken stricken musste, wenn ich nicht erfrieren wollte.«

Wieder lachen sie. Denn sie haben schon festgestellt, wie geschickt er mit Nadel und Faden umgehen kann.

Jetzt wollen sie mehr erfahren. Viel mehr. George weiß allerhand und hat schon einiges erlebt. Der Tisch, an dem er sitzt, wird zum beliebtesten Tisch im ganzen Speisesaal.

Kurz darauf führt er ein Spiel ein.

Wann immer einer etwas will, sei es Zucker, Salz, Brot oder Kartoffeln, muss er es bei seinem lateinischen Namen nennen. Sonst bekommt er nichts. So geht das nun mal zu bei denen, die Landwirtschaft studieren: Sie lernen die Namen der Pflanzen und Dinge und sie lernen die Namen der Pflanzen und Dinge auf Latein, auch wenn keiner diese Sprache mehr spricht, allenfalls die Pfarrer und eine Handvoll Lehrer vielleicht und eben die Wissenschaftler und solche, die es werden wollen, wie die Studenten, die mit George an einem Tisch sitzen. »Darum ist es eine gute Übung«, sagt George.

Die Kartoffel heißt *Solanum tuberosum*.

Das Brot *Triticum vulgare*.

Manchmal verändert George sein Spiel. Dann will er die chemische Formel wissen. Das halte die Gehirnzellen geschmeidig, sagt er, zumal Chemie für einen Studenten der

Landwirtschaft unbedingt dazugehöre. Auch die Chemie ist – wie Latein – eine Art geheime Sprache, die den Dingen einen neuen Namen gibt: Wasser heißt H_2O, Salz nennt sich NaCl. Das liegt daran, dass alle Dinge aus verschiedenen Bausteinen bestehen. Die Bausteine heißen Moleküle und sie sind so winzig klein, dass man sie mit bloßem Auge nicht erkennen kann. Selbst das Wasser, das doch unverkennbar einheitlich in den Krügen auf den Tischen schwappt, setzt sich aus mehreren Stoffen zusammen: Zweimal Wasserstoff. Einmal Sauerstoff. So ist das. Und wieder lachen sie, weil manch einer auf diese Weise statt des Brotes, um das er bat, eine Gabel erhält. Aber zum Glück ist George gütig. Er flüstert ihnen die Namen und Formeln zu; darum muss keiner hungrig bleiben.

Der Speisesaal verwandelt sich. Er wird zum Klassenzimmer, und George sitzt mittendrin, als wäre er der Lehrer. Aber auch George lernt viel. Er studiert jetzt Botanik, Zoologie, Chemie, Gartenbau und Landwirtschaft. Nebenbei singt er. Er singt im Chor. Er singt in einem Quartett. Er ist Mitglied der literarischen Gesellschaft. Er besucht den Debattierclub. Er lernt Deutsch. Er spielt Theater. Außerdem übt er mit den Sportlern des Instituts, damit sie schneller laufen, höher springen, weiter werfen. Werden sie müde, knetet er ihre erschlafften Muskeln. »Niemand hat solch begnadete Hände wie du, George«, seufzen sie und es fehlte nicht viel, sie schnurrten wie die Katzen.

Eines Tages ruft General Lincoln George zu sich. General Lincoln ist der Kommandeur der Nationalgarde. Weil der Staat das College in Ames mit Geldern fördert, erwartet er auch von seinen Studenten, dass sie für ihn kämpfen, jedenfalls dann, wenn er es verlangt. Darum gehört jeder

Student zu einem Regiment, auch George. Das geht aber nur, weil George jetzt aufrecht geht, statt immer nur gebeugt wie bisher. Er hat es geübt. Eisern. Unerbittlich. Die Arme auf dem Rücken verschränkt, einen Stock dazwischengeschoben, ist er jeden Morgen gewandert. Zwei Meilen ohne anzuhalten. Nie hat er sich gebückt, auch wenn ihn etwas noch so mächtig lockte. Kein Blatt, keinen Stein und keine einzige Blume hat er aufgehoben. Bis sich der krumme Rücken streckte und er nun stocksteif steht, wenn General Lincoln die Kommandos brüllt. Der General ernennt George zum Kapitän. Das ist der höchste Rang, den ein Student in einem Regiment erreichen kann. »Ich könnte nicht stolzer sein«, knurrt General Lincoln und heftet George einen Orden an den Jackenkragen. Anerkennend schlägt er die Hacken zusammen. Das ist seine Art, zu grüßen. Es ist eine Ehrerbietung.

Unvermittelt steht das Erntedankfest vor der Tür. Die Winterferien rauschen heran. Das College leert sich. Die Studenten reisen heim zu ihren Eltern. George hat keine Eltern, zu denen er fahren könnte. Da erinnert er sich. Natürlich. Es gibt Orte, an denen man sich so wohlfühlt, dass auch sie zu einem Zuhause werden – selbst wenn dort keine Eltern wohnen.

George geht zum Bahnhof und kauft sich eine Fahrkarte. Er fährt nach Indianola. In der Hand hält er den Koffer, den er seit seiner Ankunft in Ames nicht einmal zu öffnen wagte. Als hätte er befürchtet, er könnte an seinem Entschluss, Landwirtschaft zu studieren, zweifeln, sobald er seinen Inhalt sieht.

In dem Koffer ruhen, gut verpackt und fest verstaut, seine Pinsel, Farbtuben und die Palette von einst. Jetzt holt er sie wieder hervor. Mal sehen, was er diesmal für Bilder malen wird. Nun, da er weit mehr von den Pflanzen versteht als zuvor.

GEMÄLDE AUF REISEN

»Wie bezaubernd, dass Sie uns besuchen, lieber George! Seien Sie herzlich willkommen!« Miss Budd stößt die Tür zum Atelier weit auf. Sie freut sich, dass ihr ehemaliger Schüler die Winterferien in seiner alten Malklasse verbringen will. Auch wenn sie sich nicht sicher ist, was sie George noch beibringen soll. Sogar die Staffelei steht noch für ihn bereit, als hätte sie die ganze Zeit auf George gewartet.

George klappt den Koffer auf. Der Geruch der Ölfarben steigt ihm in die Nase. Er öffnet eine Tube, presst die Farbe auf die Palette. Er nimmt einen Pinsel. Die Leinwand ist schon grundiert. Er tunkt den Pinsel ein und malt. Nachdenken muss er nicht, was er malen will. Er malt natürlich Blumen.

Als Erstes malt er die Rosen, die er in Mrs. Baynhams Garten in die Sonne pflanzte. Danach tupft er eine Vase auf die Leinwand und steckt einen Strauß bunter Wiesenblumen hinein: Storchschnabel, Primeln, Johanniskraut, Schafgarbe. Als Nächstes malt er die Pfingstrosen, denen er in Mrs. Milhollands Wohnzimmer mit ein paar Farbklecksen zum Blühen verhalf. Dann aber sieht sich George um. Aus der Ecke kramt er die größte Leinwand, die er auftreiben kann, und stellt sie auf die Staffelei. Die Leinwand ist so groß, dass ihr Rahmen bis an sein Kinn reicht, wenn er daneben steht. Er hat sie für eine besondere Pflanze vorgesehen: die stattliche Kerzenpalmlilie, die er in der Großen Amerikanischen Wüste entdeckte und mit dem Bleistift zeichnete, jene wundersame *Yucca gloriosa*, an die er sich so gut erinnert, weil er sie jeden Tag ein Stückchen weiterwachsen sah auf seinem Acker, auf dem sonst nichts wuchs. Nun malt er sie in Öl.

Dem Bild gibt er einen Titel. Er nennt es: *Die Yucca-Pflanze*. Als wäre es die Überschrift in einem Buch.

Noch einmal nimmt George einen Pinsel, es ist ein besonders feiner, dünner. Er tunkt ihn in schwarze Farbe und schreibt seinen Namen unter die Blütenpracht: *George Washington Carver.* Schwungvoll. Ohne abzusetzen. Das ist seine Unterschrift. Die Signatur eines Malers.

Es werden seine vier schönsten Gemälde.

Aber die Kerzenpalmlilie übertrifft sie alle.

Miss Budd steht staunend davor und weiß sofort: »George, es wäre eine Sünde, wenn niemand außer uns Ihre wunderbaren Bilder sehen würde. Ich werde Sie zur Ausstellung in Cedar Rapids anmelden!«

»Aber, Miss Budd!«, ruft George erschrocken aus und dann sagt er nichts mehr und denkt erst einmal nach. Rasend schnell. Es ist nämlich in diesen Tagen üblich, dass ein Künstler seine Bilder, die er auf einer Ausstellung an die Wände hängt, begleitet. Dabei darf der Künstler jedoch nicht weniger schick aussehen als die Bilder, die er zeigt. Ein gepflegter Anzug gehört mindestens dazu. Ein schmucker Hut. Und vor allem schöne blanke Schuhe.

Schickaussehen kann George nicht.

Die Schuhe sind zwar neu. Dank an Mister Wilson! Der Rest ist weit davon entfernt: Die Jacke schimmert fadenscheinig. Die Hose schlabbert verschlissen um die dünnen Beine. Die Krawatte schillert in unbestimmter Farbe. Die Socken hat er schon fünfmal geflickt.

»Ich danke Ihnen, Miss Budd. Es freut mich außerordentlich, dass Ihnen meine Bilder gefallen«, stammelt George. »Außerdem berührt es mich, dass Sie mir eine Ausstellung zutrauen. Ich weiß gar nicht, was ich dazu sagen soll. Aber ich fürchte, es geht nicht. Ich will ehrlich sein. Ich weiß schließlich, dass ich Ihnen nichts vormachen kann. Eine derartige Reise kann ich mir nicht leisten. Denn allzu viel hat sich leider nicht an meiner, nun, an meiner wirtschaftlichen Lage geändert, seit ich aus Indianola weggegangen bin.«

Ein paar Tage nach Weihnachten ist George wieder zurück in Ames. Er sitzt tief über seine Bücher gebeugt, während der Schnee vom Himmel wirbelt und das Land zudeckt.

Wie in Watte packt er alles ein.

George blättert eine Seite um. Er liest. Zumindest versucht er es. Denn beim Lesen muss er sich Mühe geben, nicht an die Gelegenheiten zu denken, die er versäumt, weil er sich die Gelegenheiten nicht leisten kann – wie zum Beispiel eine Reise zu einer Ausstellung, die er liebend gerne besuchen würde. Zum Glück muss er gleich los. Das lenkt ihn ab. Er darf Professor Bradys Haus putzen. Den Herrn Professor freut das, weil sein Haus dann sauber ist, und George freut es, weil er auf diese Weise etwas Geld verdient, damit er weiterstudieren kann. Auch für sein Essen und die Miete langt es danach wieder eine Zeit lang. Nicht aber zu ruhmreichen Reisen. Auch nicht zu neuen Anzügen. George seufzt. Er will nicht klagen oder gar undankbar sein – der Professor bezahlt ihn anständig. Obendrein hat er versprochen, eine Kutsche vorbeizuschicken, um George abzuholen.

Das ist sie schon.

George hört die Pferde vor der Tür schnauben.

»He, George, komm! Es geht los.«

Oben auf dem Kutschbock sitzen ein paar Studenten und grinsen verdächtig. Als würden sie einen Streich aushecken.

»Was zögerst du? Steig ein!«, locken sie. »Professor Brady wartet auf dich.«

Da nimmt George seinen Hut und steigt ein.

Aber als die Kutsche wieder hält, steht sie nicht vor Professor Bradys Haus. Über diesem Haus hängt ein Schild, auf dem mit großen, beunruhigenden Buchstaben *Herrenausstatter* geschrieben steht.

Sie zerren ihn aus der Kutsche und schieben ihn zur Tür.

»Was soll das? Was macht ihr?«, ruft George und merkt, wie ihn die Panik anspringt. »Bitte bringt mich zu Professor Brady. Ich habe versprochen, dass ich bei ihm putze …«

Sie lachen nur und schubsen ihn in den Laden. Eilig kommt der Besitzer angelaufen, bringt – als habe er sie längst erwartet – Hemd, Krawatte, Socken und einen hübschen braunen Anzug, alles in Georges Größe. Sie streifen es George über und hängen ihm noch einen Mantel um. Es steht ihm ausgezeichnet. »George, du siehst fabelhaft aus«, rufen sie. »Und es sitzt wie angegossen!«

»Ich kaufe nichts«, jammert George. »Ich kann mir das nicht leisten!« Aber sie setzen ihm einfach einen Hut auf den Kopf und lachen umso mehr.

»Hör endlich auf zu zetern und freu dich lieber!«, schimpfen sie. »Es ist alles längst bezahlt. Darum verhalte dich jetzt auch deiner schicken Kleidung angemessen und außerdem wie ein echter Künstler. Denn du fährst mit deinen Bildern zur Ausstellung nach Cedar Rapids!«

Sie schieben ihn zurück in die Kutsche, die Pferde traben an und als sie diesmal halten, stehen sie vor dem Bahnhof. Vom Bahnsteig winken Professor Wilson und Professor Budd und wedeln mit einer Fahrkarte in der Hand. Da wird es plötzlich still. »Lieber Mister Carver«, sagt Professor Wilson feierlich und streicht sich durch den langen Bart, dass der lange Bart knistert. »Wir sind sehr stolz, dass es an unserem Institut einen famosen Maler gibt. Dieser famose Maler sind Sie. Noch stolzer macht es uns, dass Sie mit Ihren Gemälden unser Institut bei einer so bedeutenden Ausstellung wie jener in Cedar Rapids vertreten werden. Zeigen Sie der Welt, was Sie zu zeigen haben. Wir wünschen viel Glück, Gelingen und nur das Allerbeste!«

»Danke, meine Herren«, stammelt George und er ist froh, dass er überhaupt etwas sagen kann.

Doch erst als er im Abteil sitzt, die Bilder gut verpackt zu seinen Füßen stehen und der Zug nach Cedar Rapids rollt, *klack, klack, klack, ratter, ratter, ratter*, begreift er, was geschehen ist: Welche Gunst sie ihm erwiesen haben. Was für ein großer Beweis ihrer Zuneigung ihm zuteilwurde. Es ist mehr als eine Geste. Es ist handfeste Freundlichkeit, die nichts berechnet. Alles haben sie für ihn bezahlt, und nicht nur das: Sie glauben an ihn.

George sieht aus dem Fenster. Vor dem Fenster wirbelt immer noch der Schnee. »Ich hoffe, ich enttäusche euch nicht«, murmelt er.

Aber George enttäuscht niemanden.

Jedes seiner vier Gemälde erhält einen Preis, und die Zeitungen in Iowa singen das Lob für den schwarzen Maler aus Ames. Georges stattliche Kerzenpalmlilie aber darf im nächsten Jahr zur Weltausstellung nach Chicago fahren. Dort wird sie neben den Werken anderer, namhafter Künstler zu sehen sein. Das ist mehr, als George zu hoffen wagte. Er freut sich sehr. Er ist glücklich. Aber noch glücklicher macht es ihn, dass die anderen ihm vertrauen. Sie achten und schätzen ihn.

Er schreibt es Mrs. Liston, seinem Engel.

Liebe Mrs. Liston,

vielleicht halten Sie mich für verrückt, wenn ich das sage: Aber endlich fühle ich mich wie ein richtiger Mensch!

Vielleicht weil ich mich nun selbst richtig fühle?

Das haben mir die Menschen in Ames gezeigt. Und Sie natürlich auch.

Ihr dankbarer, glücklicher George

Wie ein Verband legt sich die Freundlichkeit der anderen über alte Wunden. Der Schmerz von einst verblasst.

DER BLICK IN DIE TIEFE

Als George nach der Ausstellung aus Cedar Rapids ans Institut zurückkehrt, versenkt er sich noch gründlicher in seine Arbeit. Er ist wie ein Taucher, der immer tiefer taucht, weil er immer neue Schätze birgt. Schon so vieles hat er herausgefunden. Anderes dagegen nicht. Auch den Namen seiner kleinen roten Blume, die in den Ozarkbergen blüht, sucht er nach wie vor.

Es ist eine Zeit, in der sich viel verändert.

Auch in der Landwirtschaft.

Die Landwirtschaft ist zur Wissenschaft geworden. Das war sie bislang nicht. Nun haben die Menschen erkannt, wie wichtig es ist, dass sie den Boden, der sie nährt, verstehen. Professor Henry Wallace nimmt kein Blatt vor den Mund. Er sagt es deutlich: »Die Nation lebt nur so lange wie der Boden, den sie bebaut!« Damit meint er: Wer von der Erde leben will – und das müssen letztlich alle, weil kein Mensch ohne Nahrung leben kann –, muss der Erde geben, was die Erde braucht.

George versteht das gut. Vielleicht versteht es keiner besser als er. Es ist der Grund, weshalb er in Ames Landwirtschaft studiert, statt in Indianola Leinwände zu bepinseln. Weil er will, dass alle Menschen satt werden und leben können von ihrer Arbeit auf den Feldern. Besonders die schwarzen Bauern, die auf den Äckern des Südens schuften, ohne ausreichend Früchte zu ernten. Das bedeutet außerdem, dass George nachdenkt, wie er Getreide und Obstbäume und alle Sorten von Gemüse – Bohnen, Erbsen, Paprika – stark machen kann gegen alles, was sie am Wachsen hindert, sei es Kälte oder Hitze, Dürre oder Schädlinge. Bakterien zum Beispiel. Oder Pilze. Aber nicht solche, die man im Wald pflückt, um sie anschließend in der Pfanne zu schmoren. Die Pilze, mit denen sich George mehr und mehr beschäftigt, seit er für Professor Pammel arbeiten darf, sind winzig klein. Die meisten von ihnen erkennt man nicht mit bloßem Auge.

Diese Pilze begeistern George. Vielleicht weil er schon immer alles, was unauffällig und klein ist wie seine kleine rote Blume in den Ozarkbergen, geliebt hat? Er schaut es an. Und indem er es anschaut, macht er es groß.

Eintausendfünfhundert solch winziger Pilze hat George

bereits entdeckt. Fein säuberlich schreibt er sie auf. Und mit jedem neuen Tag kommen weitere dazu. Die Pilze halten George auf Trab. Immer fragt der Professor: »Ist das ein Pilz, George? Oder ist es eine Pflanze? Finden Sie es heraus!« Dann flitzt George los und legt, was er gefunden hat, unter ein Mikroskop.

So ein Mikroskop ist eine wundersame Erfindung. Ein wahres Meisterwerk aus ineinandergeschobenen Linsen, die, sobald das Licht in einem bestimmten Winkel darauf fällt, etwas sichtbar machen, das andererseits verborgen bliebe. In etwa, dass ein Blatt aus einem beeindruckenden Netzwerk aus Adern und Röhren besteht, als wäre es eine Fabrik, welche die Pflanze mit allem, was sie zum Leben braucht, versorgt.

Dennoch muss man auch in ein Mikroskop hineinsehen.

Das geht nur mit den Augen. Aber selbst das reicht nicht. Der Blick, den man in ein Mikroskop wirft, muss eine Frage sein. Denn immer fängt es mit den Fragen an. Und mit dem Staunen: Wie bist du gemacht? Wozu bist du da?

Dann reicht das Schauen weiter. »Es gibt weit mehr dort unten, als wir glauben«, murmelt George und beugt sich tiefer über das Mikroskop, als wollte er hineinkriechen. »Man muss es bloß suchen.«

Darum sucht er ständig weiter. Und findet immer mehr. Noch einen Pilz für Professor Pammel. Und noch einen.

DIE BLUME IM KNOPFLOCH

Hurra, geschafft! George lässt den Stift sinken. Dutzende engbeschriebene Seiten liegen vor ihm. Nun hat er seine Abschlussarbeit fertiggestellt. Damit ist er kein Student mehr. Die Arbeit trägt auch eine Überschrift. Sie lautet: *Die vom Menschen veränderte Pflanze*.

»Ihre Arbeit ist gut!«, sagt Professor Wilson und streicht sich durch den langen Bart, dass der lange Bart knistert.

»Sie ist sogar sehr gut!«, sagt Professor Budd und er nickt anerkennend, dass sein Hut wackelt.

»Meinen herzlichen Glückwunsch!«, sagt Professor Pammel und reicht George die Hand. »Nun haben auch Sie einen Titel, Mister Carver!«

Das stimmt: Künftig darf George sich einen *Bachelor of Science* nennen.

Bachelor klingt gut. *Bachelor* ist Englisch. Es bedeutet Junggeselle. *Science* ist auch Englisch und heißt Wissenschaft. Ein Junggeselle ist George und zwar in jeglicher Hinsicht: Keine Frau nah und fern, die er heiraten könnte. Er denkt nicht einmal daran, weil er keine Zeit zum Drandenken hat. Fragt man ihn, ob er nicht mal heiraten möchte, zuckt er mit den Schultern. Welche Frau, fragt er zurück, würde es schon mit einem Mann aushalten, wenn der Mann jeden Morgen um vier in den Wäldern verschwindet, um kleine Blumen zu betrachten, wie er es zu tun pflegt?

Das leuchtet ihnen ein, denn es stimmt: Nach wie vor hockt George morgens, wenn es noch dunkel ist, einsam und allein in den Wäldern, nur mit den Vögeln, den Blumen und Käfern an seiner Seite. Und natürlich mit Mister Creator, mit dem er spricht.

Trotzdem lieben ihn die Frauen.

Zur Zeugnisübergabe reist Mrs. Liston an. In der Hand hält sie einen Strauß mit roten Nelken. Sie funkeln wie ein Feuerwerk. »Das ist von Ihren ehemaligen Mitschülerinnen aus Ihrer alten Malklasse«, erklärt sie. »Und von Miss Budd und mir. Wir sind unendlich stolz auf Sie!«

Oben auf Georges Diplom steht ein Datum. *1894*. Vielleicht ist George jetzt neunundzwanzig Jahre alt. Vielleicht ist er auch dreißig. Oder schon einunddreißig. Das weiß niemand ganz genau. Denn niemand schreibt es auf. Es scheint auch niemanden zu kümmern. Jedenfalls fragt niemand danach, selbst jetzt nicht, obwohl es vielleicht wichtig wäre. Mit Sicherheit aber ist George der älteste Student, der je in Ames seinen Abschluss erhielt.

Der erste schwarze ist er zweifellos.

»Ich weiß nicht, wie ich Ihnen danken soll, liebe Mrs. Liston!«

»Danken Sie mir gar nicht, lieber George. Schließlich haben Sie sich all das selbst zu verdanken. Wenn Sie aber durchaus danken wollen, danken Sie Ihrer eigenen Ausdauer, Ihrer Beharrlichkeit und Ihrem Mut!«, wehrt Mrs. Liston ab. »Außerdem: Wer derart auf das Kleine achtgibt, wie Sie das tun, bei dem wundert es mich nicht, dass er einmal ganz groß rauskommt!«

Da weiß George nicht, was er ihr erwidern könnte. Stattdessen hat er eine Eingebung: Er zupft eine Nelke aus Mrs. Listons Blumenstrauß und schiebt sie in das oberste Knopfloch am Kragen seines hübschen neuen Mantels, genau unter das Kinn, wo er ihren Duft einatmet. »Vermutlich haben Sie recht«, murmelt er. »Denn auch das, was groß ist, hat einmal klein begonnen.«

Es klingt sehr ernst, wie er das sagt. Und doch hätten alle, die in seiner Nähe standen, hinterher schwören können, er habe dabei gelächelt wie jemand, der an etwas besonders Schönes denkt, es aber nicht verraten will. Aber es ist schon klar, was ihm da durch den Kopf strudelte: Natürlich dachte George an die kleine rote Blume, die in den Ozarkbergen blüht. Weil das Rot der Nelke, die jetzt in seinem Knopfloch funkelt, ihn daran erinnert hat.

NEUIGKEITEN ZU VORGERÜCKTER STUNDE

George sitzt tief über seinen Schreibtisch gebeugt. Es ist schon spät. Beinahe schabt die Nase über dem Papier. Im Knopfloch seines hübschen neuen Mantels, den er inzwischen ununterbrochen trägt, als wollte er sich der Freundschaft der anderen vergewissern und sie sich überstülpen wie eine zweite Haut, duftet blassrosa ein zartes Gänseblümchen. Ein wenig welk schaut es drein. Denn er hat es beizeiten gepflückt, früh um vier, wie er es seit jener Feier nun an jedem Morgen zu tun pflegt.

George gähnt. Die Zeiger seines Weckers stehen auf Mitternacht. Doch den Brief an die Milhollands will er unbedingt noch schreiben. Er wird sie überraschen. Und freuen.

Meine geliebten Freunde!

Ich hoffe, es geht Ihnen gut. Bitte verzeihen Sie, dass ich mit der Tinte kleckse! Vielleicht bin ich bereits etwas müde, denn obwohl ich jetzt keine Kunst mehr studiere wie in Indianola, betrachte ich doch den ganzen Tag die wundersamsten

Kunstwerke, welche die Natur so verschwenderisch für uns alle bereithält, wenn wir nur hinsehen wollen.

Dann versagt die Tinte. Obendrein ist das Tintenfass leer. George greift nach einem Bleistift. Er gähnt.

Nun muss ich den Brief mit einem Bleistift weiterkritzeln! Das tut mir leid. Aber dies wollte ich Ihnen unbedingt mitteilen: Professor Pammel hat mich zu seinem Assistenten ernannt. Das bedeutet, dass ich ab sofort die Gewächshäuser, die Versuchsanstalt und das bakteriologische Labor leite. Es ist eine große, verantwortungsvolle Aufgabe, von der ich hoffe, dass ich ihr gerecht werde, zumal ich der erste Schwarze in dieser Stellung bin. Dabei erkenne ich mehr und mehr, wie viel doch das Gebet bewirkt. Denn ich weiß, dass Sie für mich gebetet haben und dafür danke ich Ihnen sehr.

Außerdem verstehe ich viel besser, warum mir wohl von Anfang an der Schmetterling unter den zahlreichen Tieren, die es gibt, so lieb und kostbar war. Oder eben die Raupe, als welche er beginnt. Denn jeder Schmetterling erzählt davon, dass die Dinge, die wir sehen, nicht das letzte Wort behalten. Und jede Raupe spricht: »Was aus mir noch einmal wird!«

Was aus mir *noch einmal wird, weiß ich jetzt noch nicht.*

Als ich zu Ihnen nach Winterset kam, war ich jedenfalls nichts weiter als ein kleiner dünner Bursche, den die Wellen des Lebens herumwirbelten wie ein Boot ohne Ruder. Wenn sich aber zeigen wird, was ich sein werde, ist es hoffentlich etwas, das meinen Mitmenschen nützt und Gott, meinen geliebten Mister Creator, ehrt.

Zutiefst ergeben grüßt Sie beide aus dem fernen Ames
Ihr dankbarer George Washington Carver

DER BLUMENDOKTOR

Für jeden, der verstehen will, warum die Pflanzen wachsen, wie sie wachsen, ist das *Iowa State Institute* ein wunderbarer Ort. Die meisten, die hier studieren, halten es vermutlich sogar für ein Glück. George aber glaubt, er befände sich im Paradies. Alles, was ihm zwischen die Finger fällt, kann er nun nach Herzenslust erforschen und bedenken. Denn jeder Fleck am Institut lädt ihn dazu ein. Weite Felder dehnen sich ringsum; auf ihnen erproben die Wissenschaftler neue Getreidesorten. Zeitgleich tüfteln andere Forscher in riesigen Laboren an Mitteln, welche die Pflanzen rascher wachsen lassen oder sie gezielter gegen Schädlinge schützen.

Was George allenfalls geahnt hat, als er in Kansas harten Weizen anbauen wollte, stattdessen aber Mais, der doch nicht wuchs, säte, wissen sie hier längst. In wortgewaltigen Aufsätzen steht es schwarz auf weiß gedruckt: Nur harter Weizen gedeiht in den trockenen baumlosen Gegenden wie der Großen Amerikanischen Wüste und Mais, der reichlich Wasser braucht, verdorrt.

Das haben die Bauern in Kansas aber nicht gewusst. Weil sie die Erkenntnisse, welche die Forscher in Ames anhäufen, nicht erreicht haben.

Es ist bedauerlich, nein, es ist mehr als das: Es ist verkehrt. Das Wissen ist für alle Menschen da, denkt George. Auf jeden Fall gehört es in die Hände derer, die danach handeln könnten. Und das sind nun mal die Bauern. Davon ist George zutiefst überzeugt, seit Tante Mariah ihm von Lobby erzählte, jener Sklavin, die alles, was sie gelernt hatte, an andere weitergab, auch wenn sie dafür hätte sterben können. Wissen behält man nicht für sich. Es ist etwas, das man weiterreicht. Wie ein Geschenk.

Darum sagt George auch sofort zu, als ihn Professor Pammel bittet, ihn auf seinen umfangreichen Vortragsreisen zu begleiten. »Wenn ich ehrlich bin, lieber Mister Carver, wird es mir allmählich etwas zu viel«, sagt er. »Ich würde mich über Ihre Unterstützung freuen. Denn wenn wir wollen, dass unsere Erkenntnisse etwas bewirken, müssen wir sie den Leuten mitteilen.«

Das sieht George genauso. Im Grunde wartet er schon seit geraumer Zeit darauf, dass es endlich einer ausspricht.

Bald reist George selbst durchs Land und redet zu den Bauern. Das Reden fällt ihm nicht mehr schwer. Er weiß schließlich, wovon er spricht.

»Stellen Sie sich die Pflanzen, die Sie säen, wie Menschen vor«, rät er den Bauern in Iowa, von Mason City bis hinunter nach Lamoni. »Nähmen Sie einen Menschen von hier und brächten ihn zum Nordpol, wo es einzig Schnee und Eis gibt, und Sie ließen ihn ohne ausreichende Nahrung und wärmende Kleidung zurück, wird er unweigerlich verhungern und erfrieren. Genauso ergeht es einem Apfelbaum aus Missouri, den Sie in Iowa einpflanzen, ohne ihn entsprechend zu versorgen. Er wird verkümmern, denn er kennt die Erde Iowas nicht und braucht eine andere Pflege, wenn er wachsen und gedeihen soll. Geben Sie ihm diese Pflege! Dann werden Sie eines Tages auch in Iowa Äpfel aus Missouri genießen.«

Längst muss George nicht mehr in den Studentenregimentern fechten. Dazu bleibt ihm keine Zeit. Ohnehin gehört er jetzt zum Lehrkörper und Lehrer kämpfen nicht mit Säbeln und Revolvern, wie es die Studenten tun. Sie schlagen andere Schlachten, liefern sich ihre Gefechte mit langen

Aufsätzen und endlosen Zahlenreihen in endlosen Tabellen. Zudem reist George immer mehr. Im Grunde ist er ständig unterwegs. Und wenn er nicht unterwegs ist und Vorträge hält, forscht er. Eigentlich forscht er, wenn er nicht gerade reist oder einen Aufsatz schreibt, die ganze Zeit.

Darum geht er auch nicht länger aufrecht.

Jetzt geht er wieder gebückt.

Selbst wenn er aufrecht stehen möchte.

Es hat sich in seine Schultern eingegraben, weil er sich fortwährend über irgendetwas beugt. Er beugt sich über ein Rednerpult. Er beugt sich über ein Mikroskop. Er beugt sich über Blumentöpfe. Er beugt sich über Reagenzgläser, Petrischalen, Destillierkolben. Er beugt sich über die Bücher, die er liest, und die Briefe, die schreibt. Er gibt es auf, stocksteif zu gehen. Jetzt sucht er die Erde wieder. Er sucht sie mit seinen Blicken ab. Es ist ihm eine Wohltat. Er beugt sich tief, tiefer, noch tiefer zu allem, was er auf der Erde und neben seinen Füßen erspäht. Oder auf einem Blatt entdeckt. So wie auf diesem hier. Ob das, was in grauen pelzigen Tupfen über das Blatt wandert, ein Pilz ist? Vielleicht eine seltene Sorte, die er noch nicht kennt? Professor Pammel würde es freuen!

»Was machst du da?« Plötzlich kommt aus dem Gebüsch ein kleiner Junge geraschelt. Er sieht George an mit den großen Augen eines Kindes, das alles wissen und alles verstehen will. Und darum immer weiterfragt, bis es eine Antwort erhält. George weiß sofort: Obwohl der Junge vielleicht erst fünf oder sechs Jahre alt ist, wird er nicht eher lockerlassen, bis George es ihm erklärt.

Das kennt George. So war er einmal selbst. So ist er immer noch.

»Ich glaube, es ist ein Pilz!« George bückt sich vor das Kind, sodass er fast ein bisschen kleiner wird. Er hält ihm das Blatt hin. »Siehst du, wie sich der Pilz über dem Blatt ausgebreitet hat?«

Der Junge beugt sich auch über das Blatt.

»Oh, ja, ich sehe es«, jubelt er. »Dein Pilz hat das Blatt betupft. Wie Wachstropfen!«

»Das hast du klug beobachtet«, lobt George. »In der Tat. Wie Wachstropfen. Und ich frage mich: Wie macht der Pilz das? Außerdem frage ich mich, ob der Pilz gut ist für das Blatt. Oder ob er ihm schadet.«

»Aber wenn der Pilz dem Blatt schadet, dann macht er das Blatt doch krank?«, fragt der Junge bestürzt und er sieht ganz erschrocken aus.

»Das könnte sein«, sagt George und reibt sich nachdenklich das Kinn. »Wenn aber das Blatt krank ist, ist es bald der ganze Strauch.«

»Das lässt du aber nicht zu!«, ruft der kleine Junge. »Denn du machst das Blatt wieder gesund, nicht wahr? Weil du doch so viel verstehst und schon gewusst hast, dass es ein Pilz ist!«

»Ich würde es zumindest versuchen«, stimmt George zu.

»Dann bist du ja ein Doktor!«, ruft der Junge freudig. »Ein Doktor für die Blumen, die Blätter und Sträucher, weil du die Blumen, die Blätter und Sträucher heilst.«

»Ein Doktor für die Blumen«, murmelt George. Er lächelt. Es erinnert ihn an etwas, das die Leute einmal über ihn sagten. Sie sagten es zu Tante Susan und es ist lange her: Der Junge ist ein Blumendoktor!

Inzwischen stimmt das mit dem Doktor allerdings wirklich. Jedenfalls steht es so auf einem Stück Papier. George hat sich einen Doktor der Landwirtschaft und der botanischen Bakteriologie erworben. Das ist ein besonderer Titel. Nun heißt er *Doktor Carver*. Er ist der erste Schwarze in Ames, der diesen Titel trägt. George freut sich darüber. Manchmal beunruhigt es ihn aber auch. Es erinnert ihn daran, dass andere Schwarze noch immer in großer Armut leben, auch weil sie nicht so emsig lernen können wie er es immerzu tut. Aber ist er nicht darum nach Ames gekommen, damit es gerade diesen Menschen besser geht? Dass sie satt werden von ihrer Arbeit auf den Feldern?

»Sieh mal, warum nehmen wir das Blatt nicht einfach mit und untersuchen es gemeinsam?«, überlegt George. »Wir könnten es zum Beispiel unter ein Mikroskop legen. Du weißt doch, was ein Mikroskop ist?«

»Oh ja!« Der kleine Junge nickt eifrig. »Mit einem Mikroskop siehst du Dinge, die du sonst nicht sehen würdest.«

»Stimmt genau«, staunt George. »Was bist du nur für ein schlaues Bürschchen! Aber nun lass uns heimgehen. Deine Eltern warten sicher schon auf dich.«

Hand in Hand schlendern sie zurück zu den Wohnhäusern des Instituts.

»Mein Vater hat auch ein Mikroskop«, fängt der Junge plötzlich wieder an.

»Ach, hat er das?«, wundert sich George. Nur wenige Menschen besitzen ein Mikroskop. Die wenigsten interessieren sich überhaupt dafür. Dabei ist es doch so wunderbar. »Man kann die Welt von oben aus der Luft betrachten wie aus einem Heißluftballon«, schwärmt George. »Dann schrumpft sie. Sie wird stecknadelklein. Oder man betrachtet sie durch ein Mikroskop. Dann weitet sie sich. Sie wird groß und tief, beinahe grenzenlos! Ich bin mir sicher: Wir

Menschen könnten noch viel mehr entdecken, wenn wir nur genauer hinsehen würden. Denk nur an die Kakteen!«

»An die Kakteen?«

»Ja, die Kakteen. Wir halten sie für nichts weiter als stachelige Gesellen, die nichts nützen und uns allenfalls piksen, wenn wir ihnen zu nahe kommen. Aber ich glaube, sie warten bloß darauf, dass ein aufmerksamer Mensch kommt und ihnen ihr Geheimnis entlockt. So ein kluger wie du.«

»So einer wie ich?« Der Junge drückt Georges Hand fest.

»Ja, genau«, bestätigt George. »Denn du willst doch alles wissen und verstehen, nicht wahr? Und nur wer etwas wissen und verstehen will, findet es auch heraus.«

»Dann sehe ich die Dinge, wie du sie siehst und entdecke ganz viel, so wie du vorhin den Pilz auf dem Blatt entdeckt hast. Dann sehe ich es auch.«

»Davon bin ich überzeugt«, sagt George. »Dann siehst du es auch. Aber sag mal: Wo wohnst du eigentlich?«

Der Junge bleibt stehen. Er zeigt auf ein zitronengelbes Haus, das auf einer kleinen Anhöhe unmittelbar vor ihnen liegt. »Da oben wohne ich!«

»Wie ist das möglich?«, ruft George. »Das ist doch das Haus von Professor Wallace.«

Aber dann sieht er es selbst: »Du bist nicht etwa … Bist du sein Sohn?«

»Natürlich. Wer denn sonst?«, fragt der Junge verwundert. »Ich bin Henry Wallace Junior.«

»Und ich bin George!«

Zum Abschied reichen sie einander die Hand.

»Sehe ich dich wieder?«, fragt der kleine Junge, der Henry Agard Wallace heißt und Mister Wallaces kleiner Junge ist.

»Selbstverständlich«, sagt George, »wir haben schließlich noch viel vor. Mit dem Blatt fangen wir an. Gleich morgen früh. Einverstanden?«

»Einverstanden!«

Henry ist schon ein paar Schritte den Hügel hinaufgelaufen. Da dreht er sich um. »George, falls du einmal weggehst von hier, musst du mir schreiben«, ruft er. »Versprichst du mir das? Viele, viele Briefe. Denn ich kann schon lesen.«

»Natürlich schreibe ich dir«, verspricht George. Aber er denkt: Warum sollte ich je weggehen von Ames, wo es doch so schön ist am Institut? Und zugleich denkt er: Wann wird es sein? Als wäre er trotz all des Glücks, das er in Ames empfindet, noch immer nicht am richtigen Ort. Was für ein merkwürdiger Gedanke!

EIN LEICHTER BRIEF, DER SCHWER WIEGT

Es ist der 1. April 1896, als der Postbote einen Brief bringt.

Er wirft ihn durch den Schlitz in der Tür. Der Brief segelt auf die Dielenbretter, als wäre er ein Vogel, eine Schwalbe vielleicht.

Der Brief ist leicht und wiegt doch schwer.

Der Brief ist von Booker T. Washington.

Vielleicht ist es ein Aprilscherz?

Von Booker Tallifero Washington hat George schon viel gehört. Das ist nicht verwunderlich, denn Mister Washington ist ein bekannter Mann. Vielleicht ist er in diesen Tagen, da das alte Jahrhundert soeben in ein neues übergeht, sogar der bekannteste Schwarze überhaupt.

Außerdem hat er Einfluss. Jedenfalls hören viele Leute auf das, was Booker T. Washington sagt.

Wie George ist auch Booker T. Washington als Sklave geboren worden, nur geschah das ein paar Jahre eher. Darum erinnert sich Booker auch gut an das Ende des Bürgerkriegs. Als *Negro Boy Number One* ist er in den Besitzbüchern gelistet. Vierhundert Dollar war er seinem Besitzer wert. Das ist jetzt vorbei.

»Ihr seid frei wie die Vögel in der Luft!«, hat der Nordstaatengeneral von seinem tänzelnden Pferdchen verkündigt, und der Jubel der Schwarzen auf der Burroughs-Pflanzung in Virginia, auf welcher Klein-Booker mit seiner Mutter und seinen Geschwistern lebte, nahm kein Ende in jener Nacht. Aber am nächsten Morgen, nüchtern und bei Tageslicht betrachtet, sah die Welt gleich wieder anders aus. Denn allen wurde klar: Dass sie nun frei sind, bedeutet nicht, dass sie auch davon leben können. Freiheit stopft die Bäuche nicht. Vier Millionen Menschen sind auf einen Schlag keine Sklaven mehr. Aber sie besitzen auch kein Land und auch kein Geld, von dem sie sich Land kaufen könnten. Sie können nicht lesen, nicht schreiben, nicht rechnen und sie haben keine Rechte.

Damals am Ende des Bürgerkriegs war Booker neun Jahre alt. Er konnte ebenfalls weder lesen noch schreiben und wollte doch alles lernen und alles wissen.

Booker beeilt sich, nachzuholen, was er versäumt hat. Wie George lernt er auf eigene Faust lesen, rechnen, schreiben.

Bald wird er ein anerkannter Lehrer, der anderen beibringt, was er weiß. Nebenbei schreibt er selbst sehr viel. Bookers Schriften verbreiten sich rasch. Sie machen ihn bekannt, weil man von ihm liest. Zudem hält er Reden und es werden immer mehr. Am bedeutsamsten wird seine Rede auf der Welthandelsausstellung in Atlanta. Dorthin hat man ihn zur Unbill mancher eingeladen. Denn dass jetzt ein Schwarzer an einem Rednerpult steht, wo bislang doch nur Weiße standen, behagt den meisten Weißen nicht. Sie hören ihm trotzdem zu. Argwöhnisch zunächst. Dann immer begeisterter. Bald bejubeln sie das, was er sagt. Denn obwohl Booker zutiefst davon überzeugt ist, dass den Schwarzen die gleichen Rechte zustehen wie den Weißen, verlangt er es nicht. Noch nicht. Vielmehr glaubt Booker, dass die Schwarzen erst lernen sollen, für sich selbst zu sorgen. Das aber meint vor allen Dingen, dass sie in wirtschaftlicher Hinsicht selbstständig werden.

Darum hat Booker T. Washington fünfzehn Jahre zuvor das *Tuskegee Institute* in Tuskegee in Alabama gegründet. Das Lehrinstitut für Schwarze steht auf dem Gelände einer ehemaligen Plantage. Hier lebten Schwarze bislang nur als Sklaven.

Auch die meisten Eltern derer, die in Bookers neues Institut kommen, um dort zu studieren, waren noch Sklaven, die weder lesen noch schreiben lernen durften. Auch die jungen Studenten können es kaum. Sie sind nie lange zur Schule gegangen, kennen gerade mal die Buchstaben und nur ein bruchstückhaftes Einmaleins. Ihre Bildung ist, gelinde gesagt, spärlich. Spärlich ist auch die Einrichtung am Institut. An allen Ecken und Enden fehlt etwas. Es gibt nicht einmal ein Gebäude, in dem die Studenten lernen könnten.

Darum besteht Bookers erster Unterricht im Häuserbau.

»Was wir selbst tun können, tun wir auch!«, erklärt er und bringt seinen Schülern bei, wie man Ziegel brennt, ein Holzgerüst aufstellt und einen Dachfirst errichtet. Weil sie keine Gabeln und Messer haben, stellen sie das Besteck eigenhändig her. Kutschen und Wagen kosten ebenfalls zu viel. Kurzerhand richtet Booker eine Stellmacherklasse ein. Die jungen Leute lernen, Räder und Fahrgestelle anzufertigen. Bald gibt es in Tuskegee eine Sattlerei, eine Schmiede, eine Schneiderei, eine Tischlerei und einen Bürstenmacher. Sogar der Honig, der auf den Tischen duftet, stammt von den eigenen Bienen.

Booker T. Washington ist überzeugt davon, dass nur eine handfeste Ausbildung, wie er sie in Tuskegee anbietet, die Schwarzen unabhängig macht und sie eines Tages aus der Armut befreien wird. »Denn diese eure Arbeit«, trichtert er ihnen ein und er wiederholt es immer wieder, »ist das einzige, das ihr anderen verkaufen könnt!«

Nicht alle teilen Bookers Ansicht. Seine Gegner werfen ihm vor, er dränge die Schwarzen wieder zurück in jene Aufgaben, die sie immer schon erfüllen mussten. Dienstleistungen aller Art für die Weißen, billige Handreichungen, ohne je selbst mitreden zu dürfen. Sie verlangen, dass den Schwarzen endlich die gleichen Rechte zugestanden werden, wie sie die Weißen schon seit eh und je genießen.

Booker T. Washington versucht zu erklären, warum er tut, was er tut. Er erklärt es in seinen Reden, auch auf jener in Atlanta.

War Booker Tallifero Washington vorher schon bekannt, wird er mit dieser Rede berühmt. Journalisten verfassen lange Artikel über ihn. Man spricht über ihn; nicht immer klingt es wohlwollend.

Auch George kennt Washingtons Atlanta-Rede. Er hat sie in der Zeitung gelesen. Nicht nur einmal, sondern mehrmals. Jedes Wort, das Booker T. Washington sagt, könnte er unterschreiben. In all den dringenden Fragen, über die sich so viele Menschen streiten und entzweien, stimmt er vollkommen mit ihm überein: Zunächst sollen die Schwarzen lernen, auf den eigenen Füßen zu stehen, bis sie wieder von der Arbeit ihrer Hände leben können. Gut leben können. Alles andere wird sich später dazugesellen.

Es ist nicht aufgehoben. Aber aufgeschoben.

Nun schreibt ihm ausgerechnet dieser Mann, den George verehrt und bewundert, wenn auch aus der Ferne. Immerhin liegt Tuskegee eintausendundvier Meilen südlich von Ames.

Eintausendundvier Meilen weit ist auch der Brief gereist.

Mit zitternden Fingern reißt George den Umschlag auf. Er liest:

Sehr geehrter Doktor Carver,

ich kann Ihnen weder Geld noch eine ansehnliche Stellung oder Ruhm bieten. Die beiden erstgenannten Dinge besitzen Sie längst. Letzteres werden Sie an dem Platz, den Sie gegenwärtig einnehmen, fraglos bald erreichen. Nun ersuche ich Sie, all das aufzugeben! Stattdessen biete ich Ihnen Arbeit – harte, mühselige Arbeit. Sie besteht darin, Menschen aus Erniedrigung, Armut und Nutzlosigkeit zur wahren menschlichen Reife zu führen.

Hochachtungsvoll

Booker T. Washington

George lässt den Brief sinken. Sein Herz klopft. Es klopft, wie es damals klopfte, als er in seiner Wäscherei in Indianola das Kleid bügelte und ihm Mister Milholland die Einladung ans *Simpson College* in die Hand drückte. Es klopft, wie es klopfte, als Professor Budd ins Atelier stürmte und fragte, ob er nach Ames kommen wolle.

Jetzt ist er in Ames.

In Ames geht es ihm gut.

Es geht ihm sogar mehr als gut.

Er lernt. Er lehrt. Er forscht.

Die Leute mögen ihn. Sie schätzen ihn. Auch das ist kostbar. Denn George weiß, dass es anders sein könnte.

Kurzum: In Ames ist er glücklich.

Aber was Mister Washington schreibt, trifft ihn wie ein Pfeil, der zielgenau ins Schwarze sirrt. In Ames gibt es ungezählte Möglichkeiten, die George bislang nicht einmal annähernd ausgeschöpft hat. Aber was er hier macht, können auch andere machen. In Tuskegee dagegen sieht das anders aus.

»*Unsere Studenten sind arm, oftmals hungern sie*«, schreibt Booker T. Washington. »*Sie reisen viele Meilen weit über ungepflasterte Straßen und wenn Sie in Tuskegee ankommen, liegen etliche Jahre bitteren Mangels hinter ihnen. Wir bringen ihnen Lesen und Schreiben bei und manches mehr. Aber Worte allein füllen die Mägen nicht. Sie müssten lernen, wie man sät und wie man erntet. Jemand muss kommen und es ihnen zeigen.*«

Booker T. Washington glaubt, dass George dieser Jemand ist.

George glaubt auch, dass er dieser Jemand ist.

Trotzdem antwortet er nicht gleich. Er denkt noch eine Weile darüber nach. Das hat sich oft als klug erwiesen. Morgens um vier in den Wäldern, wenn er erst der Stille, dann den Vögeln lauscht, und später, wenn er sich im Gewächshaus über die Blumentöpfe beugt und in der Erde wühlt. Der Boden enthält die Antwort auf viele Fragen. Der Boden erzählt, was einer Pflanze fehlt und warum sie wächst, wie sie wächst. Aber seine Frage, ob er Bookers Einladung annehmen und nach Tuskegee gehen soll, schickt George hinauf in den Himmel.

Als der Frühling mit voller Wucht ausgebrochen ist und der Weizen ringsum auf den Feldern in die Höhe schießt, kennt er die Antwort. Wieder schreibt er einen Brief. Er schreibt an Booker T. Washington.

Ames, den 6. Mai 1896

Sehr verehrter Doktor Washington,

ich habe Ihren Brief erhalten und beeile mich, darauf zu antworten. Freudig sehe ich einer geschäftigen und lohnenswerten Zeit an Ihrem Institut entgegen. Ich weiß mich glücklich zu schätzen, dass ich mit Ihnen zusammenarbeiten darf und hoffe, durch Jesus Christus, der mich stark macht, auch meine schwarzen Landsleute zu stärken. Denn danach verlangt es mich schon lange: dass mein Leben zum größtmöglichen Nutzen sein möge für die größtmögliche Zahl dieser Menschen.

Wenn also alles wie geplant verläuft, werde ich voraussichtlich im November bei Ihnen eintreffen.

Gott segne Sie und Ihre Arbeit!

Mit hochachtungsvollen Grüßen

Ihr ergebener George W. Carver

Bald erfahren es die anderen in Ames.

»Was höre ich da, lieber Doktor Carver? Sie wollen uns verlassen?«, sagt Professor Wilson und er streicht sich durch den langen Bart, dass der lange Bart knistert.

»Das ist ein Verlust für uns. Wir bedauern ihn sehr!«, stimmt ihm Professor Pammel zu. »Zugleich bewundern wir Ihre Entschlossenheit. Sie dürfen uns nur nicht vergessen, wenn Sie dereinst in Alabama in der Erde wühlen. Und denken Sie daran: Selbst ganz unten in den Tiefen eines

Mikroskops ist immer noch viel Platz. Man muss bloß danach suchen. Was bekanntermaßen leichter geht, wenn man die geeigneten Mittel dazu hat. Darum dachten wir …« Umständlich kramt er hinter seinem Rücken ein Mikroskop hervor und reicht es George. »Hier, Doktor Carver, für Sie!«

»Aber …«, stammelt George, »das kann ich doch unmöglich … Das ist viel zu wertvoll!«

»Nun zieren Sie sich nicht, Herr Kollege«, knurrt Professor Wilson. »Sie werden bestimmt noch froh darüber sein. Wer weiß, was Sie alles in Tuskegee erwartet? Vielleicht nicht viel. Schaden kann es jedenfalls nicht.«

Damit hat er vermutlich recht. Außerdem kann George ihr Geschenk unmöglich ablehnen, es würde sie kränken. Denn wieder einmal ist es mehr als eine Gabe. Es ist ein Beweis ihrer Zuneigung. »Danke«, stottert George, »Sie sind wahrhaft allesamt zu gütig.«

»Passen Sie gut auf sich auf!«, verlangt Professor Budd, als sie zum Abschied einander die Hände drücken.

»Bleiben Sie gesund!«, wünscht Professor Wilson.

»Entdecken Sie noch viel!«, drängt Professor Pammel.

»Vergessen Sie uns nicht!«, erinnert Professor Wallace.

»Schreib mir!«, bittet Henry, der neben seinem Vater steht. Seine Augen sehen traurig aus. Als müsste er gleich weinen.

George bückt sich. Er nimmt den Jungen in den Arm und flüstert ihm ins Ohr: »Natürlich schreibe ich dir! Das habe ich doch versprochen.«

Da lächelt Henry schon wieder. »Ich habe auch etwas für dich«, sagt er und gibt George ein Blümchen. Es ist ein unerschrockenes Löwenmäulchen, frisch aus Mrs. Wallaces Garten gepflückt.

»Oh, Henry, wie lieb von dir!«, ruft George entzückt. »Das ist genau, was ich jetzt brauche: Mut und Besonnenheit in Gestalt einer kleinen Blume!« Dann fädelt er das Löwenmäulchen in das Knopfloch seines Mantelkragens, wo schon ein Vergissmeinnicht duftet. Das hat er in der Früh gepflückt. »Siehst du, Henry? Die Blumen werden mich daran erinnern: Ich vergesse dich nicht.«

KÖNIG OHNE KRONE

Wieder packt George seine Sachen. Er packt die beiden Glitzersteine, die er in den Ozarkbergen fand. Er packt das Taschenmesser, das in der Wassermelone steckte. Er packt die Fibel, die ihm Tante Susan schenkte. Er packt die Bibel, die ihm Mariah Watkins gab. Er packt das Akkordeon, seine Häkeleien und Näharbeiten, die getrockneten Kräuter, die Bücher, seine Bilder, die Farbproben in den Gläsern. Und er packt das brandneue Mikroskop, das sie ihm schenkten und mit dem er all die vielen Dinge, die er sonst nicht sehen könnte, sieht und von denen er jetzt sogar die Namen weiß, viele jedenfalls. Nur den Namen seiner kleinen roten Blume, die in den Ozarkbergen blüht, kennt er immer noch nicht.

George hat gesagt, er wolle im November nach Tuskegee kommen. Jetzt ist es erst Oktober, als der Zug immer weiter in den Süden rollt und sich das Land beim Blick aus dem Fenster merklich verändert. Bald sieht George mit eigenen Augen, wovon Tante Mariah ihm erzählte: Statt der goldgelb wogenden Weizenfelder Iowas schimmert es nun ringsum weiß. Weiß bis an den Horizont und weiß bis an die Ränder der armseligen Hütten, die krumm und schief mittendrin stehen, als hätte eine Riesenhand sie achtlos dort hineingeschleudert, weil auf den Feldern nichts als Baumwolle wächst. Es ist aber beileibe kein üppiges Weiß, wie George es sich vorstellte, als Tante Mariah davon sprach, die Baumwollkapseln groß und rund, dass man das Geld bereits im Beutel klingeln hört. Keine Herrlichkeit, die ins Staunen versetzt und erst recht kein Schneegestöber. Eher gleicht es den betrüblichen Resten einer traurig vor sich dahinschmelzenden Winterpracht und nicht mal das. Es wirkt vielmehr, als hätte es im Grunde nie geschneit. Und alles, aber auch alles kommt George hungrig vor: die Erde, die Baumwolle, die vereinzelten Kühe, die an mickrigen Gräsern zupfen, und die Menschen, die gebückt über den Baumwollsträuchern stehen, denn es ist gerade Erntezeit. Als der Zug vorbeischnauft, richten sie sich kurz auf und blicken ihm nach. Ihre Augen sind trübe und leer und halten nichts.

Am 8. Oktober 1896 trifft George in Tuskegee ein.

Als Erstes bückt er sich und hebt eine Handvoll Erde hoch.

Die Erde rieselt sandig durch die Finger. Sie ist trocken. Wie Staub.

Schon viele Böden hat George angefasst. Von diesem Boden weiß er sofort: Der Boden ist müde. Ausgelaugt und mürbe geworden wie ein Mensch, der immerzu geben soll und nichts mehr geben kann.

Das müsste anders sein.

Das könnte anders sein.

Es war auch einmal anders.

Denn einmal hieß die Gegend hier der Schwarze Gürtel.

Man nannte sie nach jenem dunklen, fruchtbaren Streifen Erde, der sich quer durch Alabama zog und so günstig war für die immerzu durstige und hungrige Baumwolle, die so viel braucht, damit sie wachsen kann. Doch wenn sie wächst, gibt sie auch eine Menge: Reichtum und Ansehen, allerdings zumeist nur denen, die die Baumwolle verkaufen, nicht jenen, die sie pflegen.

Genau darum aber – weil die Baumwolle zum Geschäft geworden ist – hat sich das Land verändert und vom Schwarzen Gürtel kann nicht mehr die Rede sein. Wo einst prächtige Nadelbäume an heißen Sommertagen kühlen Schatten spendeten, haben die Plantagenbesitzer die Bäume abholzen lassen und Baumwolle angepflanzt. Bis die Baumwolle, weil sie den Boden auszehrt, an dieser Stelle nur noch spärlich wuchs. Da haben sie woanders die Bäume gerodet und wieder Baumwolle angepflanzt. Bis ringsum nichts als Baumwolle wuchs, aber überall nur spärlich. Denn mit den Bäumen, deren Wurzeln in die Erde ragen, hat der Boden auch seinen Halt verloren. Wind und Regen können sich nun nehmen, was sie wollen. Das haben sie reichlich getan. Was noch nahrhaft war, haben sie fortgeweht und weggeschwemmt.

Darum gibt es nichts mehr in der Erde, das der Baumwolle beim Wachsen hilft.

Trotzdem pflanzen die Menschen weiterhin Baumwolle an. Nichts als Baumwolle, als gäbe es nichts anderes. Zwar sind sie keine Sklaven mehr, die tun müssen, was man ihnen sagt. Doch nach wie vor herrscht ein strenger König über sie, obwohl er keine Krone trägt.

Dieser König duldet keinen Nachfolger.

Er verlangt alles.

Der König heißt Baumwolle. Die Bauern gehorchen ihm. Weil sie nichts anderes kennen als Baumwolle und jahrelang nur Baumwolle angepflanzt haben. Und weil ihnen der Mut fehlt, etwas anderes zu versuchen.

All das sieht George, als er nach Tuskegee kommt.

Er sieht, wie ängstlich die Menschen sind, arm und hungrig und müde wie der Boden, von dem sie leben wollen und doch nicht leben können und dass die Baumwolle auch dann nicht besser wächst, wenn sie mit aller Kraft an ihren Fasern zurren. Aber George sieht noch etwas.

Er hat es gelernt, als er durch das Mikroskop blickte und mit der kleinen roten Blume in den Ozarkbergen sprach. Die kleine rote Blume ist zart und schön und blüht trotzdem, denn in Georges geheimem Garten bekommt sie, was sie braucht: George sieht, was einmal wieder werden könnte.

Gleich ein paar Tage nach seiner Ankunft setzt er sich an den wackeligen Schreibtisch, den ihm Booker T. Washington in sein Zimmer gestellt hat. Er schreibt einen Brief, denn er hat es versprochen.

Lieber Henry,

ich schreibe Dir aus Alabama! Noch nie habe ich so weit im Süden gelebt. Es gibt hier eine Menge Pflanzen und Gräser, die ich noch nicht kenne. Du müsstest herkommen und sie gemeinsam mit mir untersuchen. Alles ist so anders in Tuskegee, vor allem der Boden. Obwohl er einmal fruchtbar war, sodass die Baumwolle wunderbar darauf wuchs wie der Bart bei einem Mann, wenn er sich nicht rasiert, wächst sie heute nicht mehr wunderbar. Denn die Baumwolle hat immerzu großen Durst und braucht viel, wenn sie gedeihen soll: Wasser vor allen Dingen, aber auch Stickstoff, den es in der Erde gibt, aber nicht mehr in der Erde Alabamas. Ich glaube, der Boden hier ist sogar der schlechteste, den ich je in meinem Leben gesehen habe.

Ich will versuchen, ob ich das nicht ändern kann. Ich möchte dem Boden zurückgeben, was ihm fehlt, damit es auch den Menschen besser geht. Das gelingt sicher nicht von heute auf morgen. Doch sollte es möglichst bald geschehen, denn ich sehe, wie die Menschen Hunger leiden. Ich bin mir aber sicher, Mister Creator hat sich längst etwas ausgedacht, das die Leute anpflanzen und essen können und das den Boden obendrein mit Nährstoffen versorgt.

Du meinst, das klänge wie ein hübscher Traum und könnte allenfalls ein Wunder sein? Nun, ich glaube, dass es solche Wunder gibt. Wir müssen sie nur entdecken! Jedenfalls schreibe ich Dir sofort, sobald ich es herausgefunden habe.

Ich hoffe, Dir geht es gut. Grüße Deinen Vater von mir! Und natürlich auch Deine sehr verehrte Frau Mutter.

Dein an Dich denkender George

Doch bevor George die Felder verändern kann, damit es auch den Menschen besser geht, gibt es ganz andere Dinge zu tun.

Schließlich soll er in Tuskegee junge Leute in Landwirtschaft unterrichten. Dafür hat ihn Booker T. Washington hergerufen. Doch wo soll der Unterricht stattfinden?

»Kommen Sie mit! Ich zeige Ihnen das Institut«, sagt Booker T. Washington und führt George über das Gelände.

George sieht die Imkerei. Er kostet vom Honig. Er begutachtet die Stellmacherwerkstatt. Er lobt Wagen und Räder. Er betritt die Schmiede und fühlt die Härte der Hufeisen. Er besucht den Schuster, bewundert Sohlen und Schuhe. Aber wo er künftig unterrichten soll, sieht er nicht.

»Lieber Doktor Washington«, sagt er schließlich, »das ist alles schön und gut. Aber wo werde ich unterrichten?«

Da streckt Booker den Arm aus und weist auf ein Stück Feld. Das Gras wächst hoch. Brombeerdornen wuchern dazwischen. Brennnesseln weben die letzten freien Flecken zu. »Hier ist Ihr landwirtschaftliches Institut!«, sagt Booker. »Sie werden es erst bauen müssen! Aber Ihre Studenten helfen Ihnen bestimmt dabei.«

DAS LABOR VON DER MÜLLHALDE

George sitzt an seinem wackeligen Schreibtisch und trommelt mit dem Bleistift auf die Platte. Das hilft beim Nachdenken. Es nützt trotzdem nichts. Nun ist er Professor und hat doch kaum etwas, mit dem er unterrichten könnte, ganz wie es Professor Wilson vorausgesehen hat. Eigentlich besitzt er nichts. Nur das Mikroskop, das er aus Ames mitgebracht hat. Und die Amaryllen, die er jetzt auf seinen Fensterbrettern züchtet.

Ohnehin will kaum jemand Landwirtschaft lernen.

Nur dreizehn Studenten melden sich zum Unterricht an. Im Grunde wundert es George wenig. Denn immer noch halten die meisten Schwarzen die Arbeit auf den Feldern für Sklavenarbeit. Schließlich war sie das auch lange genug. Damit wollen sie nie wieder etwas zu tun haben.

George seufzt. Dann legt er den Bleistift weg und krempelt die Ärmel hoch. Denn wenn er auch fast nichts besitzt, mit dem sich etwas anstellen lässt, kann er selbst doch immer noch etwas tun. Hat er nicht auch in den Ozarkbergen, als er keine Farben und keine Pinsel besaß, die Steine mit dem Saft der Beeren betupft und es entstanden hübsche Bilder? Und als er in der Großen Amerikanischen Wüste in Kansas keine Steine zum Bauen fand, hat er sich nicht trotzdem ein Haus gebaut und wohnte durchaus behaglich darin? Nicht umsonst wird ihn Onkel Moses gelehrt haben, dass jedes Ding unter der Sonne seinen Nutzen hat und seinen Sinn und es keinen Müll gibt, weil sich alles noch einmal gebrauchen lässt. Außerdem hat er erst heute früh wieder in Tante Mariahs Bibel mit dem schwarzen Ledereinband gelesen: Mister Creator versorgt auch die, die nichts haben.

George schart seine Studenten um sich und erklärt es ihnen. Dreizehn Augenpaare sehen ihn verständnislos an.

»Ihr müsst eure Augen öffnen, damit ihr es versteht«, betont George. »Die Vögel bauen ihre Nester auch ohne Leim und ohne Nägel. Trotzdem legen sie dort ihre Eier und es schlüpfen neue Vögel daraus. Lasst es uns versuchen!«

Vorerst aber setzt er sich noch einmal an den wackeligen Schreibtisch und zeichnet einen Plan: Im Erdgeschoss soll ein Klassenzimmer entstehen. Darüber gibt es einen Raum zum Lesen und einen für die Pflanzensammlung. In den Keller zieht eine Molkerei ein. »Dann werden wir unsere eigene Butter herstellen!«, verkündet George stolz und dabei strahlt er über das ganze Gesicht.

Die Studenten versuchen zu sehen, was er sieht, und fangen an. Sie formen die Ziegel mit ihren Händen. Sie brennen sie in der heißen Sonne Alabamas. Sie richten die Wände auf, setzen Türen und Fenster ein. Sie hämmern, schreinern, bauen und arbeiten, bis das Gebäude fertig ist. Es ist erst das zweite Haus auf dem gesamten Gelände, das aus Ziegeln besteht. Darauf sind sie mächtig stolz. Doch sie haben nichts, das sie nun hineintragen könnten. Keine Reagenzgläser, keine Destillierkolben, wie man sie nun mal für ein Labor benötigt. Nur Georges Mikroskop aus Ames.

Wieder umringen die Studenten ihren Lehrer, die Ratlosigkeit flackert in ihren Augen. »Wie sollen wir hier je etwas lernen?«, flüstern sie. »Das geht doch nicht.«

»Geht nicht, gibt es nicht«, sagt George. »Kommt! Wir gehen an die Ränder der Stadt! Sammelt alles, was ihr findet, und nehmt es mit, selbst wenn ihr es für Müll haltet! Ich bin sicher, wir können es gebrauchen.«

Und wirklich: Sie entdecken leere Flaschen und sie werden zu Destillierkolben. Aus alten Drähten und Schläuchen entstehen Leitungen. Zersprungene Spiegel und verrußte Petroleumlampen verwandeln sich in Punktmikroskope. Sie schleppen rostige Kübel an und sie dienen als Waschbecken. Und in die leeren Blechdosen, die überall zuhauf herumliegen, stopfen sie Erdproben.

Bald haben sie ein Labor beisammen – bunt und wild und abenteuerlich, doch vollkommen zu gebrauchen.

Es war Georges erster Unterricht. Vielleicht war er der wichtigste.

»Wenn ihr etwas als Abfall bezeichnet, zeigt ihr damit bloß, dass ihr noch nicht genug hingesehen habt!«, erklärt er seinen Studenten. »Ihr habt vielleicht ein Wort dafür gefunden, denn ihr nennt es Müll. Das Ding an sich aber habt ihr nicht entdeckt.«

George könnte jetzt zufrieden sein. Er ist es aber nicht.

»Ein Klassenzimmer zu haben, mag schön sein und unser Labor ist wunderbar, aber wenn wir den Boden verstehen wollen, müssen wir den Boden anfassen. Ihn begreifen. Einen besseren Lehrmeister als den Boden gibt es nicht. Er erzählt uns alles über sich. Darum brauchen wir ein Stück Land.«

George geht zu Booker T. Washington. Booker gibt ihm zwanzig Morgen, so viel wie zehn große Fußballfelder nebeneinander. George nennt es seine Versuchsanstalt.

DAS KLASSENZIMMER AUF DEM ACKER

Der Boden der neuen *Versuchsanstalt* ist nicht besonders gut. Tatsächlich kann man in ganz Alabama kaum einen schlechteren finden. Aber genau darum eignet er sich hervorragend. Denn wenn es George hier gelänge, den Boden zu verbessern, müsste es auch woanders gehen.

Seine Studenten legen sofort los, weil sie es inzwischen begriffen haben: George hilft ihnen, die Dinge anzupacken und sie in einem neuen Licht zu sehen. Sie befreien das Gelände von Gestrüpp und Dornen. Sie rupfen die Brennnesseln aus. Sie graben die Erde um.

»Umgraben ist wichtig«, erläutert George. »Auf diese Weise gelangt mehr Luft in die Erde. Die Luft wiederum hilft den Pflanzen, dass sie leichter wachsen.«

Sie harken die Erde und ziehen schnurgerade Reihen. Nun wird es Zeit zu säen.

»Hurra, jetzt pflanzen wir Baumwolle an!«, jubeln die Studenten.

»Halt!«, bremst George, »erst brauchen wir Dünger.«

»Dünger?«, fragen sie verwundert. Noch nie haben sie einen Boden gedüngt. Darum kennen sie auch keinen Dünger. Aber selbst wenn sie dieses Wunderding, das die

Pflanzen besser wachsen lässt, kennen würden, woher sollten sie den Dünger nehmen? »Wir haben nichts, dass wir etwas davon kaufen könnten«, jammern sie.

»Doch«, sagt George, »ihr habt schon. Morgen bringt ihr alles, was von eurem Essen übrig bleibt, mit auf die Versuchsanstalt!«

»Alles, was von unserem Essen übrigbleibt?«, fragen sie und ihre Augen weiten sich. »Auch die Eierschalen?«

»Auch die Eierschalen!«

»Und die Apfelkerne?«

»Auch die!«

»Aber bestimmt nicht den Kaffeesatz?«

»Besonders den.«

Jetzt gleichen ihre Augen Suppentellern. Aber noch mehr staunen sie, als sie einige Zeit später erleben, was geschieht: Die Apfelkerne und Eierschalen lösen sich auf. Der Kaffeesatz zerfällt. Regenwürmer kommen und zernagen das Laub, das sie darunter gestreut haben. Bald ist aus Laub und Speiseresten eine lockere, dunkle Masse gewonnen.

»Das ist Kompost«, erklärt George und hebt die dunkle Erde hoch, dass sie durch die Finger krümelt. »Er kostet nichts und bewirkt eine Menge. Nun streuen wir unseren Kompost über die Felder!«

Der eigenwillige Professor aus Ames hält noch mehr Überraschungen auf Lager. Denn jetzt, da der Boden gedüngt ist, wollen sie ihn auch bestellen. Wieder rufen sie: »Juchhu, jetzt pflanzen wir Baumwolle an!«

Und wieder enttäuscht sie George. »Nein, noch nicht«, sagt er. »Erst pflanzen wir Ackerbohnen.«

Damit haben sie nicht gerechnet. Aber sie ahnen inzwischen, dass George weiß, was er tut. Trotzdem wundern sie sich, als die Ackerbohnen in der einstmals kargen, jetzt aber frisch gedüngten Alabamaerde wachsen, als würde man sie aufblasen wie Luftballons. Am auffälligsten aber ist der Boden. Der Boden wirkt wie ausgewechselt. Und das nach der Ernte! Man könnte beinahe glauben, er hätte sich erholt.

»Professor Carver, wie machen Sie das?«, fragen sie. »Können Sie zaubern?«

»Aber nein!«, lacht George. »Es ist ganz einfach: Die Ackerbohne ist eine Hülsenfrucht. Wie andere Hülsenfrüchte auch holt sie den Stickstoff, den alle Lebewesen zum Wachsen brauchen, aus der Luft und gibt ihn, während sie wächst, über ihre Wurzeln an die Erde zurück. Nützlicherweise – oder sollte ich sagen wundersamerweise – kann man die Hülsenfrüchte sogar essen! Dadurch gewinnen wir doppelt: Der Boden wird erfrischt. Und wir werden satt. Es gibt aber noch viel mehr Hülsenfrüchte. Erdnüsse zum Beispiel. Darum wollen wir noch einmal mit der Baumwolle warten und in diesem Jahr Erdnüsse anpflanzen.«

Die Studenten schätzen ihren Lehrer. Der Erfolg auf der Versuchsanstalt gab ihm bislang recht mit dem, was er tat. Aber jetzt ziehen sie lange Gesichter.

Denn die Erdnuss kennen sie. Anders als den Dünger. Auch neben den Hütten ihrer Eltern und Großeltern wächst die kleine Frucht bisweilen, aber nie war sie mehr als Futter für die Schweine. Höchstens spielen manchmal die jüngeren Geschwister mit ihr, weil sie sich so lustig biegt.

Sie stehen stumm herum und betrachten betreten ihre Schuhspitzen. Nein, auch wenn sie ihren neuen Lehrer achten: Erdnüsse sind keine gute Idee.

»Die Erdnuss tut dem Boden gut«, beharrt George. »Ihr werdet es sehen!«

Er klingt so überzeugt, dass sie schließlich auf ihn hören und mehrere Reihen Erdnüsse ins Feld setzen. Als sie einige Wochen später die Büschel aus der Erde ziehen und Erdnüsse baumeln wie Glöckchen daran, verblüfft es sie nicht einmal: Der Herr Professor aus Iowa hatte es ihnen schließlich gesagt und was er vorhersagt, trifft ein.

Aber dann wundern sie sich doch wieder.

»Nun ist es so weit«, sagt George. »Diesmal pflanzen wir Baumwolle an!«

Es wird die prächtigste Baumwollernte, die es seit Jahren in Alabama gegeben hat. Die Baumwollkapseln protzen rund und schwer, und als sie aufplatzen, quellen die weißen Fasern hervor, als wäre diesmal in der Tat über Nacht Schnee gefallen.

»Herr Professor, wir sind froh, dass wir bei Ihnen lernen dürfen!«, jubeln die Studenten.

Das finden andere offenbar auch. Waren es am Anfang dreizehn junge Leute, die bei George Landwirtschaft lernten, sind es nach Ablauf des Schuljahrs sechsundsiebzig. Dreiundsiebzig Studenten und drei Studentinnen.

Jetzt ist George Professor.

Professor Doktor George Washington Carver.

Seine Studenten lieben ihn und er liebt sie wider. Sie nennen ihn Doktor Carver. Oder auch nur zärtlich Prof.

George könnte jetzt zufrieden sein. Aber er ist es nicht.

Denn was er auf der Versuchsanstalt erreicht, müsste ganz woanders getan werden. Auf den Feldern derer, die von ihren Feldern leben wollen und doch nicht davon leben können. Vor allem die Bauern, die den Boden bestellen, sollten lernen, wie sie gut mit dem Boden umgehen, damit es ihnen selbst gut geht.

EINE SCHULE AUF RÄDERN

Wieder sitzt George an seinem Schreibtisch und trommelt mit dem Bleistift auf die Platte. Die Amaryllen auf den Fensterbrettern neben ihm duften leicht süßlich. Da hat er eine Idee.

»Ich werde die Bauern zu mir einladen!«

Gesagt, getan.

Einmal im Monat kommen sie jetzt zu George nach Tuskegee. Sie bringen Proben von ihren Äckern mit. George untersucht sie in seinem Labor mit den Petrischalen aus zerbrochenen Untertassen und den abgeschnittenen Milchflaschen als Mischgeräten. Dann erklärt er ihnen, was dem Boden fehlt und sagt ihnen, was sie dagegen tun können.

Das ist gut. Aber es ist nicht gut genug.

Denn es gibt immer noch zu viele Bauern, die zu weit entfernt wohnen, als dass sie nach Tuskegee kommen könnten.

Auch sie will George erreichen.

Wieder grübelt er. Wieder hat er eine Idee.

Nachts, wenn er die Arbeit auf den Feldern und im Labor beendet hat, setzt er sich an den wackeligen Schreibtisch und schreibt. Diesmal schreibt er keine Briefe. Er schreibt kleine Aufsätze. Er nennt sie Rundschreiben. Die Rundschreiben werden gedruckt und verteilt, sodass sie jeder lesen kann. George schreibt und schreibt und schreibt. Er schreibt über alles Mögliche. *Über das Einmachen von Fleisch bei heißem Wetter. Über die Tomate, wie man sie anpflanzt und 105 Wege, sie für den Esstisch zuzubereiten. Über die Süßkartoffel. Über das Haltbarmachen von Lebensmitteln. Über die Hühnerzucht. Wie man Kuhbohnen kocht. Über die*

Möglichkeiten der Süßkartoffel. Farbenherstellen aus Ton. Außerdem *Drei leckere Mahlzeiten am Tag für den Bauern Alabamas.*

Die Rundschreiben machen es schon besser.

Jetzt könnte George zufrieden sein. Aber er ist es nicht.

Er weiß: Die Hefte erreichen viele. Aber längst nicht alle. Denn etliche Bauern haben nie lesen gelernt. Auch sie sollen erfahren, wie ihre Böden wieder fruchtbar werden.

Wenn sie nicht lesen können, müssen sie es eben sehen, überlegt George. Es erleben. Begreifen. Anfassen. Selber machen. Das ist ohnehin das Beste. Jetzt trommelt sein Bleistift wieder auf die Tischplatte.

Die Frage treibt ihn um. Während er in seinem Labor steht und Erdproben untersucht, brütet er darüber. Wenn er auf der Versuchsanstalt die Baumwollfasern prüft, denkt er daran. Auch im Unterricht. Dann wird sein Blick glasig und schweift in die Ferne zu den Bauern, die hören müssten, was er den Studenten erzählt.

Manche Gedanken brauchen wohl ein wenig länger. Das war schon damals so, ehe er sich entschied, zu Chester Rarig nach Kansas City zu gehen. Nun reifen die Gedanken wie die Früchte auf den Feldern. Baumwolle braucht zwischen einhundertfünfundsiebzig und zweihundertfünfundzwanzig Tage, bis man sie ernten kann. Bei Erdnüssen dauert es drei bis vier Monate. Alles braucht seine Zeit. Aber dann, plötzlich, weiß George, was er tun wird.

»Heureka, ich hab's!«, ruft er, als er eines Morgens aus dem Wald zurückkommt. Denn seine Gewohnheit, in aller Frühe in der Stille still zu sitzen, hat er mit nach Alabama genommen. »Wieso bin ich nicht schon eher darauf gekommen? Es ist so einfach. Wenn die Schüler nicht in die Schule kommen, muss die Schule zu den Schülern kommen. Ich baue eine Schule auf Rädern!«

George findet einen Mann, der reichlich Geld besitzt, das Geld aber gerne an andere weiterreicht, wenn es ihm sinnvoll erscheint. Georges Idee einer fahrbaren Schule erscheint ihm sinnvoll. Der Mann heißt Morris Ketchum Jesup und wohnt in New York. Mit seinem Geld kann George seine Schule auf Rädern bauen. Aus Dankbarkeit nennt er sie nach Mister Jesup *Jesup-Wagen*. Der *Jesup-Wagen* wird von einem Maulesel gezogen und enthält alles, was es braucht, um den Bauern alles über ihren Boden zu erklären.

1906 ist das Fuhrwerk fertig und rollt fortan zu den Bauern. Die Schule auf Rädern ist eine großartige Sache. George freut sich. Endlich erreicht er auch diejenigen, die er bislang nicht erreicht hat.

Zehn Jahren lehrt George jetzt schon in Tuskegee. Seitdem hat sich viel verändert. Dreiundachtzig Gebäude stehen inzwischen auf dem Gelände. Einhundertsechsundfünfzig Lehrer unterrichten eintausendfünfhundert junge schwarze Menschen.

George könnte jetzt zufrieden sein. Eigentlich.

Aber er ist es immer noch nicht.

Nur seine Amaryllen auf den Fensterbrettern blühen reichlich. Über sie freut er sich.

NEUE WEGE AUF ALTEM RASEN

George hat kein Geld, um den Boden zu verbessern, und die Bauern besitzen erst recht keins. Doch Geld und Besitz sind nicht das Entscheidende. George weiß, dass es den Bauern um Etliches besser ginge, wenn sie endlich Erdnüsse anbauen würden. Er predigt es jeden Tag. Wann immer er mit dem *Jesup-Wagen* auf ihre Höfe rollt oder sie zu ihm auf die Versuchsanstalt kommen, sagt er es. Dann wedeln sie mit der Hand. Sie schütteln den Kopf. »Nein«, brummeln sie, »wir pflanzen keine Erdnüsse an.« Stur wie das ewig im Wind wogende Präriegras, das George in den Weiten von Kansas sah, säen sie weiterhin Baumwolle aus. Jahr um Jahr immer das gleiche, auch wenn die Baumwolle kaum mehr wächst. Es ist, als fürchteten sie sich vor dem Zorn dieses Königs, wenn sie einmal etwas Neues versuchten. Aber sie erklären es anders. »Erdnüsse fressen nur die Schweine, Herr Professor. Das müssten Sie doch wissen!«

Andere Dinge lernen sie dagegen gerne von George. Dafür sind sie dankbar. Wenn er ihnen zeigt, wie sie ein Schwein haltbar machen können, nachdem sie es geschlachtet haben, sodass es auch Monate später noch schmeckt, obwohl die Sonne heiß vom Himmel brennt, dann freut sie das. Sie lassen sich auch gerne von ihm beibringen, wie man aus wilden Kräutern Salben und Tees zubereitet. Oder aus getrockneten Okrastängeln Teppiche webt.

»Alles, was den Teller füllt, ist wertvoll«, erklärt George und beißt herzhaft in eine Tomate. Da glauben sie, der Herr Professor in dem verschlissenen Anzug mit dem Stiefmütterchen im Knopfloch müsste tot zu Boden sinken. Tomaten halten sie für giftig. Doch als George lacht und nochmals kräftig zubeißt, haben sie ein neues Gemüse für ihren Speiseplan entdeckt. Und wilden Kürbis naschen sie jetzt auch.

Am häufigsten aber redet George über den Acker. Denn von der Erde geht alles aus. In ihr beginnt das Leben. Der Boden ist das Wichtigste. »Der Boden erzählt euch selbst, was er braucht«, erklärt er. »Ihr könntet ihm zuhören, dann versteht ihr es auch. Wenn die Erde durch die Finger krümelt so wie diese hier«, und er hebt eine Handvoll Ackerboden auf und zeigt ihn herum, »könnt ihr euer Feld bestellen. Bleibt sie dagegen am Pflug kleben, ist die Erde noch zu feucht zum Säen. Dann gelangt keine Luft zu den Wurzeln und die Pflanze findet nichts, von dem sie sich ernähren könnte.«

So geschieht es, dass die Bauern zwar weiterhin unverdrossen Baumwolle anpflanzen, aber immerhin nun auch ein wenig Gemüse. Außerdem pinseln sie ihre armseligen von der heißen Alabamasonne ausgebleichten Hütten bunt. Denn hat es George nicht schon auf der Hinfahrt gesehen, als sich der Zug am Alabama River entlang weg von den üppigen Weizenfeldern Iowas hin zu den kargen Baumwollfeldern Alabamas schraubte? Der Boden hier ist sandig, aber an den Rändern des Flusses vermischt er sich mit rotem und gelbem Ton. Und an den Berghängen leuchten die Steine in der Abendsonne in einem geheimnisvollen Blau. Damals schon hat George gedacht, dass sich aus all dem bestimmt herrliche Farben gewinnen ließen und dann … dann könnte man die Hütten, die so grau und trüb dastehen, dass man darüber weinen möchte, anmalen. Sie verschönern. Und noch etwas möchte George gerne ändern: Es bedrückt ihn, dass die Studenten des Instituts andauernd über den Rasen trampeln, als gäbe es ihn nicht. Darum gibt es ihn auch nicht. Stattdessen sieht man zwischen vereinzelten Grashalmen nur noch nackte Erde. Man müsste … man könnte … Wieder überlegt George, was zu tun ist. Wieder verschwindet er für ein paar Tage in seinem Labor. An die Tür hängt er ein Schild: *Bitte nicht stören!*

Als Booker T. Washington von einer seiner zahlreichen Dienstreisen zurückkommt, erkennt er die Gegend, die er vor ein paar Wochen verlassen hat, kaum wieder. Die Hütten der Bauern funkeln in einem kräftigen Azurblau, wie wenn der Himmel die Erde geküsst hätte. Drumherum wächst Gemüse. Sogar Tomaten leuchten vor den blauen Holzwänden. Am meisten aber staunt Booker über das Institutsgelände: Wo vormals Wege waren, auf denen niemand ging, wächst nun saftig grüner Rasen. Die Wege sind geharkt. Die Studenten laufen fröhlich plaudernd darüber, als wäre es das Selbstverständlichste auf der Welt.

»Wie haben Sie das bloß geschafft, Doktor Carver?«, staunt Booker. »Jahrelang habe ich Schilder aufgestellt: *Betreten des Rasens verboten!* habe ich darauf gepinselt. Rot und groß, damit es jeder sieht. Nie hat sich jemand daran gehalten und das Gras ist unter ungezählten Tritten verdorrt. Nun bin ich eine Weile weg und was sehe ich? Welch eine Pracht und wie gepflegt alles ringsum ausschaut! Sie haben wohl ein neues Gesetz erlassen?«

»Aber nein, kein Gesetz«, lacht George. »Es ist viel einfacher. Man darf nicht gegen die Menschen arbeiten, sondern mit ihnen. Ich habe lediglich beobachtet, welche Wege die Studenten einschlagen, wenn sie von einem Gebäude zum anderen eilen. Man erkennt es an den Trampelpfaden, die quer über den Rasen verlaufen. Diese Pfade habe ich in Wege verwandelt und die Wege wiederum in Rasenflächen.

Nicht mehr und nicht weniger und Sie sehen ja selbst, wie wunderbar es klappt, ganz ohne Verbote, Einschränkungen oder Gebote!«

Booker T. Washington nickt. Ja. Er sieht es selbst. Auf jeden Fall schaut es viel, viel schöner aus als je zuvor.

»Mister Carver, Sie sind wirklich ein ungewöhnlicher Mensch!«

Das ist ein großes Lob, insbesondere aus Mister Washingtons Mund, aus dem man selten ein Lob hört.

George könnte jetzt zufrieden sein. Aber er ist es nicht.

Denn wenn er seine Spaziergänge rings um das Institut unternimmt, sieht er unverändert, wie sich die Bauern auf ihren Feldern plagen und es nützt ihnen nichts, weil sie dem Boden nicht geben, was der Boden braucht. Darum leben sie mehr schlecht als recht von ihren Äckern, und das wird so bleiben, solange sie fortwährend einzig Baumwolle anpflanzen. Aber da kann George noch so wortgewandt auf sie einreden und spräche er auch in Engelszungen: Die unscheinbare Erdnuss pflanzen sie nicht an.

»Wie schaffe ich es nur, dass sie ihre Angst verlieren?«, murmelt er. »Oder ihre Sturheit.« Aber so sehr George auch grübelt, mit dem Bleistift auf die Tischplatte trommelt, zu seinen Amaryllen schielt, ob sie einen Rat wissen oder Mister Creator um eine Antwort bittet, diesmal fällt ihm durchaus nichts ein, was er tun könnte. Und das geht viele Jahre so.

Bis ihm ein kleiner Käfer zu Hilfe kommt.

DER SCHATZ IN DER ERDE

Vier Jahre sind vergangen, seit der *Jesup-Wagen* das erste Mal zu den Bauern rollte. Vierzehn Jahre lehrt George nun schon in Tuskegee und noch immer redet er vom gewaltigen Nutzen der Hülsenfrüchte und insbesondere dem der kleinen Erdnuss, aber umsonst. Nichts hat sich geändert. Nach wie vor wächst nur Baumwolle auf den Feldern.

Da kommt der Baumwollkapselkäfer nach Alabama.

Der winzige, kaum fünf Millimeter große Käfer krabbelt schon seit geraumer Zeit über den amerikanischen Kontinent. In Mexiko hat er seine Wanderung begonnen und sich durch die Baumwollfelder gefressen. Nun sind die Baumwollfelder Mexikos kahl und Alabama steht auf seinem Speiseplan.

Eilends hat George versucht, andere Baumwollsorten zu züchten. Solche, die schneller wachsen und sich deshalb schneller ernten lassen. Ehe der Käfer sie erreicht. Solche, die lange Fasern haben, die dem Käfer weniger schmecken. Aber es nützt nichts.

Der Baumwollkapselkäfer knabbert sich in die noch unreifen Baumwollkapseln und kaut und frisst, bis er sich satt gefressen hat. Dann legt er seine Eier ab, als wäre es ein Dankeschön. Bis zu zweihundert können es in jeder Baumwollkapsel sein. Nach ein paar Tagen schlüpfen die Larven. Eine Woche später verpuppen sie sich. Nach einer weiteren Woche schlüpfen neue Käfer. Sie knabbern sich in neue Baumwollkapseln und legen wieder Eier. So geht es weiter und weiter und es werden immer mehr. Gibt es keinen Frost – denn der Baumwollkapselkäfer mag Frost nicht –, entstehen somit acht bis zehn neue Käferfamilien auf einen Schlag. Bei einem einzigen Paar Baumwollkapselkäfer macht das zwischen Frühjahrsbeginn und erstem Frost – man kann es ausrechnen, denn es ist schlichte Mathematik – hundertvierunddreißig Millionen Nachkommen. Das ist eine gewaltige Summe. Sie ist so groß, dass man sie sich kaum vorstellen kann. Für die Felder Alabamas ist sie jedenfalls zu groß.

Die ersten Baumwollkapselkäfer fallen in Alabama ein. Sie nagen sich in die Baumwollkapseln und fressen sie kahl. Sie legen ihre Eier ab. Fiel die Ernte zuvor schon kärglich aus, zerkrümelt sie jetzt unter den unermüdlich kauenden Kiefern der winzigen Käfer ins Nichts.

»Was sollen wir tun?«, rufen die Bauern verzweifelt. »Unsere Ernte ist vernichtet! Wir können die Baumwolle nicht beschützen!«

»Brennt die Felder ab. Danach wartet ein bisschen. Dann pflanzt Erdnüsse an!«, rät George.

Diesmal hören sie auf den Professor aus Tuskegee. Zum ersten Mal pflanzen die Bauern Erdnüsse an. Dicht an dicht, Büschel an Büschel. Bald wachsen ungezählte Erdnusspflanzen auf ihren Äckern. So etwas sah man in Alabama noch nie.

Es ist das Beste, das sie tun konnten. Es ist – die Rettung. Auch wenn die Bauern das noch nicht begreifen.

Die Erdnuss ist eine bemerkenswerte Pflanze.

Zwar heißt sie Nuss, doch ist sie, botanisch gesehen, eine Hülsenfrucht, gleicht also eher einem Gemüse. Anders als bei diesen, auch *Leguminosen* genannten Pflanzen, öffnet sich ihre Frucht aber nicht. Die kleinen Erdnusssamen bleiben ganz und gar umschlossen von einer runzeligen hölzernen Schale, die aussieht wie ein Netz. Darum darf man sie also doch wieder zu den Nüssen zählen, zumindest von ihrem Aussehen her. Wie dem auch sei: Das mit der Erde stimmt in jedem Fall! Denn wenn die Erdnusspflanze blüht, bestäubt sie sich selbst. Dann verwelkt die Blüte. Sie senkt sich zur Erde, immer tiefer, immer weiter, und kriecht schließlich ganz hinein. Dort unten, im Dunkeln, im Verborgenen, reift in ein paar Monaten jene krumme kleine Frucht, die bislang allenfalls als Schweinefutter galt.

Man sieht sie nicht. Trotzdem ist sie da.

Die Erdnuss ist ein Schatz, weil sie den Stickstoff aus der Luft bindet und dem Boden zurückgibt, was er braucht.

So geht das wohl meistens mit den Schätzen, denkt George.

Wer sie bergen will, muss schon genau hinschauen; sonst übersieht er sie.

GESCHMECKTE EINSICHT

Wieder baumelt vor Georges Labor ein Schild: *Bitte nicht stören!*

Der Herr Professor hat sich zurückgezogen.

George macht, was er immer macht, wenn ihn eine Frage umtreibt: In seinem Labor, das er *Gottes kleine Werkstatt* nennt, findet er die Antworten.

Er hat sich eine Handvoll Erdnüsse mitgenommen, weil er sich diesen Schatz, der in der Erde wächst, noch einmal genauer ansehen will.

George weiß, dass es nicht reicht, wenn die Erdnusspflanze in rauen Mengen Früchte trägt. Es ist kein Falls. Es ist ein Wenn. George bezweifelt keinen Augenblick, dass die Ernte üppig ausfallen wird. Denn die Erdnuss verlangt nicht viel. Ein bisschen Erde genügt ihr. Etwas Wasser. Ausgiebig Sonne. Das ist alles, und all das findet sie in Alabama reichlich.

Ein Bauer aber, der Erdnüsse anpflanzt, braucht mehr als eine Erdnuss, die er kauen kann. Er wird die Erdnuss auch verkaufen müssen, wenn er von ihr leben will. Dazu braucht er einen Markt. Es gibt aber keinen Markt für Erdnüsse. Noch nicht. George wird den Markt erst schaffen müssen.

»Lieber Mister Creator«, betet er, »bitte hilf mir, dass ich die richtigen Fragen stelle!« Es fängt immer mit den Fragen an. Das weiß er. »Dann werde ich auch die nötigen Antworten erhalten. Ich hoffe es jedenfalls.«

George hat schon einmal so gebetet.

Er sagte zu Mister Creator: »Lieber Mister Creator, bitte zeig mir, wozu du das Weltall geschaffen hast!«

Mister Creator lächelte. »Ach, kleiner Mensch, dein Verstand ist zu gering, als dass du die Antwort fassen könntest. Frag mich etwas, das mehr zu deiner Größe passt!«

»Mmh«, überlegte George. »Bitte verrate mir, warum du den Menschen gemacht hast!«

»Auch diese Frage ist zu groß für dich«, sagte Mister Creator und lächelte weiterhin. »Frag mich etwas anderes!«

Da musste George eine lange Weile nachdenken. Bis es ihm einfiel. »Lieber Mister Creator, warum hast du die Erdnuss geschaffen?«

»Ah, nun fragst du recht!«, freute sich Mister Creator. »Die Erdnuss ist genau richtig für dich. Nimm dir eine Handvoll und bring sie in dein Labor. Gemeinsam wollen wir nachsehen, wozu die Erdnuss da ist.«

Damals hat George erkannt, dass die Erdnuss den Boden mit Stickstoff bereichert wie alle anderen Hülsenfrüchte auch und ihn dadurch düngt, als ginge der Boden zur Kur. Aber jetzt genügt die Antwort nicht länger. Denn nun, da die Bauern endlich Erdnüsse anpflanzen und sie bald büschelweise aus der Erde rupfen werden, muss die Erdnuss noch weit mehr als nur diesen einen Nutzen haben.

In dieser Nacht schläft George nicht.

Er arbeitet.

In seinem Labor zerlegt er die Erdnuss in ihre Bestandteile: Eiweiß. Fett. Kohlenhydrate. Ballaststoffe. Wasser. Kalium. Phosphor. Magnesium. Kalzium. Natrium. Zink. Eisen. Mangan. Kupfer. Selen. Niazin. Folsäure. Vitamine. Aminosäuren. Es ist eine beachtliche Menge. Das ist großartig. Damit lässt sich etwas anfangen.

Denn jetzt setzt George die Einzelteile neu zusammen, als würde er ein Puzzle legen. Er schüttelt. Er rüttelt. Erhitzt. Rührt um. Lässt wieder abkühlen. Tunkt einen Finger in die milchige Paste. »Ah!«, seufzt er, »entzückend!«

Es bleibt nicht bei der einen Nacht.

Mehrere Tage und Nächte steht George in seinem Labor und tüftelt an den Reagenzgläsern. Während er immer neue Erdnüsse schält und immer neue Erdnüsse in immer Neues verwandelt, hört er auf das, was Mister Creator ihm über die Erdnuss erzählt: Wozu ist sie da? Was kann man mit ihr anstellen? Die Antworten prasseln im Minutentakt – und wenn George hungrig wird, stopft er sich einfach ein paar Erdnüsse in den Mund. Denn erstens schmecken Erdnüsse köstlich. Darum lassen sich viele wunderbare Leckereien aus ihr zubereiten, auch Süßigkeiten, Erdnussriegel, Erdnussbutter, Erdnusskekse einerlei. Zweitens: Die Erdnuss eignet sich zum Saubermachen. Man kann sie als Shampoo für die Haare oder als Seife für die Hände verwenden. Außerdem entsteht aus Erdnüssen Farbe. Viertens ergibt sie ein Färbemittel für Holz. Fünftens wird aus ihr Tinte. Sechstens Medizin gegen Husten. Siebtens gerbt sie Leder. Aus der hauchdünnen Haut, die zwischen den Fingern zerkrümelt wie Sand, lässt sich achtens ein feines Papier herstellen und aus der härteren Schale, welche die Samen umschließt, neuntens ein künstlicher Marmor. Er ist so hart und fest, dass man damit sogar bauen kann. Die Erdnuss eignet sich als Massageöl. Sie lässt sich als Creme verwenden, für die Schuhe zum Polieren, für die Frau für ihre Haut, für den Mann, wenn er sich rasiert. Die Erdnuss taugt zum Kleben, Radieren, Bleichen und zu noch vielem, vielem mehr.

Puh, fertig! George öffnet die Tür zu seinem Labor und hängt das Schild ab. Dreihundert Nutzen der kleinen Erdnuss hat er gefunden, und als die Bauern in diesem Jahr ungezählte Erdnüsse aus ihren Äckern ziehen, weiß George sofort, was sie damit anfangen können.

Doch so wunderbar das alles ist: Noch immer sind nicht alle von der kleinen Erdnuss überzeugt. Vor allem jene, welche die Erdnüsse verkaufen könnten, weil sie keine Bauern, sondern Geschäftsleute sind, achten sie nach wie vor gering. Vielleicht kann es gar nicht anders sein, weil ihre Köpfe bereits vollgestopft sind mit ihren vielen Gedanken, wie etwas zu sein hat. Weiterhin trauern sie der Baumwolle hinterher, auch wenn sie kaum mehr wächst.

Ich werde sie überzeugen müssen, denkt George, sonst geht es nicht. Aber wie mache ich das? Worte allein reichen nicht aus. Das weiß er inzwischen. Wieder geht er in die Wälder. Wieder trommelt er mit dem Bleistift auf die Tischplatte.

»Lieber Professor Carver, Sie müssen auch einmal etwas essen!« Miss Jones steht in der Tür. Die Haushälterin hat feine Maisküchlein für ihn gebacken. Fürs Essen hat George jetzt keine Zeit, aber er sieht doch, dass sie sich Mühe gegeben hat und ihm etwas Gutes tun will. Es ist ein Beweis ihrer Fürsorge. Jawohl. Die Maisküchlein duften verlockend. Da kann er schlecht Nein sagen. Sie schmecken auch sehr lecker. »Vielen Dank, Miss Jones. Das war eine wunderbare Idee!«

Da fällt es ihm ein! Es war wirklich eine gute Idee. Denn wenn Liebe durch den Magen geht, gilt das vielleicht auch für die Einsicht? Wer nicht hören will, muss eben fühlen. Oder schmecken.

Es wird wieder einmal Zeit, etwas zu tun.

George nimmt einen Stift und schreibt. Diesmal schreibt er keine Briefe und keine Rundschreiben, sondern Einladungskarten. Die Karten schickt er an die Geschäftsleute der Umgebung.

Sehr geehrte Damen und Herren,
herzliche Einladung zu einem Festessen!
Wann?
Sonntag, den 18. Juni 1916, 8 pm.
Wo?
Alabama Hall, Tuskegee, Alabama.
Es kocht für Sie
mit hochachtungsvollen Grüßen
Ihr Dr. George W. Carver

EIN FESTMAHL IN TUSKEGEE

Jetzt bewährt es sich, dass George schon oft gekocht hat.

Und dass er gut kochen kann, passt umso besser.

George schält Erdnüsse.

Er mahlt Erdnüsse.

Er brät Erdnüsse.

Er backt Erdnüsse.

Er kocht Erdnüsse.

Er drückt und stampft und erhitzt sie, bis sie zerfließen wie Milch.

Er formt sie wie Hähnchenbrüste.

Er zerlegt sie wie Bohnen.

Er kühlt sie wie Eis.

Die Gäste kommen. Erwartungsvoll setzen sie sich an den Tisch, den George festlich gedeckt hat: Teller aus Porzellan, in die er den ersten Gang legt: schaumig aufgeschlagene Erdnüsse. Aber er nennt es: ein Soufflee. In die hochstieligen Gläser kippt er ein süßes Getränk, das tüchtig schäumt. Er nennt es: Sekt. Aber es ist ein Saft aus Erdnüssen. Danach schenkt er die Suppe aus. Die Gäste löffeln ihre Teller leer. Dann setzen sie die Löffel ab. »Ah«, sagen sie, »köstlich!«

Als der Braten kommt, wird die Stimmung ausgelassen. Man prostet einander zu und verlangt mehr von dem berauschenden Getränk. Das Gemüse ist eine Wonne, die Beilagen munden. Und der Nachtisch? »Ist ein Gedicht!«, jauchzt ein Gast und meint es als Lob.

Aber, halt! Der Kaffee fehlt. Nach dem Essen muss es unbedingt noch Kaffee geben. Der Kaffee sieht ein bisschen heller aus, als sie es gewöhnt sind, aber er schmeckt genauso lecker.

Die Gäste sind zufrieden. Sie sind mehr als zufrieden. Sie reiben sich die runden, prall gefüllten Bäuche. »Das war ein bezauberndes Mahl, wie wir es nie zuvor genossen haben, lieber Professor Carver«, stöhnen sie. »Überaus einfallsreich. Vielseitig. Nahrhaft und gesund. Nun müssen Sie uns unbedingt verraten, wie Sie alles gekocht haben. Bitte nennen Sie uns Ihre Zutaten! Tun Sie uns den Gefallen!«

Es ist angemessen still, als George aufsteht und an sein Glas klopft. »Meine sehr verehrten Damen und meine sehr verehrten Herren«, beginnt er. »Ich danke Ihnen für Ihr Lob. Es freut mich außerordentlich. Doch mag es Sie enttäuschen, wenn ich Ihnen nun gestehe, dass das Mahl, dessen Vielseitigkeit anzupreisen Sie soeben die Güte besaßen, lediglich aus einer einzigen Zutat bestand. Alle Speisen und Getränke habe ich aus Erdnüssen zubereitet!«

Einen Augenblick herrscht eine atemlose Spannung, als hätte niemand recht verstanden, was George da erzählt. Aber dann bricht ein Jubel aus. Die Gäste springen von den Stühlen. Sie wedeln mit den Händen und fallen sich in die Arme, als wollten sie sich gegenseitig davor bewahren, vor lauter Begeisterung in die Luft zu steigen. »Sie sind nicht nur ein hervorragender Koch, Professor Doktor Carver«, rufen sie, »sondern auch ein hervorragender Erfinder!«

Niemand bezweifelt jetzt noch, dass die kleine Erdnuss zu weit mehr taugt als zu Schweinefutter. Im Gegenteil. »Ihre Erdnuss ist ein Wunderding!«, frohlocken die Gäste.

Das wusste George schon lange. Nun wissen sie es auch. Aber sie sollen es auch schriftlich haben. Schwarz auf weiß. Zum Anfassen gewissermaßen.

Kaum ist der letzte Gast in seinen Mantel geschlüpft und in die Nacht davongetorkelt, klemmt George sich hinter seinen wackeligen Schreibtisch. Er listet auf, was sich alles mit der Erdnuss anstellen lässt. Auch seine Rezepte, um die sie ihn gebeten haben. Artig zählt er sie durch. Erdnussbutter bekommt die Nummer einundfünfzig. Erdnussbutterriegel ist Nummer siebzig. Erdnussbutterfudge Nummer achtzig, und all die anderen vielen leckeren Dinge reiht er auch ein: Erdnusssuppe. Erdnussbrot. Erdnusspudding.

Es ist sein einunddreißigstes Rundschreiben, das George verfasst. Er nennt es: *Wie man die Erdnuss anpflanzt sowie einhundertundfünf Arten, sie für den menschlichen Verzehr zuzubereiten.* Außerdem legt George in dem Schreiben dar – er kann es nicht lassen, er ist nun mal ein Wissenschaftler –, wie gesund die Erdnuss ist und wie wunderbar sie einen Menschen ernährt, geradewegs als äße er ein kleines Steak. Denn während er das schreibt, denkt er an Mister Beeler. Für ihn hat er einst die Erbsen weich gekocht damals in Highland. Ach, Highland – wenn du wüsstest, was seitdem aus mir geworden ist! Mister Beeler aber würde es sicherlich freuen, all das zu hören, wie wohl auch die vielen anderen, denen schon die Zähne ausgefallen sind, sodass sie keinen Braten mehr genießen können. Erdnussschnitzel tun es fortan auch.

Kannten George vorher schon viele Leute, wird er mit seinem Schreiben noch bekannter. Er wird so bekannt, dass eines Tages das Telefon bei ihm klingelt. *Ring, ring!*

Graham Bells Telefon läutet längst überall. Es steht in den Häusern. Wer will, ruft einfach an. Dann spricht man miteinander, obwohl man sich nicht sieht. Dass das klappt, liegt auch an dem Mann, der nun anruft, weil er mit der Erfindung seines Kohlekörnermikrofons Bells Telefon den Weg bereitet hat.

Am anderen Ende der Leitung ist Thomas Alva Edison. Es ist derselbe Mann, von dem die Seymours einmal schwärmten, weil er die elektrische Glühbirne erfunden hat, jedenfalls so, dass man sie in allen Läden kaufen kann. Neben der elektrischen Glühbirne hat Edison noch viele andere Dinge entdeckt. Edisons Erfindungen haben das Alltagsleben verändert. Wegen ihm gibt es jetzt Licht in den Häusern. Außerdem kann man mittels seines Phonographen Musik aufzeichnen, sie abspielen und hören, ebenso wie seine Kamera bewegte Bilder festhält. Nur mit der Erdnuss hat Edison noch nichts erfunden. Doch die Nachrichten von dem Erdnussmann im fernen Alabama begeistern ihn.

»Verehrter Professor Carver«, sagt er. »Ich habe von Ihren Erfindungen gehört. Kommen Sie nach Orange Grove in New Jersey an mein *Menlo Park Laboratorium*. Forschen Sie für mich. Natürlich bezahle ich Sie angemessen!«

Dann nennt er eine Zahl. Sie klingt so unvorstellbar hoch, dass George noch einmal nachfragt. Die Zahl hat sechs Stellen und ist höher als alles, was George in seinem ganzen Leben je erhalten hat: Hunderttausend Dollar! Das ist sechsundsechzigmal mehr als Georges Eintausendfünfhundert-Dollar-Jahresgehalt.

Aber George überlegt nicht einmal. Höflich, aber entschieden sagt er: »Ich danke Ihnen für Ihr großzügiges Angebot, Sir. Doch kann ich es nicht annehmen!« Denn während er das sagt, denkt er auch: Wäre ich Bauer geworden damals in Kansas, weil die Samen, die ich aussäte, aufgingen, wüchsen in Alabama vermutlich keine Erdnüsse. Es wüsste wohl auch niemand, was er mit ihnen anfangen sollte. Wäre ich Maler geworden, als ich in Indianola Kunst studierte, hingen meine Bilder vielleicht inzwischen verstreut in ein paar

Wohnzimmern und machten einige Menschen froh. Weil ich aber bei den Bauern in Alabama geblieben bin, werden viele Menschen satt.

Thomas Alva Edison nimmt George das Nein nicht übel.

Obwohl er es bedauert.

Vielleicht hätte er mit dem Professor aus Tuskegee noch mehr Geld verdienen können?

Vielleicht ging es ihm auch nicht ums Geld.

Er schwimmt sowieso bereits in Dollars.

Mehr als tausend Patente besitzt Thomas Alva Edison schon.

Mit einem Patent sichert man sich die Rechte an seinen Erfindungen. Dann gehören sie einem. Niemand kann sie einem wegnehmen. Außerdem darf man alles, was damit gemacht wird, verkaufen.

Auch George hat vieles entdeckt, aber nur drei seiner Erfindungen patentieren lassen.

»George, melden Sie Ihre Erfindungen an!«, bedrängen ihn seine Kollegen. »Sichern Sie sich Ihre Rechte! Das bringt Ihnen auch Geld ein. Immerhin haben Sie die kleine Erdnuss groß gemacht.«

Da winkt George ab. »Mag sein, aber erfunden habe ich sie nicht. Das hat Mister Creator gemacht. Und ich habe noch nie gehört, dass er Geld dafür verlangt hat. Warum sollte also ausgerechnet ich das tun?«

Im Jahr zuvor, am 14. November 1915, ist Booker Tallifero Washington gestorben. Wenn George an ihn denkt, wird er traurig. Auch wenn sie sich nicht immer einig waren, vermisst er den großen kantigen Mann, der so vieles bewegt hat und wegen dem er heute in Tuskegee lebt. So viele Jahre lebt er nun schon hier, dass sein Haar darüber grau geworden ist.

Manchmal schmerzt ihn der Rücken. Für die Augen braucht er eine Brille. »Nichts an mir ist noch frisch«, lacht er. Nur die Blume in seinem Knopfloch ist jeden Morgen neu.

George gibt das Unterrichten auf. Das müssen jetzt andere für ihn tun. Stattdessen forscht er mehr als je zuvor.

Er grübelt weiter über die Erdnuss. Er forscht zu Sojabohnen, Zuckerrüben, Luzernen, Pekannüssen, Kuhbohnen, Süßkartoffeln und Reis. Und für nichts, das er dabei entdeckt, verlangt er Geld. Und er entdeckt eine Menge. Über fünfhundert verschiedene Produkte, einhundertachtzehn allein aus der Kartoffel, fünfundsiebzig aus der Pekannuss und aus einer einzigen Rebe neunundvierzig Farbstoffe, mit denen sich Baumwolle und Wolle färben lassen. »Alles, was ich mache, soll anderen nützen«, sagt George. Sehen ihn dann die Leute schief an, weil sie nicht einsehen wollen, warum nicht beides geht, seinen Mitmenschen nützen, *während* man Geld verdient, denkt er ein wenig nach. Dann merkt er, dass er es klarer sagen könnte, damit sie es leichter verstehen und er fügt hinzu: »Eines Tages werde ich diese Welt verlassen müssen. Und wenn dieser Tag kommt, will ich mich rechtfertigen können, warum ich in ihr gelebt habe. Ich möchte die Gewissheit haben, dass mein Leben meinen Mitmenschen wenigstens ein bisschen geholfen hat. Das ist alles.« Aber wenn er wieder allein ist und sich in seinem Zimmer über die Amaryllen beugt und fühlt, ob sie Wasser brauchen, murmelt er leise: »Wie wenig sie verstehen, wenn sie immerzu nach Geld fragen! Was bedeutet schon Geld, wenn ich die Erde haben kann?« Dann lächelt er. Denn die Erde hat er längst.

EIN DENKMAL FÜR EINEN KÄFER

Jetzt leuchtet es wieder auf den Feldern Alabamas, aber nicht weiß, sondern gelb. Als wären Sonnenstrahlen auf die Erde gefallen. Das liegt daran, dass dort jetzt Erdnüsse wachsen.

Aber ein, zwei Jahre später pflanzen die Bauern doch wieder Baumwolle an, und die Baumwolle trägt dreifach und vierfach und ihre Kapseln reifen so üppig und groß wie nie zuvor.

Dabei wird es bleiben: In einem Jahr pflanzen die Bauern Erdnüsse. Im nächsten säen sie Baumwolle. Erdnüsse und Baumwolle wachsen fortan einvernehmlich im Wechsel. Es gibt sogar ein Wort dafür. »Man nennt das Fruchtfolge«, erklärt George. Es ist ein Wort, das niemand bislang kannte. Für eine Sache, die niemand bislang kannte. Aber dass die Fruchtfolge wichtig ist, weil sonst der Boden ausdörrt und nicht mehr geben kann, was er geben könnte, haben die Bauern inzwischen eingesehen.

Die Fruchtfolge gleicht einer Revolution, der Umsturz einer alten Herrschaftsform: Der greise König Baumwolle ist vom Thron gestoßen worden von einem Nachfolger, der einstmals nur als Bettler galt. Der Boden dankt es. Er trägt üppig. Viele Erdnüsse, reichlich Baumwolle. Als wäre er erleichtert. Oder dankbar.

Die Bauern jedenfalls sind dankbar. Sehr sogar. Vor allem in dem kleinen Städtchen Enterprise geht die Dankbarkeit so weit, dass die Einwohner ein Denkmal aufstellen: Eine junge Frau steht auf einem Sockel aus Marmor. In den Händen hält sie eine Schale. Sie reckt sie hoch über ihren Kopf in den Himmel. In der Schale krabbelt ein Baumwollkapselkäfer. *In dankbarer Erinnerung an den Baumwollkapselkäfer und sein Werk, im Jahr 1919* steht unten auf dem Sockel. Als wäre der Baumwollkapselkäfer ein Held.

»Aber das ist er doch auch!«, sagen die Leute, wenn ein Reisender nach Enterprise kommt und sich über das Denkmal wundert. »Denn denk doch mal: Ohne diesen winzigen Käfer hätten wir es wohl nie begriffen und würden immer noch nur Baumwolle anpflanzen. Und wie schlecht ging es uns damals und wie gut geht es uns heute.«

Sie haben recht: War das Städtchen Enterprise durch die Gefräßigkeit des Baumwollkapselkäfers zuvor fast ausgestorben, kehren nun die Leute zurück. Ringsum blühen die Erdnussfelder und mit ihnen blüht die Stadt. Wie viele andere Städte auch. Spielte die Erdnuss bisher keinerlei Rolle in der amerikanischen Wirtschaft, sodass niemand ihren Wert aufschrieb – was erstaunlich ist, wo sonst doch alles aufgeschrieben wird –, ist die junge Erdnussindustrie in diesem Jahr dem Staat schon achtzig Millionen Dollar wert. Die Erdnuss ist nicht nur großartig, sie ist jetzt groß.

Ein Jahr zuvor ist ein schlimmer, blutiger Krieg zu Ende gegangen. Auch die Amerikaner haben in ihm gekämpft. Es war der Erste Weltkrieg. George ist nicht in den Krieg gezogen. Aber auch er hat eine Schlacht gefochten. Er hat gegen den Baumwollkapselkäfer gekämpft und die Vorherrschaft der Baumwolle besiegt.

Nun könnte er zufrieden sein und sich ausruhen, aber wieder sind die Bauern des Südens, die er so sehr liebt, bedroht.

Als hätte es sich herumgesprochen, entdecken jetzt auch andere Länder die Kraft, die in der Erdnuss steckt. Denn die Erdnuss ist nicht wählerisch. Sie wächst überall, solange es nur trocken und heiß ist, auch in Asien. Vor allem China und Japan überschwemmen den noch jungen amerikanischen Erdnussmarkt mit ihren Erdnüssen. Zwar sind diese Erdnüsse weniger nahrhaft als die amerikanischen, dafür aber günstiger. Darum kaufen die Leute lieber die billigeren asiatischen Erdnüsse als die teureren aus ihrem eigenen Land, weil die Leute immerzu in ihren Geldbeutel schielen.

Die Erdnusspflanzer machen sich Sorgen um ihre Geschäfte. Große Sorgen, die sie nicht mehr schlafen lassen. Sie gründen die *Vereinigten Erdnuss-Gesellschaften von Amerika*. Sie denken: Gemeinsam können wir uns wehren. Gemeinsam sind wir stark. Aber sie können keine Gesetze erlassen. Das geschieht in Washington. Dort regelt ein Kongressausschuss, welche Waren ins Land kommen dürfen und wie viel dafür bezahlt werden muss. Das nennt man dann Tarif.

Die Erdnusspflanzer erinnern sich an den Mann aus Tuskegee. Sie wissen, dass George weit mehr von der Erdnuss versteht als jeder von ihnen.

Sie denken: Wir sollten Mister Carver nach Washington schicken, damit er die Abgeordneten vom Wert unserer Erdnüsse überzeugt.

DIE ZAUBERNUMMER VOR DEM KONGRESS

In Tuskegee kommt ein Telegramm an. »Eilt sehr!« Das Telegramm ist für George. »Erwarten Sie am 20. Januar 1921 in Washington vor dem zuständigen Kongressausschuss. Bereiten Sie eine Rede über die Bedeutung des Erdnussanbaus in den USA vor.«

Die Kollegen am Institut hasten durcheinander. Sie tuscheln, sie zischeln: »George soll nach Washington!« Washington ist die Hauptstadt von Amerika. Wie aufregend!

Nur George kümmert es wenig. Seelenruhig, als wäre nichts vorgefallen, beträufelt er seine Amaryllen, die auf den Fensterbrettern blühen. Selbst im Winter sind die Tage warm in Alabama und wenn die Blumen auch nicht viel Wasser brauchen, ab und an gießen kann man sie schon. Da klopft es an der Tür. Davor drängeln sich die Kollegen. »Lieber Professor Carver, wir gratulieren, dass Sie nach Washington vor den Kongress eingeladen sind. Das ist wunderbar und wir freuen uns für Sie. Aber, lieber Doktor Carver, nehmen Sie es uns bitte nicht übel: Tragen Sie nicht Ihren alten abgetragenen Anzug, wenn Sie dort vor all diesen wichtigen Männern sprechen! Bitte, bitte kaufen Sie sich einen neuen!«

George sieht an sich herunter. In der Tat trägt er noch immer denselben Anzug, den sie ihm in Ames schenkten.

»Aber warum sollte ich das tun?«, fragt er verwundert. »Wenn die Herren mich deshalb nach Washington einladen, damit die Kongressabgeordneten einen neuen Anzug sehen, kann ich ihnen ebenso gut einen in einem Paket schicken!« Da geben sie es auf. Sie verstehen, dass sie George nicht überzeugen werden, auch wenn sie noch so lange auf ihn einreden. Darum reist er doch nach Washington ganz wie er ist, in seinem alten, aber geliebten Anzug, bei dem die Ellenbogen schon durch den Stoff schimmern, aber mit einer neuen, frischen Blume im Knopfloch. Diesmal hat er eine Amaryllis hineingesteckt.

Es ist ohnehin mutig von ihm, dass er solch eine weite Reise unternimmt. Denn das Reisen ist nicht ungefährlich, selbst wenn man einen Titel hat und Professor Doktor Carver heißt. In Tuskegee kennt man George. Woanders ist er nur ein Schwarzer, den man nach Belieben herumschubsen kann. Oder dem man Schlimmeres zufügt. Das weiß George genau. Denn noch immer erinnert er sich an jene Schreckensnacht, als in Fort Scott ein Mensch verbrannte. Das kann er nicht vergessen. Das wird er nicht vergessen. Wie könnte es auch anders sein?

Er sitzt in den Warteräumen auf den Bahnhöfen und die Warteräume sind nur für Schwarze. Dort bestehen die Bänke, falls es überhaupt welche gibt, aus hartem Holz. Auch in den Zügen sind die Plätze für Schwarze und Weiße nach wie vor getrennt. Noch immer sitzen die Schwarzen in den Abteilen, in die der Rauch während der Fahrt hineinweht. In manchen Städten muss George auf seinen Vortragsreisen lange suchen, bis er ein Hotel findet, in dem man ihn übernachten lässt. Dann führen ihn die Hoteljungen zum Hintereingang hinein.

Manchmal reist George bequemer: Freunde mieten einen Schlafwagen für ihn, aber er zieht, kaum ist er eingestiegen, sogleich die Vorhänge vor die Fenster und schaut nicht mehr hinaus, bis er angekommen ist. Es könnte sonst geschehen, dass aufgebrachte Weiße die Scheiben mit Steinen zertrümmern.

Obwohl George mittlerweile schon sechsundfünfzig oder siebenundfünfzig oder vielleicht auch schon achtundfünfzig Jahre alt ist, nennen ihn manche Weiße nur *Junge* oder *Bursche*.

Manche erkennen wohl an, dass er etwas für die Landwirtschaft des Südens geleistet hat. Sie fügen aber sofort hinzu: »Er muss wohl einen weißen Vater gehabt haben!«

Anders vermögen sie es sich nicht vorzustellen, dass ein Schwarzer derart klug sein kann.

Das ist natürlich Quatsch. Sie glauben es trotzdem.

Ein Weißer darf eine große Tat vollbringen und niemand wird rufen: »Was ist er nur für eine Ehre für alle Weißen!«

Begeht umgekehrt ein Schwarzer ein Verbrechen, heißt es sofort: »Da sieht man es mal wieder: Was kann man von einem Schwarzen schon Gutes erwarten?«

All das weiß George, als er jetzt nach Washington fährt.

Er fährt trotzdem hin.

»Ich mache es für die Bauern, die eine ebenso dunkle Haut haben wie ich«, sagt er und dabei wuchtet er seine Koffer ins Abteil. Seine beiden Koffer wiegen schwer. Sehr schwer. So schwer, dass er sie kaum tragen kann. Er hat alles, was er aus der Erdnuss entwickelt hat, hineingestopft, und das ist viel. »Weil ich den Bauern helfen will. Denn es geht ihnen längst nicht so gut, wie ich es mir für sie erhofft habe!«

Als George in Washington ankommt, sind die Kongressabgeordneten noch mit anderen Dingen beschäftigt. Sie reden über Datteln, Walnüsse und Geflügel. Für George und die kleine Erdnuss haben sie keine Zeit.

»Morgen«, trösten sie. »Am Vormittag dürfen Sie reden!«

Aber auch am nächsten Morgen haben sie keine Zeit für George.

Als es Nachmittag geworden ist, sind sie immer noch nicht fertig. Die Liste mit Anträgen ist lang.

Bald ist es fünf Uhr. Um fünf Uhr soll Schluss sein mit dem Rumgehocke und Beraten. Die Abgeordneten wirken erleichtert. Sie schielen auf die Uhr und freuen sich auf ihren Feierabend. George bleiben nur noch zehn Minuten für seinen Vortrag!

»Guten Tag«, beginnt George. »Ich komme aus Tuskegee. Das liegt in Alabama. Ich beschäftige mich mit der Landwirtschaft des Südens. Vor allem beschäftige ich mich mit den Pflanzen, die dort wachsen. Besonders mit jenen, die gut dort wachsen. Dazu zählt die Erdnuss. Sie zählt unbedingt dazu. Mit ihr beschäftige ich mich am allermeisten. Ich bin mir sicher, ich werde mich noch eine Weile mit ihr beschäftigen. Denn sie hat uns längst nicht alle ihre Geheimnisse verraten. Erlauben Sie, dass ich ein paar Dinge, die ich aus der Erdnuss gewonnen habe, auf den Tisch stelle? Könnte ich ein wenig Platz dafür bekommen? … Ah, vielen Dank!«

Die Abgeordneten sind müde. Der Tag war lang. Der gestrige war es auch. Sie gähnen. Noch einmal schielen sie auf die Uhr. Nur noch fünf Minuten bis fünf! Die Erdnuss kümmert sie wenig. Sie schmeckt vielleicht ganz appetitlich, sofern man sie mag und verträgt. Das ist alles. Auch der hagere schwarze Mann in dem verschlissenen Anzug mit der Amaryllis im Knopfloch kümmert sie wenig. Sie finden ihn eher lustig. Manche sammeln bereits ihre Unterlagen ein und plaudern mit dem Nachbarn.

Aber wie George aus seinen Koffern immer neue Gegenstände hervorkramt und auf dem Tisch ausbreitet, als wühlte er in einer Wundertüte, merken sie doch auf. Die beiden Koffer scheinen nicht leer zu werden und noch immer zaubert der eigenartige Mann mit der eigentümlich hohen Stimme neue Sachen daraus hervor!

»Dies ist ein Shampoo von Erdnüssen«, erklärt George soeben. Er stellt eine weitere Flasche daneben. »Dies ist ein Bleichmittel. Man kann die Erdnuss aber auch zum Färben benutzen.« Noch eine Flasche wandert auf den Tisch.

»Aus dem feinen Häutchen der Erdnuss habe ich dreißig verschiedene Farbtöne entwickelt. Sie reichen von einem gelblichen Orange bis zu einem tiefen Schwarz. Das hier ist Massageöl. Manch einer, der wegen Kinderlähmung zu mir kam und den ich damit eingerieben habe, konnte hinterher wieder gehen. Das ist Düngemittel. Hiermit lassen sich Schuhe polieren … Aber natürlich können Sie die Erdnuss auch verzehren. Oder trinken. Das ist Erdnussmilch. Dies ist ein Punch. Hier ist noch einer. Insgesamt habe ich neun verschiedene entwickelt. Sicherlich werden es noch mehr werden. Sie sind wahrlich lecker! Dies ist Kaffee. Milch und Zucker sind schon beigefügt. Dies ist ein Speiseeispulver. Wenn Sie es mit Wasser vermischen, entsteht ein köstliches Eis. Das hier kennen Sie alle! Es ist Erdnussbutter. Hier habe ich mit Schokolade überzogene Erdnüsse. Ich bedauere, dass Sie nicht davon kosten können … darum werde ich es für Sie tun. Mmmh. Vorzüglich!«

Die Leute lachen. Mit einem Mal sind sie ganz wach und hören zu.

Georges Zeit ist um.

»Leider sind meine zehn Minuten vorbei. Obwohl es mich auch Zeit gekostet hat, meine Proben auszubreiten. Darum werde ich sie jetzt wieder einpacken. Vielen Dank für Ihre Aufmerksamkeit!«

»Aber nein!«, rufen die Abgeordneten. »Wir wollen noch mehr wissen über Ihre kleine Erdnuss. Das wollen wir doch, nicht wahr?«

»Jawohl, das wollen wir!«, rufen die anderen Abgeordneten.

»Herr Vorsitzender, ich beantrage, dass Mister Carver mehr Redezeit eingeräumt wird!«

»Einverstanden!«, sagt der Vorsitzende. »Fahren Sie also fort, Bursche! Oder war es das schon?«

»Aber nein, Sir«, sagt George und packt weiter seine Koffer aus. »Das ist eine Creme. Sie verfeinert die Haut. Dies ist Seife. Sie macht Ihre Hände sauber. Dies ist Tinte. Damit lässt sich schreiben. Das ist Puder. Dies Klebstoff. Wie gesagt: Es ist noch längst nicht alles entdeckt, was sich mit Hilfe der Erdnuss herstellen lässt.«

Am Ende sind zweieinhalb Stunden wie im Flug vergangen.

Die Leute stehen auf und klatschen.

Sie klatschen für George. Aber sie klatschen auch für die kleine Erdnuss, an die sie zuvor nicht einmal gedacht haben.

Nun weiß es jeder: Die Erdnuss ist ein Kraftpaket mit einer großen Verheißung, ein Schatz, der dem, der ihn birgt, unermesslichen Reichtum verspricht. Darum gehört der Schatz beschützt: Alle sind sich einig, dass sie die Erdnüsse, die im Süden der Vereinigten Staaten wachsen, gegen die billigeren aus anderen Ländern verteidigen werden.

Während George seine Sachen in die Koffer räumt, stimmen die Abgeordneten einheitlich für einen Schutzzoll. Künftig wird es schwierig sein, Erdnüsse aus anderen Ländern einzuführen. Denn ab sofort muss für jede Erdnuss, die eingeführt wird, etwas bezahlt werden.

»Mister Carver, wo haben Sie das alles gelernt?«, durchbricht plötzlich der Vorsitzende das Stimmengewirr.

George richtet sich auf. Er streckt den krummen Rücken.

»Aus einem alten Buch, Sir«, antwortet er.

»Aus einem alten Buch?« Der Vorsitzende zieht verblüfft die Augenbrauen hoch. »Aus welchem Buch? Ist es ein wissenschaftliches?«

»Nein, Sir. Ich lernte es aus der Bibel!«

Da wundert sich der Vorsitzende noch mehr. Und alle Abgeordneten, die zugehört haben, auch. »Lehrt uns denn die Bibel etwas über … Erdnüsse?«

»Nein, Sir, das tut sie nicht«, sagt George. Plötzlich sieht er sich wieder auf dem Planwagen der Smiths sitzen. Damals reiste er nach Fort Scott, weil er alles lernen wollte. Eingezwängt zwischen Mrs. Smiths Ofen und Mister Smiths Schaukelstuhl hat er in der Bibel geblättert, während der Wagen immer weiter nördlich rumpelte. »Öffne meine Augen, dass ich deine wunderbaren Taten erkenne!«, hat er damals in dem alten Buch gelesen. Diesen Wunsch hat ihm Mister Creator seitdem zuhauf erfüllt. Und wie dankbar ist er ihm dafür! Denn er ist immer noch dabei. »Die Bibel erzählt nichts von der Erdnuss. Aber sie erzählt von dem, der die Erdnuss gemacht hat. Ich habe ihn gefragt, wozu die Erdnuss da ist und was ich mit der Erdnuss machen soll. Er hat es mir gezeigt.«

Da staunt der Vorsitzende noch ein bisschen mehr und die Abgeordneten schütteln verständnislos die Köpfe. Aber dann vergessen sie George.

Als George mit seinen Sachen zur Tür hinauswankt, achtet niemand auf den schmalen Mann in dem fadenscheinigen, abgetragenen Anzug mit der Blume im Knopfloch. Müde sieht die Blume aus. Der Mann auch.

HÄNDEDRUCK AUS WASHINGTON

Als George wieder in Tuskegee eintrifft und an seinen geliebten Amaryllen schnuppert, steht es überall in den Zeitungen.

Die Kollegen klopfen an die Tür und halten ihm die Blätter hin: »Professor Carver, haben Sie es schon gelesen?«

Die Zeitungen spotten über George.

Ein Wissenschaftler, der behauptet, seine Erkenntnisse kämen von Gott, sie wären *inspiriert*, wo gibt es denn so etwas? George erscheint ihnen wie jemand, der glaubt, der Weihnachtsmann segelte vom Himmel und legte die Geschenke unter den Tannenbaum.

Ein Witz ist das und George halten sie für eine Witzfigur.

Sie nehmen ihn nicht ernst.

Sie lachen über ihn.

Ha. Ha. Ha.

George achtet nicht darauf.

»Danke für die Zeitung!«, sagt er. »Man könnte sie vielleicht in den Kompost krümeln?«

Dann geht er in sein Labor. Mögen sie sagen, was sie wollen: Sein Labor bleibt Gottes kleine Werkstatt. Denn alles, was er hier entdeckt, findet er nur, weil Mister Creator es ihm verrät. Darum betrachtet er seine Entdeckungen auch nicht als Erfindungen, sondern als Fundstücke. Auch weil er immerzu weiterlernt und hinschaut und zuhört. Nach wie vor.

George bleibt ohnehin kaum Zeit, sich um ihr Geschwätz zu kümmern. Denn wenn auch einige über ihn lästern, er wüsste nichts, gibt es doch etliche, die etwas von ihm wissen wollen und es sind nicht gerade wenige. Täglich quillt der Briefkasten über mit Anfragen. So viele Briefe erreichen George, dass die Post eigens für ihn eine Zweigstelle im Institut einrichtet. Eintausendfünfhundert Briefe sind es allein in diesem Monat. George hat sie gezählt. Sie nennen ihn den *Erdnussmann aus Alabama*. Den *Herrn Professor Erdnuss*. Sogar den *Schutzheiligen der Erdnuss*! Wer etwas wissen will, braucht ihn bloß zu fragen. Eine Firma bittet um das Rezept für sein hübsches Alabamablau. George schickt es ihnen. Nur die zwei Cent, die er für die Briefmarke ausgegeben hat, dürfen sie ihm ersetzen. Ein Fabrikant fragt nach seinem Massageöl aus Erdnüssen. Wieder schickt er das Rezept. Wieder will er nichts dafür.

Post kommt auch aus Indien. Mahatma Gandhi führt ein großes Volk, aber sein Volk hungert. George setzt sich an seinen wackeligen Schreibtisch und schreibt Mister Gandhi, welche Pflanzen auf den indischen Feldern gedeihen und zugleich die Menschen ernähren. Ihm selbst, den ein übles Magenleiden plagt, empfiehlt er eine milde Schonkost.

Es ist nicht zu übersehen: George ist bekannt geworden. Nicht nur in Alabama. Oder in New Jersey, wo Edison weiterhin über seinen Erfindungen grübelt. Überall. Auf der ganzen Welt.

Die Zeit vergeht. Schneller, als man denkt.

Vierzig Jahre arbeitet, denkt, schreibt und forscht George nun schon in Tuskegee. Seine Kollegen und Freunde finden, dass dies nicht unbeachtet vorübergehen soll. Sie sammeln Geld und bezahlen einen Bildhauer.

Am 2. Juni 1937 stellen sie eine Büste im Institut auf.

Die Büste zeigt Georges Gesicht. Die Stirn in ungezählte Falten gelegt, lächelt sein bronzenes Spiegelbild nachsichtig auf die Anwesenden herunter.

Verlegen steht George daneben und zupft an der Margerite in seinem Knopfloch. »Ich bin durchaus noch nicht bereit, ein Denkmal zu werden«, murmelt er. Aber sie lachen nur: »George, wann begreifen Sie es endlich? Sie sind nun mal berühmt.«

Das sehen andere genauso.

Ein Wagen fährt vor.

Der Mann, der aussteigt, hat das Auto, mit dem er heranbraust, selbst gebaut.

Es ist Henry Ford.

»Das also ist der fabelhafte Mann, der so viel mit der kleinen Erdnuss anzustellen weiß«, sagt er und nimmt George in den Arm.

George und Henry Ford werden gute Freunde. Der bescheidene Erdnussmann aus Alabama mit der Blume im Knopfloch im löchrigen Anzug und der große stattliche Autobauer aus Dearborn in Michigan mit der flammend roten Krawatte um den Hals. Nicht nur, dass sie beide etwa gleich alt sind (jedenfalls ungefähr, denn George weiß nicht, wie alt er ist), sie sehen auch gleich hager aus und teilen ähnliche Vorlieben und Ideen. Darum planen sie auch einiges.

»Als Erstes werde ich mir die Sojabohne vornehmen«, sagt George. Aus der Sojabohne gewinnt er einen Treibstoff für Fords Autos. Danach ertüfteln sie eine Karosserie, die nur aus Sojabohnen besteht. Als Henry Ford mit seinem Baseballschläger dagegen trommelt, entsteht nicht einmal eine Delle; das Sojabohnenauto ist unschlagbar. Kurz darauf trägt Henry Ford einen Anzug aus Sojafasern!

»Sie haben eine Menge Goldrute auf Ihren Ländereien wachsen, lieber Mister Ford«, bemerkt George, der noch immer in demselben verwaschenen Anzug von einst herumläuft. Nur in seinem Knopfloch steckt wieder eine frische Blume. Heute ist es eine Malve.

»Das stimmt«, gibt Ford zu. »Es ist ziemlich viel!« Er sieht George an. »Sie wollen doch nicht etwa …?«

»Aber natürlich!«, sagt George. »Ich bin überzeugt davon, dass nichts unter der Sonne wächst, das nicht irgendeinen Nutzen hat. Und im Fall der Goldrute, die Ihr Gelände übersät wie Funkenflug, wäre es die reinste Verschwendung, dies brachliegen zu lassen. Lassen Sie mich nachdenken!«

Binnen Kurzem entwickelt George aus der Goldrute ein künstliches Gummi, das Ford für seine Reifen verwenden könnte. Es würde ihn unabhängig machen vom Kautschuk, den er kostspielig aus entlegeneren Ländern einführen muss. Allerdings bleibt die Gummiherstellung aus der Goldrute aufwendig. Auch wenn sie in großen Mengen auf Fords Gelände wächst, braucht man immer noch weit mehr davon. Aber es ist ein Anfang. Ab jetzt werden immer mehr Wissenschaftler den Nutzen landwirtschaftlicher Produkte für die Industrie entdecken. Man muss sie nur in ihre Bestandteile zerlegen, wie George das macht, und sie wieder neu zusammensetzen. Der Vorgang nennt sich chemische Synthese und diese gelingt nur in einem Labor.

Solch ein Labor hat Ford eigens für George in Dearborn eingerichtet. Es übersteigt bei Weitem alles, was George je zur Verfügung gestanden hat. Eine Schatzkiste aus tausendundeiner Möglichkeit. Aber nie würde er deswegen aus Tuskegee fortgehen.

»Mein Platz ist bei den Bauern in Alabama«, sagt er.

Das sehen andere genauso.

1940 besucht der Präsident der Vereinigten Staaten von

Amerika Franklin Delano Roosevelt das *Tuskegee Institute.* »Sie sind ein großer Amerikaner, Doktor Carver!«, versichert er und schüttelt George die Hand. »Was Sie für Ihre Landsleute bewirken, hilft allen Amerikanern. Hören Sie nicht auf damit!«

Das hat ein anderer Präsident mit gleichem Namen etliche Jahre zuvor ganz ähnlich gesagt. Als Theodore Roosevelt zu Booker T. Washingtons Beerdigung nach Tuskegee kam, hatte er George beiseite genommen. »Sie leisten eine überaus wichtige Arbeit an diesem Ort, Professor Carver. Machen Sie weiter!«

George hat es sich gemerkt. Bis heute. Was diese beiden Männer zu ihm sagten, freut ihn. Es ermutigt ihn. Andererseits, wenn er es sich recht überlegt, hat er auch nie vorgehabt, aufzuhören. Noch nicht jedenfalls.

ANTENNEN AUF EMPFANG

Wieder ist es so weit: George packt seine Sachen. Er packt die beiden Glitzersteine, die er in den Ozarkbergen fand (jetzt kennt er ihre Namen: Sie heißen *Novaculite* oder auch *Washita-Steine*). Außerdem noch etliche andere: den phosphathaltigen Kiesel, den er aus einem Flussbett in Missouri fischte. Den schimmernden Feldspat aus den Wäldern Iowas. Den rauchigen Quarzit, den er mit dem Spaten ans Licht schaufelte, als er in Kansas seinen Acker umgrub.

Aber diesmal packt George seine Steine nicht in einen Koffer. Er legt sie fein säuberlich in ein Regal, sodass sie jeder, der daran vorübergeht, gut sehen kann.

Er packt seine Häkeleien, seine Schnupftücher und Tischdecken und heftet sie an eine Wand.

Er packt seine Gemälde und hängt sie daneben.

Nur die schwarze Lederbibel von Tante Mariah lässt er in seinem Zimmer auf dem Nachtkästchen liegen. Die Bibel braucht er, weil er jeden Abend darin liest. Das Taschenmesser gibt er auch nicht her.

Wieder haben seine Kollegen und Freunde die Köpfe zusammengesteckt und einen Plan ausgeheckt. Wenn sie George in seinem Zimmer besuchen, stolpern sie über die vielen Dinge, die überall herumliegen. Die dort *herumfliegen*, wie sie sagen. Und dabei halten sie die vielen Dinge für ganz wunderbar. Sie finden, dass auch andere diese vielen wunderbaren Dinge sehen sollten, so wie einst Miss Budd fand, dass viele andere Georges Bilder sehen sollten. »Doktor Carver, bedenken Sie: Schätze sind zum Teilen da!« Da kann er kaum widersprechen und hilft ihnen, seine Sachen in die ehemalige Wäscherei zu tragen. Kurzerhand haben seine Kollegen diesen Ort in ein Museum verwandelt. Sie nennen es das *George Washington Carver Museum.*

»Oh nein, bitte nicht!«, jammert George. Aber als er durch die Räume wandert, seine Steine aufgereiht in den Regalen, seine Bilder und Häkeleien an den Wänden und die Farbproben in den Vitrinen sieht, gibt er es zu: »Eigentlich habe ich mich in Wäschereien immer recht wohlgefühlt!«

Henry Ford und seine Frau kommen. Sie sind eigens den weiten Weg von Dearborn nach Tuskegee gefahren, achthundertvierzig Meilen vom Norden in den Süden, um das Museum einzuweihen.

Als die Besucher den Raum betreten, bleiben sie wie angewurzelt stehen. Verdutzt reiben sie sich die Augen. Sie hatten wohl gedacht, sie träfen einen Wissenschaftler, der ihnen die Welt mit nüchternem Blick und eiskaltem Verstand darlegt, wenn nicht gar zerlegt. Stattdessen glauben sie, einem Kind beim Spielen zuzusehen – so fröhlich und bunt kommt ihnen alles vor. Und während sie andächtig von einem Raum zum nächsten wandeln, staunen sie, in was für einer vielfältigen, reichen Welt sie leben. Das hat George ihnen gezeigt.

George gähnt. Der Tag war lang. Aber noch ist er nicht vorbei. Als er den letzten Gast verabschiedet hat, geht er in sein Zimmer und schließt die Tür. Er setzt sich an den Schreibtisch, der noch genauso wackelt wie an jenem Tag, als ihn Booker T. Washington in sein Zimmer stellte. Er kramt ein Blatt Papier aus der Schublade und öffnet den Füller, den ihm seine Studenten aus Ames einmal zum Weihnachtsfest schenkten. Mit ihm schreibt er am liebsten. Diesmal schreibt er kein Rundschreiben. Es werden auch keine Einladungskarten. Er schreibt wieder einen Brief. Denn während die Besucher seine Steine betasteten, ehrfurchtsvoll seine Deckchen streichelten und seine Gemälde ansahen, dachte er die ganze Zeit an einen kleinen Jungen. Mit ihm hat er sich einmal ähnlich staunend über ein Blatt gebeugt. Inzwischen ist der kleine Junge längst ein großer Mann geworden. Ein berühmter ist er obendrein.

Tuskegee, Alabama, im März 1941

Mein lieber Henry,

ich höre erstaunliche Dinge von Dir! Eben noch warst Du Landwirtschaftsminister dieses gewaltigen Landes. Nun hat Dich Präsident Franklin D. Roosevelt zu seinem Vizepräsidenten ernannt.

Du bist immer ein großartiger Landwirtschaftsminister ge-

wesen und ich habe die Leute munkeln hören, Du könntest Getreide auf einem Holzfußboden wachsen lassen. Das verwundert mich nicht! Ich wusste schon immer, was alles in Dir steckt.

Von mir gibt es nichts derart Gewichtiges zu erzählen. Zwar haben sie heute ein Museum mit meinen Sachen eingeweiht. Doch das ist ganz und gar unwichtig. Denn nichts macht mich glücklicher, als wenn ich sehe, dass meine Arbeit einem anderen Menschen nützt. Wenn die Leute anfangen zu begreifen, wie sie sich selbst helfen können, werde ich froh. Aber vielleicht verstehen sie es ja auch mit dem Museum?

Einmal drückte ich einem Studenten einen Dollar in die Hand. Ich sagte, wir wollen einmal sehen, was du damit anfängst! Der Bursche kaufte sich eine Henne und einen Sack Futter dazu. Binnen Kurzem besaß er mehrere Hennen und fünfzig Dollar obendrein. Da freute ich mich sehr.

Jeden Sonntagabend um sechs halte ich eine Bibelstunde. Ich mache es genauso, wie es Professor Wilson in Ames zu tun pflegte und kann mich nicht beschweren. Die Studenten strömen herbei, als ob ich ihnen etwas zu sagen hätte. Dabei erzähle ich ihnen lediglich, was mir Mister Creator zuflüstert und würden sie ihre Augen aufspannen, würden sie es selbst begreifen: Blumen sind die stummen Boten Gottes. Sie sind wie Funkmasten für das, was Gott uns sagen möchte. Aber nur, wer seine Antennen auf Empfang einstellt, vernimmt ihre Botschaft. Doch das alles weißt Du selbst. Darum schließe ich jetzt mit meinen innigsten Grüßen!

Dein stets an Dich denkender alter Freund George

EIN ENDE, DAS EIN ANFANG IST

George ist jetzt achtundsiebzig Jahre alt. Vielleicht ist er auch neunundsiebzig. Oder auch schon achtzig. Niemand weiß das ganz genau. Denn niemand schreibt es auf. George selbst weiß es am allerwenigsten. Wird er zu einem Vortrag eingeladen und die Leute stellen ihn vor, indem sie sagen, wie wenig sie über ihn wissen – weder, wann er geboren wurde noch wer genau sein Vater war –, kratzt er sich enttäuscht am Kinn. »Ich hoffe immer, bei solchen Veranstaltungen würde ich etwas über mich erfahren, das ich noch nicht weiß«, scherzt er.

Eins aber weiß er wie eine Tatsache, als wäre es ein Stein, der sich nicht verrücken lässt: dass der Rücken heftig schmerzt und ihm der Gang die schmale Treppe hinauf in sein Zimmer von Tag zu Tag schwerer fällt. Wie eine Bergbesteigung kommt es ihm bisweilen vor. Doch auch hinunter geht es nicht mehr flink. Immer häufiger bleibt George im Bett liegen, statt wie sonst um vier in der Früh unter den Bäumen der Stille zu lauschen.

Dafür sind seine Gedanken leichtfüßiger denn je. Sie springen durch die Zeiten und scheren sich nicht um Gegenwart oder Vergangenheit. Wenn er einen Brief schreibt mit inzwischen zittrigen Fingern, kann es geschehen, dass er den Füller unvermittelt sinken lässt und *husch!* schon wandert er durch die Ozarkberge, viele hundert Meilen fort von hier. Dann spielt er am Bach im Wald. Er tunkt die Finger in das kalte Wasser und dreht die Steine um. Er strolcht durch das hüfthohe Büffelgras und es verschluckt ihn ganz und gar.

George lächelt. Er weiß, dass er alt geworden ist. Und obendrein sehr müde. Es macht ihm keine Angst. Alt werden heißt auch: Begreifen, dass das Leben, das man hier auf Erden lebt, einmal einem Ende zugeht.

Wenn er seine Amaryllen ansieht und hier und da ein welkes Blatt von den Zwiebeln zwickt, denkt er an Onkel Moses. Sein Ziehvater hat es längst gewusst. Es gibt keinen Müll, hat er gesagt und aus altem Laub noch Seife hergestellt. George nickt. Mit den Menschen ist es wie mit den Blumen. Erst wachsen sie in den Himmel. Sie blühen. Sie leuchten wunderschön. Alle drehen sich nach ihnen um. Dann welken sie. Nun wachsen sie in die Erde, und wenn sie verschwunden sind, sprießen neue Blumen hervor.

Mag sein, dass die Dinge ihre Gestalt ändern. Darum hören sie doch nicht auf zu sein. Alles ist kostbar. Nichts ist verloren. Auch ein Ende kann ein Anfang sein.

Wenn George jetzt auf sein Ende zustolpert, machen andere weiter. Er hat keine Kinder, aber die Studenten am Institut betrachtet er doch als seine Zöglinge und nennt sie liebevoll *meine Jungen*. Um Geld dagegen hat George sich nie gekümmert. Er hat es auch nicht ausgegeben. »Ich brauche nicht viel«, pflegt er zu sagen, »wenn ich nur eine Handvoll Erdnüsse kauen kann, bin ich zufrieden!« Darum hat er nun doch viel. Die dreiunddreißigtausend Dollar, die er sich erspart hat, reichen, um damit eine Stiftung zu gründen. Die Stiftung, die seinen Namen trägt, ermöglicht es jungen Schwarzen, zu lernen, wenn sie kein Geld dafür haben. »Sollte ich einmal nicht mehr sein, will ich trotzdem dazu beitragen, dass noch viele junge Menschen noch viel mehr lernen«, sagt George. Denn er weiß: Das Lernen hört nie auf, und das Wissen von heute wird zum Baustein für das Wissen von morgen werden.

Man braucht sich bloß umzusehen, dann entdeckt man

es: Wie viel hat sich verändert, seit die kleine Erdnuss auf den Feldern Alabamas blüht!

Durch die Städte wälzen sich jetzt Autos. Sogar in Tuskegee, das bislang ruhig und beschaulich war, muss man achtgeben, sobald man auf die Straße tritt. Und durch die Luft schwirren Flugzeuge! In nur sechzehn Stunden landet man in Paris. Das ist allerdings ein zweifelhafter Fortschritt, denn erneut tobt in der Welt ein schlimmer Krieg, den die Leute den Zweiten Weltkrieg nennen, seit überdies die Amerikaner darin mitkämpfen. Auch in Tuskegee gibt es tatkräftige junge Männer, die mit ihren Jagdbombern über den Atlantik fliegen wollen. Manche von ihnen haben bei George gelernt. Sie sollten lieber Erdnüsse anbauen, denkt er, oder Baumwolle ernten, statt Bomben abzuschmeißen. Sie haben doch noch ihr ganzes Leben vor sich. Möge Mister Creator verhindern, dass einer von ihnen zu Schaden kommt, betet George. Aber was er selbst dagegen tun kann, weiß er nicht. Er ist wie ein knorriger alter Apfelbaum. Viele Früchte hat er in seinem Leben getragen. Aber jetzt sind seine Äste dünn und morsch geworden. Wenn man zu viele Gewichte daran hängt, brechen sie.

KLEINE BLUME IN DER MAUERRITZE

Kurz vor Weihnachten stürzt George eine Treppe hinunter. Jetzt steht er nicht mehr auf. Er rollt sich in sein Bett und zieht die Decke bis ans Kinn.

Neben ihm liegt, aufgeklappt, Tante Mariahs schwarze Lederbibel. Zwischen den Seiten funkelt sein Taschenmesser. Auf den Fensterbrettern blühen die Amaryllen. Die Regale biegen sich unter dem Gewicht seiner Bücher. An den Wänden hängen seine Bilder. Manche davon hat er mit seinem hübschen Alabamablau gemalt, Rosen vor allen Dingen, aber auch wilde Orchideen. Auf einem Bord stapeln sich all jene Steine, für die es im Museum keinen Platz mehr gab. Über dem Tisch liegen drei seiner selbst gehäkelten Decken. Darauf stapelt sich die Post. Er beantwortet sie nicht. Der Füller rutscht ihm aus der Hand, wenn er schreiben will. Er ist ohnehin zu müde. Essen mag er auch nicht mehr. Er freut sich aber, wenn ihm Miss Jones leckere Maisküchlein backt. Das erinnert ihn an Tante Susan.

Dann ist ihm, als hörte er sie wieder nach ihm rufen:

»George! George? Wo steckt der Junge bloß?«

George lächelt.

Sie wird mich nicht finden, denkt er. Wie sollte sie auch? Sie weiß ja nichts von seinem geheimen Garten.

Mitten im Wald, wo die schlanken Kiefern unvermutet einen Schritt zurücktreten, als würden sie vor etwas Erhabenerem Platz machen, kniet George auf einem Polster aus weichem Moos. Er beugt sich über eine kleine rote Blume und hört ihr zu.

»Hallo, George, mein Freund«, sagt die kleine rote Blume und die Sonne geht auf in ihrem lieben Gesicht, »du bist alt geworden!«

»Ja, das bin ich wohl«, nickt George und streicht ihr sacht über das Köpfchen. Das Köpfchen wackelt im Wind, der über die Ozarkberge weht. »Ich muss mich bei dir entschuldigen«, sagt er. »Ich weiß immer noch nicht, wie du heißt. Obwohl ich mein Leben lang danach gesucht habe.«

»Ach, George«, lacht die kleine rote Blume. »Hast du

wirklich geglaubt, du könntest ein jegliches herausfinden, was ich bin, mit Wurzeln und allem? Dann wärst du wohl wie Gott, aber das bist du doch nicht.«

»Nein, das bin ich nicht«, murmelt George, und er denkt daran, wie er sich einmal mit Mister Creator unterhalten hat.

Wozu ist der Mensch da, hat er ihn gefragt.

Kleiner Mensch, frag mich etwas, das mehr zu deiner Größe passt, hat er ihm geantwortet.

»Manche Dinge sind offenbar zu groß für uns, selbst wenn sie so klein sind wie eine kleine rote Blume, die in den Ozarkbergen blüht.«

»Mag sein«, stimmt die kleine rote Blume zu, »aber darum hört es auch nicht auf. Das Lernen. Das Zuhören. Das Liebhaben. Auch jetzt nicht.«

»Nein, auch jetzt nicht.« George nickt und lächelt und gähnt und ist mit einem Mal sehr müde. Die Müdigkeit gleicht einer großen sanften Umarmung, die sich immer fester um ihn legt. »Was bin ich schläfrig!«

»Ich weiß«, sagt die kleine rote Blume. »Mach die Augen zu. Ruh dich aus!«

Da macht George die Augen zu und ruht sich aus.

Es ist der fünfte Januar, die Kalenderblätter zeigen das Jahr 1943, als George am späten Nachmittag in seinem Zimmer in Tuskegee, Alabama stirbt. Draußen wird es gerade dunkel. Die Amaryllen auf den Fensterbrettern duften.

Zu seiner Beerdigung scharen sich die Leute um sein Grab. Sie können nicht fassen, dass George fort sein soll und wollen ihn wieder hören, wie er zu ihnen spricht mit seiner hohen unverwechselbaren Stimme.

Bis einer ein Buch nimmt und ein Gedicht vorliest.

Lord Alfred Tennyson, ein englischer Dichter, hat es geschrieben etwa zu der Zeit, als George geboren wurde. Es war Georges Lieblingsgedicht.

Blume in der rissigen Mauer,
ich pflücke dich aus den Ritzen.
Ich halte dich, mit Wurzeln und allem, in meiner Hand.
Kleine Blume – doch wenn ich verstehen könnte,
was du bist –, mit Wurzel und allem und alles in allem –,
ich wüsste, was Gott ist und der Mensch.

Da lächeln die Leute. Sie glauben, sie hörten George wieder und gehen getröstet nach Hause.

George hätte es bestimmt gefallen.

ZEITTAFEL: WAS GESCHAH WANN?

1861–1865 George Washington Carver wird während des Bürgerkriegs nahe der Siedlung Diamond Grove in Missouri, USA geboren.

1865 Mit Abschaffung der Sklaverei (Abraham Lincolns *Emancipation Proclamation* von 1863 wird erst mit Kriegsende umgesetzt) ist George kein Sklave mehr. Seine Mutter, die während des Bürgerkriegs von Buschkleppern geraubt wurde, bleibt verschwunden.

1868 Der 14. Zusatz zur Verfassung verleiht den Schwarzen die US-Staatsbürgerschaft.

1870 Afro-Amerikaner erhalten das Wahlrecht.

1876/77 verlässt George die Farm seiner Zieheltern, um in Neosho, Missouri eine Schule für Schwarze zu besuchen. Er kommt bei Mariah und Andy Watkins unter und nennt sich George Carver. In Fort Scott, Kansas, setzt er seine Bildungsreise fort, bis er am 26. März 1879 Zeuge eines Lynchmordes wird und die Stadt fluchtartig verlässt.

1879 zieht George nach Olathe, Kansas. Er lebt bei Lucy und Christoph Seymour und wird Presbyterianer. Lucy Seymour bringt ihm das Plätten von Feinwäsche bei.

1880 zieht George mit den Seymours nach Minneapolis, Kansas. Dort beendet er die Schule. Als es zu Verwechslungen mit seiner Post kommt, nimmt er den Mittelnamen Washington an. George eröffnet eine eigene Wäscherei.

1881 gründet Booker T. Washington das *Tuskegee Institute* in Tuskegee, Alabama.

1883 stirbt Georges Bruder Jim an den Pocken. Jim wurde nur 23 Jahre alt. An Chester Rarigs Wirtschaftsschule in Kansas City lernt George Stenografieren und Schreibmaschineschreiben; zudem verfeinert er sein Klavier- und Orgelspiel.

1884 wird George ans *Highland College*, Kansas eingeladen. Obwohl er ein Stipendium erhalten hat, weist man ihn ab, als sich bei seiner Ankunft herausstellt, dass George schwarz ist. George bleibt über ein Jahr in Highland und kocht für Mr. und Mrs. Beeler.

1886 zieht er mit Frank Beeler nach Ness County, Kansas und versucht sich als *Homesteader*.

1888 verkauft George sein Grundstück und zieht nach Winterset, Iowa, wo er als Koch in einem Hotel arbeitet. Er trifft die Milhollands, die ihn ermutigen, es erneut mit einem Studium zu versuchen.

1890 George wird am *Simpson College* in Indianola, Iowa angenommen, wo er Kunst und Musik studiert.

1891 wechselt George an die *Iowa State Agricultural School* (später *Iowa State University*) in Ames, Iowa. Dort studiert er Botanik, Geologie, Gartenbau, Zoologie und Chemie.

1893 wird Georges Gemälde *The Yucca* beim *Chicago World's Fair* ausgestellt und mit einer »lobenden Erwähnung« ausgezeichnet.

1894 erhält George als erster Schwarzer an der *Iowa Agricultural School* das Diplom. Wegen seiner hervorragenden Leistungen wird er als Lehrer eingestellt. Damit ist er der erste schwarze Lehrer des Instituts.

1895 Booker T. Washington hält bei der *Cotton States and International Exposition* in Atlanta eine Rede, die als *Atlanta Compromise* bekannt wird. Washington ermutigt die Schwarzen, sich dem Grundsatz von *equal* – gleich –, *but separate* – aber getrennt – weitestgehend zu fügen, um dadurch zunächst ihre wirtschaftlichen Bedingungen sowie ihre Ausbildungsmöglichkeiten zu verbessern.

1896 Der Oberste Gerichtshof erklärt die Doktrin von *equal but separate* für zulässig. Damit bleibt den Afro-Amerikanern der Zugang zu öffentlichen Einrichtungen wie Hotels, Schulen, Restaurants wie auch die Benutzung öffentlicher Verkehrsmittel weiterhin verwehrt.

George erhält das zweite Diplom, einen Master in Landwirtschaft. Booker T. Washington bittet ihn, die Leitung der landwirtschaftlichen Abteilung am *Tuskegee Institute* zu übernehmen. Im Oktober siedelt George nach Alabama um.

1897 wird das neue Backsteingebäude der Landwirtschaftlichen Fakultät eröffnet.

1906 erfindet George mit finanzieller Unterstützung des New Yorker Bankiers Morris Ketchum Jesup den *Jesup-Wagen*, eine fahrbare Schule auf Rädern.

1910 überfällt der Baumwollkapselkäfer die Baumwollfelder Alabamas. Nun pflanzen die Bauern großflächig Erdnüsse an. Moses Carver stirbt mit über 90 Jahren. George richtet ein modernes Labor ein und erweitert seine Forschung. Er experimentiert mit Luzernen, Sojabohnen, Reis, Zuckerrüben, Kuhbohnen.

1914 bricht der Erste Weltkrieg aus; er endet 1918.

1915 stirbt Booker T. Washington am 14. November nach einem Herzinfarkt. George gibt das Unterrichten auf und widmet sich ausschließlich seiner Forschung.

1916 verfasst George sein Rundschreiben Nummer 31: *How to Grow the Peanut, and 105 Ways of Preparing it for Human Consumption*. George wird Mitglied der *London Royal Society for the Encouragement of the Arts*. Damit werden Menschen gewürdigt, weil sie handfeste Lösungen für dringliche Notlagen gefunden haben. Thomas A. Edison bietet George eine Stellung mit einem sechsstelligen Gehalt an (heutzutage entspräche dies einer Summe von mehr als einer Million Dollar). George lehnt ab.

1919 widmen die Bürger von Enterprise, Alabama dem Baumwollkapselkäfer ein Denkmal.

1921 am 21. Januar spricht George vor dem zuständigen Kongressausschuss in Washington über die vielfältigen Möglichkeiten, die Erdnuss zu nutzen.

1923 erhält George die *NAACP's (National Association for the Advancement of Colored People) Spingarn Medal*. Sie zeichnet Menschen aus, die sich durch ihre wissenschaftlichen Errungenschaften und eine bessere Verständigung zwischen Schwarzen und Weißen verdient gemacht haben.

1928 wird George am *Simpson College* die Ehrendoktorschaft verliehen.

1937 wird auf dem Institutsgelände in Tuskegee eine Bronzebüste von George enthüllt.Das *Life Magazin* listet ihn als »einen der großen Wissenschaftler der USA« auf.

1939 beginnt der Zweite Weltkrieg, in den die Amerikaner am 8.12.1941 einsteigen. George erhält die *Roosevelt Medal* für seine besonderen Errungenschaften für die Landwirtschaft des amerikanischen Südens.

1940 gründet George mit seinem Vermögen die *George Washington Carver Research Foundation.*

1941 In der ehemaligen Wäscherei des *Tuskegee Institute* wird das *George Washington Carver Museum* eröffnet.

1942 im Dezember fällt George eine Treppe hinunter und wird bettlägerig.

1943 am 5. Januar stirbt George W. Carver in Tuskegee, Alabama.

1948 erscheint in den USA eine Drei-Cent-Briefmarke mit Georges Porträt.

1953 wird Georges Geburtsort unter Harry S. Truman, dem vormaligen 33. Präsidenten der Vereinigen Staaten von Amerika, in ein Nationaldenkmal umgewandelt. Damit ist George der erste Schwarze, den die USA auf diese Weise ehren. Hunderte von Schulen werden nach ihm benannt.

1955 führt der Busboykott der Afro-Amerikaner in Montgomery, Alabama nach über einem Jahr zur Aufhebung der Rassentrennung im Transportwesen, weil die Transportfirmen mangels Kundschaft Bankrott gegangen sind. Auslöser war der

Sitzstreik der schwarzen Näherin Rosa Parks, die 1913 in Tuskegee geboren wurde. Der Oberste Gerichtshof hebt die Rassentrennung an Schulen auf. Weiße und Schwarze müssen künftig gemeinsam unterrichtet werden.

1964/65 wird der *Civil Rights Act* verabschiedet. Damit gilt die Doktrin von *equal but separate* als beendet.

1998 erscheint die zweite Briefmarke mit Georges Gesicht. Diesmal hat sie einen Wert von 32 Cent.

2007 verkündet Barack Obama am 10. Februar vor 18.000 Zuhörern in Springfield, Illinois, wo 149 Jahre zuvor der spätere Präsident Abraham Lincoln zur Abschaffung der Sklaverei aufgerufen hatte, seine Präsidentschaftskandidatur.

2009 am 17. Januar reist Obama mit dem historischen Eisenbahnzug Abraham Lincolns zu seiner Amtseinführung nach Washington. Obama wird der 44. Präsident der Vereinigten Staaten von Amerika. Er ist der erste Schwarze in diesem Amt.

REZEPT FÜR SUPERKÖSTLICHE ERDNUSSBUTTERSCHOKOKEKSE

Diese Kekse schmecken superlecker, sofern du Erdnüsse magst und keine Erdnussallergie hast. Denn leider vertragen nicht alle Menschen Erdnüsse. Schon der kleinste Hauch davon macht sie krank. Dann solltest du die Kekse lieber nicht backen.

Die Kekse sind sehr nahrhaft. Neben Kalium, Kalzium, Magnesium und Eiweiß enthalten sie aber auch eine ordentliche Menge Energie. Da hilft nur eins: genießen, wenn du davon naschst!

Für etwa 30 Erdnussbutterschokokekse brauchst du:
125 Gramm Erdnussbutter
125 Gramm Margarine
200 Gramm braunen Zucker
2 mittelgroße Eier
1 Teelöffelspitze Salz
250 Gramm Mehl
1 Teelöffel Backpulver
Zum Bestreuen:
50 Gramm Erdnüsse, am besten geröstet und ungesalzen
80 Gramm Schokodrops oder du hackst eine Tafel Schokolade klein.

So geht's:
Für den Teig rührst du die Erdnussbutter mit der Margarine und dem Zucker schaumig. Gib das Salz dazu und nach und nach auch die Eier. Anschließend rührst du die restlichen Zutaten unter. Lass den Teig 20 Minuten im Kühlschrank

ruhen. Währenddessen heizt du den Ofen auf 180 Grad Celsius Ober- und Unterhitze vor und belegst ein Backblech mit Backpapier.

Nun formst du mit deinen Händen kleine Kugeln aus dem Teig. Setz die Kugeln mit genügend Abstand auf das Blech (deine Kekse scheinen Beine zu haben, sie verlaufen ziemlich). Drück sie etwas platt und schmücke sie mit einigen Erdnüssen und Schokodrops, die du in den Teig steckst.

Back deine Kekse etwa 13 bis 15 Minuten.

Wenn du sie aus dem Ofen nimmst, sind sie anfangs noch recht weich. Lass sie etwas auskühlen, sonst zerbröseln sie dir, sobald du sie anfasst. Später härten sie ein wenig nach, bleiben aber im Inneren lecker weich. Mmh – yummy!

WAS NOCH ZU SAGEN IST: EIN GROSSES DANKESCHÖN

Schreiben ist ein einsames Unterfangen. Trotzdem glückt es nur, weil andere auf ihre Weise mithelfen, mitunter sogar noch ehe es beginnt. Auf manche Schätze muss man wohl gestupst werden, selbst wenn sie vor der Nase liegen. Niemand wusste das besser als George W. Carver, der in der kleinen Erdnuss längst einen Schatz erkannte, als andere sie noch belächelten. Christoph Siepermann hat mir Carvers Leben wie solch einen Schatz aufgetan und niemand hätte verwunderter sein können als ich, als er zu mir sagte: »Dann schreiben Sie mal!« Für sein Vertrauen danke ich ihm sehr.

Ohne Christina Herr sähe die Geschichte um Carvers Leben dagegen anders aus. Ihr danke ich aufrichtig für ihr kluges und feinfühliges Lektorat, das ich bereits zum zweiten Mal genießen durfte. Herzlich danke ich Ruth Atkinson, die kunstfertig und einfühlsam alle Fäden zwischen Verlag und Autorin beisammenhält. Stets ansprechbar, sorgt sie dafür, dass aus Ideen am Ende auch tatsächlich Bücher werden. Sehr dankbar bin ich Doris Behm und Beate Gödecke, meinen beiden verlässlichen Begleiterinnen im Labyrinth der Kunst, in dem ich mich sonst manches Mal verloren hätte. Andrea Bernaschek-Alt, Beate von Reinersdorff, Anja Roosen und Eleonore Sladeck danke ich, dass sie auch meinen Zweifeln lauschen, selbst wenn sie sich zu Bergen türmen. Ihre Ermutigung ist ein Schatz, der sich nicht bezahlen lässt.

Ein Buch zu schreiben, kommt mir bisweilen vor, als schnaufte ich auf einem Marathon. Die Ausdauer, die es dazu braucht, haben mir meine Eltern Ingrid und Manfred Nonnenmann in die Wiege gelegt. Ich danke ihnen sehr, auch weil sie bis heute immer für mich da sind, was mir im Grunde unbegreifbar bleibt.

Danken möchte ich auch Martin, Frithjof, Valentin, Tilman und Benjamin. Vermutlich schriebe ich anders, wenn es »meine Männer« nicht gäbe und wer weiß, ob das besser wäre?

Am innigsten aber danke ich wohl George Washington Carver selbst. Dass jede und jeder etwas Besonderes ist, einzigartig, sinnvoll und schön, egal wie jemand aussieht, was er oder sie tut, vollbringt oder nicht vollbringt – wie die Blume im Knopfloch, die George jeden Tag trug –, bleibt für mich die wunderbarste Botschaft. Dessen ungeachtet hätte ich seine Geschichte niemals schreiben können, wären mir nicht andere mit sorgfältiger, gewissenhafter Feinarbeit vorausgegangen. Mein Dank gilt: Aliki, Edward Ball, James Baldwin, Sven Beckert, William J. Federer, Lawrence Elliott, Jim Gigliotti, Virginia Hamilton, Charles C. Mann, Linda O. McMurry, Barbara Mitchell, Marylin Nelson und Maude Southwell Wahlman. Aus ihren Einsichten habe ich herausgefischt, was mich besonders reizte, und es neu zusammengerührt wie man einen Teig zusammenrührt, damit hoffentlich etwas Leckeres und Nahrhaftes daraus entsteht. Denn bei allem Bemühen um Genauigkeit erhebt die Erzählung um George Washington Carver nicht den Anspruch eines niet- und nagelfesten, frostig-kühlen Sachberichts: Es bleibt eine Geschichte. *So hätte es sein können …*